EVERESTvd 739

ECE TEMELKURAN

Ankara Üniversitesi Hukuk Fakültesi'ni 1995'te bitirdi. 1993'te, *Cumhuriyet*'te gazeteciliğe başladı. Kadın hareketi, siyasi tutuklu ve hükümlüler, Güneydoğu sorunu üzerine çalıştı. *Bütün Kadınların Kafası Karışıktır* (İletişim) adlı kitabı 1996'da yayımlandı. Aynı yıl Alman hükümeti tarafından yılın gazetecisi seçildi ve Almanya'da kadın hareketi üzerine bir araştırma yaptı. 1997 yılında *Oğlum Kızım Devletim – Evlerden Sokaklara Tutuklu Anneleri* (Metis) adlı araştırma kitabı yayımlandı. *Cumhuriyet Dergi* için yazdığı "Bekâret Testi Suçtur" adlı araştırmasıyla Tabipler Odası Yılın Araştırma Yazısı ödülünü aldı. Şiir-metin türündeki *İç Kitabı* (2002) ve *Kıyı Kitabı* (2002), Everest Yayınları'ndan yayımlandı. Dünya Sosyal Forum sürecini izlemek için 2003'te Brezilya'ya, 2004'te Hindistan'a gitti. Arjantin'de ekonomik krizden sonra oluşan halk hareketini inceledi. 2004 yılında *İçeriden* ve *Dışarıdan* (2005) adlı gazete yazılarından oluşan kitapları Everest Yayınları tarafından yayımlandı. Savaş karşıtı yazıları sebebiyle Çağdaş Gazeteciler Derneği'nden Barış Kalemi Ödülü'nü, *Biz Burada Devrim Yapıyoruz, Sinyorita!* (Everest, 2006) adlı kitabıyla Türk Tabibler Birliği'nin Düşünce ve Demokrasi Ödülü'nü, *Ne Anlatayım Ben Sana!* (Everest, 2006) adlı kitabıyla Diyarbakır Demokrasi Platformu'nun Barış Dostluk Demokrasi Ödülü'nü aldı. 2008'de İnsan Hakları Derneği'nin Ayşenur Zarakolu Düşünceye Özgürlük Ödülü'ne layık görülen Ece Temelkuran, aynı yıl Oxford Üniversitesi'nde kalarak *Ağrı'nın Derinliği* kitabını yazdı. Verso Yayınları tarafından Londra ve New York'ta 2010 Mart'ta yayımlanacak olan *Ağrı'nın Derinliği*'nin yanısıra yazarın *Kıyı Kitabı* da ABD'de Boa Editions'dan 2010'un Haziran ayında basılacak. *Milliyet* gazetesinde "Kıyıdan" adlı köşesinde yazılarına devam eden Temelkuran, zamanını Beyrut, İstanbul ve Londra arasında bölüyor.

MUZ SESLERİ

Ece Temelkuran

Beyrut, Oxford, İstanbul, 2009

§

Türkçe Edebiyat 239

Muz Sesleri

Ece Temelkuran

Yayına hazırlayan: Çiğdem Su
Kapak tasarım: Utku Lomlu
Mizanpaj: Bahar Kuru

1-2. Basım: Ocak 2010
3-4. Basım: Şubat 2010
5. Basım: Mart 2010

ISBN: 978 - 975 - 289 - 670 - 3

Sertifa No: 10905

Baskı ve Cilt: Melisa Matbaacılık
Tel: (0212) 674 97 23
Fax: (0212) 674 97 29

EVEREST YAYINLARI
Ticarethane Sokak No: 53 Cağaloğlu/İSTANBUL
Tel: (212) 513 34 20-21 Fax: (212) 512 33 76
Genel Dağıtım: Alfa, Tel: (212) 511 53 03 Fax: (212) 519 33 00
e-posta: info@everestyayinlari.com
www.everestyayinlari.com

Everest, Alfa Yayınları'nın tescilli markasıdır.

Tarihçi-Yazar Fawwaz Trablousi, *Daily Star* Genel Yayın Yönetmeni Hanna Anbar, *Al-Akhbar* gazetesi Editörü Pierre Abi Saab, Yazar Jean Said Makdisi, Hizbullah Basın Sorumlusu İbrahim Mousawi,

Çağıl Kasapoğlu, *West Houses-3*'teki Etiyopyalı temizlikçi Moona, Costa Café'deki Samira, Kayan Bar'ın sahibi Kayan, Saifi Enstitüsü'ndeki Arapça öğretmenlerim, Filipinli ev hizmetlisi Lynette, Prag Café'nin sahibi Raed, Beyrut'taki tüm graffiticiler,

Ziad Rahbani ve Feyruz,

"Git ve yaz," diyen Yaşar Kemal ve Ayşe Baban,

Bana korkunç ve güzel hikâyelerini anlatan Melek Ulagay,

Bana muzların bir sesi olduğunu anlatan Öznur Uğurlu,

Düştüğüm yerlerden beni kaldıran sevgili dostum Ayşe Akkızoğlu,

Beni "topraklayan" editörüm Çiğdem Su,

Aziz dostum, "avrat yaylası" Sırrı Süreyya Önder,

Hayatı üstümden alan Burçak,

Kitabımı dış dünyaya hazırlayan arkadaşlarım Ümit Alan ve Utku Lomlu,

Beni Beyrutuma gönderen Özgür,

Beyrut'u anlatan yoldaşım Ghassan,

Hiç bilmiyorlar, ama onlar olmadan bu kitap olmazdı.

MUZ SESLERİ

3. KİTAP

TOZ

Hakikat, tozdaydı; gördüm...

Pencereyi açtım. Evin içine yığılan rüzgâr, 2006 sonbaharının sonsuz sayıda elleriydi.

Sırtımın ardında mütereddit bir kuş sürüsü:

Duvarlara hiç boşluk bırakmadan yapıştırdığım, üzerlerine birer çakıl taşı koyup yeri kapladığım defter yaprakları havalandı. Taşlar yuvarlandıkça sanki bir hikâye, bütün yolcularıyla birlikte alabora oluyordu.

Ev, artık hikâyeden başka bir şey değil.

Ne bu eski, sarı kazak oluyor üzerime, ne de bu siyah pantolon... Büsbütün başkasının hikâyesini giyinmişim üzerime. Ben de artık rüzgârla alabora olan çakıl taşlarından biriyim. Şimdi bir hikâye anlatabilirim.

Toza... dönebilirim.

1. KİTAP

SİZ

1

Haziran güneşi Metn Dağı'ndan görünüp İç Savaş'ın en kanlı günlerinde ağlayarak şehre sırtını döndüğü, kısacık süren ateşkes dönemlerinde ise gülümsediğine inanılan Harisa Tepesi'ndeki dev, beyaz Meryem Ana heykelinin ellerinden kurtulup yükseldikçe Beyrut'un gözleri kamaşıyordu. Dünyanın başka şehirleri başka filmlere benzemeye başlarken, 70'lerin belgesellerindeki çapaklı-sarı ışıkta takılı kalmış şehrin üçer beşer uykusu bölünüyor, biraz daha pazar sabahı uyuşukluğu için yalvaran Beyrutlular, balkonların dış cephesindeki perdeleri çekiyor, tıkır tıkır kepenkleri kapatıyordu. Apartmanların tepelerindeki fincan şeklindeki yedek depoların içindeki sular hiç ses çıkarmadan ısınmaya başlıyor, aynı sessizliği, bir parça sabah serinliği arzusuyla kendilerini balkonlara atan, o yıl, yani 2006'da menapoza girmiş kadınlar ve aşksız sevişmelerin sabahından korkup erkenden sokaklara çıkan cumartesi gecesi yalnızları paylaşıyordu. Bütün savaşlardan sağ çıkmış bir şaka olarak şehrin ortasında yükselen dev, metal *Sleep Comfort* yatak reklamı çoğalan sabah ışığıyla, sanki bu şehir huzurlu bir uyku uyuyabilirmiş gibi belirginleşirken, Beyrut'ta henüz kimsenin tanımadığı biri, henüz hiçbir hikâyesini bilmediği bu şehrin doğusundaki Âşrafiyya Mahallesi'nin kenarından inen Jetawi Yokuşu'nun başındaki tuhaf insanlar ve hikâyelerle dolu apartmanın boşluğunda tek başına duruyordu. Her şey, bir kapının sertçe kapanmasıyla başladı...

***

"*Yalla!* Bugün özgürsün!"

Kapı sırtında kapandı. Zeynab Hanım'ın cümlesi kapıya sıkıştı. Son sözcüğü, Beyrut'un doğusundaki Âşrafiyya Mahallesi'nde bulunan Jetawi Hastanesi'nin yanından inen dik yokuşun başındaki apartmanın boşluğuna düştü:

"*Yalla!*"

Kapı sesinin apartmanın sabah sessizliğinde dalga dalga yok oluşunu dinledi. Nefesini duyana kadar...

Geri, evin içine, yer silmeye, mutfağı temizlemeye, tuvaleti ovmaya, yemek hazırlamaya, Hâdi Bey'e su, Zeynab Hanım'a vişne likörü götürmeye, balkondaki gece ağlamalarına, bir aydır hiç durmadan yaptığı, yıldığı ne varsa, onlara dönmek istedi. Yapacak işi olmadığı zaman cansızmış gibi oturduğu mutfak masasına dönmek, televizyondan gelen, anlamadığı Arapça sesleri dinlemek, yine masanın mavi muşambasına bomboş bakmak, adı söylenene kadar canlanmayan bir yaratık gibi evin içinde olmak istedi. Emirlerden ibaret olan ev, şimdi özgürlükten daha ılıktı.

Kalbinin sesi gırtlağında şişerek büyüdü. Her adımda ayaklarını betondan tek tek söke söke merdivenleri indi. Henüz bu şehirde onun dilinde konuşan kimseyi tanımıyordu.

'Sakın,' dedi kendine, 'korkma.' Bir hafta önceydi, anlamıştı. İnsan çok yalnızken, bir tane daha kendinden doğuruyordu içinde, 'Korkma,' desin diye:

'Manila'dan buraya kadar gelebildiğine göre, bir pazar gününü de yalnız geçirmeyi becerebilirsin... Becerebilirsin.'

Ayak seslerine bir kapı açılır diye korkusundan hiç ses çıkarmadan indi dört katı. Apartmanın önüne park edilmiş külüstür yeşil Mercedes taksinin arkasında, yarım kalmış bir heykel gibi dikildi. Sokakta onu izleyecek kimse yoktu. 'Acele etme,' dedi kendine, 'Bir şey yapmana gerek yok. Burada böyle durabilirsin şimdi.'

Omzundaki beyaz plastik çantayı sıktı. Çantanın içinden gelen kâğıt hışırtısını duydu. İyi ki yalnızken bütün sesler olduğundan daha yüksek çıkıyordu. Çantasını daha çok sıktı. Avcu terledi. Bir damla ter incecik bileğinden yere aktı. 'Eğer kimse geçmezse, belki de yeterince bekledikten sonra geri, eve...'

Sonra bir damla daha, sonra bir damla daha...

"Öhoogoohh!"

Kükremeye benzer bir öksürük, merdivenlerde yankılanarak genişledi, büyüyüp beton boşluğu doldurdu. Öksürükler ayak sesleriyle birlikte indi merdivenleri. Ayak sesleri kapıdaki gölgeyi görünce tekledi:

"Öhööög!.. Taksi mi lazımdı *habibti*?"

Kendi iç sesinden ve dilinden İngilizceye dönecekken, sıkışmış bir kapağın açılmasına benzer bir ses sızdı ağzından. Gülümsemeye benzer bir şey yaparken yüzü, ağzı taştanmış gibi kırıldı. Çok susmuş insanların ilk sözcüklerinden önce yutkundukları o ağrılı, ılık yumru gırtlağından geçmemişti ki:

"Tamam yahu! Sen Zeynab Hanımlarda çalışan Filipinli kızsın. Adın neydi senin?"

Nâsır, her Ortadoğulu gibi yabancılarla tane tane konuşursa ve el kol hareketleri yaparsa daha iyi anlaşılacağını düşündüğü için kaşlarını kaldıra kaldıra devam etti. Çizgileri güneşle daha derine kazınmış orta yaşlı yüzü, abartılı mimiklerini neşeyle heceledi. Köşeli, boğumlu, Filistinli İngilizcesi, anlaşılmak için iyice yavaşladı:

"Nâsır ben. Alt komşu. Taksici Nâsır. Senin-senin-adın-adın ne *habibti*?"

"Filipina," dedi, bir fısıltı buharlaştı ağzında.

"Filipina mı? Ne biçim isim o yahu! Filipin'den Filipina! Ha ha ha!.."

Nâsır'ın şefkatli gevezeliği Filipina'nın betonunu çatlattı. Gülümsedi bile biraz.

"Söyle bakalım nereye gideceksin Filipinli Filipina?"

Filipina'nın alnı buruştu, kaşları büzüştü, ağzı yamuldu. Bir ağlama öncesinde takılı kaldı yüzü. Nâsır'ın elinden, bu yüzü görmezden gelmekten başka bir şey gelmedi:

"Dur dur dur! Tabii ki Hamra Caddesi'ne! Sizinkiler oradaki Saint Francis Kilisesi'ne giderler. Vıyır vıyır Filipinli kız dolar orası pazarları. Doğru mu? Hamra mı?"

Filipina, başını önüne eğdi. Bir tanrıya inanmadığını söylemenin hiç sırası değildi.

Nâsır, kendi paldır küldüründen utandı. Utandıkça iyice beceriksizleşti. Çok konuşursa kızın yüzünü damla damla yere döken keder gürültüde dağılırmış gibi geldi:

"Ee, atla o zaman bakalım. Şansın varmış ben de oraya gidiyorum. Yalnız önce Burj Hamud'dan mazot alacağız. Burj Hamud'a gitmemişsindir. Ermeni mahallesi yani. *Haram* yahu! Çıkartmıyorlar sizi di mi evden?" -Filipina'nın omzuna küçücük bir dokunuş, onu ön koltuğa doğru yöneltti. Aynı el arabanın kapısını açtı.- "Ah ulan bu insanlar! Kaç dolar alıyorsun sen ayda? 200 mü? Onun da çoğu seni buraya getiren herifçioğullarına olan borcuna gidiyor tabii. Bir de kendilerine 'yabancı işçi ajansı' demezler mi? Hepsi köle taciri orospu çocukları! Eskiden Mısırlıları getirirlerdi. Şimdi sıra sizde." -Filipina'nın beyaz eteğini arabanın kapısından çekmesini bekledi. Kapıyı kapadı.- "Tüh, Allah belalarını versin. *Habibti* siz de Ortadoğu'nun kölesisiniz be! Bahtsızın bahtsızı yani! Sen yine şanslısın. Zeynab Hanım... Eh, nerden baksan yine insaflı kadındır."

Şoför koltuğunu ağırlığıyla eze eze bindi arabaya. Penceresini açtı. Sigarasını çıkardı. Ağzına bir dal taktı, Filipina'ya tuttu. Filipina sadece kaşlarını kaldırabildi.

"Sen minnacık da bir şeymişsin yahu! Kaç yaşındasın sen? Kusura bakma da, sizin yaşınız da belli olmuyor ki! Bak ben sana bir şey söyleyeyim, sen yine dua et. Sri Lankalılar sizden az alıyor. Etiyopyalılar karın tokluğuna çalışıyor neredeyse."

El frenini indirdi, radyoya uzandı. Sözleri bitmek üzereydi ve Filipina hiç konuşacak gibi değildi:

"Hatta şimdi Nepalli kızları getiriyorlar, biliyor musun? Dur bakayım, ya onlar nereye gidiyor ki? Budist olduklarına göre... Ulan acaba bu şehirde Budist tapınağı da mı var? Her bok vardır bu şehirde. Bu şehirde..."

Filipina, orta yaşlı sıkı gövdesi gömleğinin içine güçbela sığışan bu adamın, sessizliği dağıtmaya çalışan gürültüsüne bıraktı kendini. Ağlamak üzere olan çocuklar renkli, gürültülü şeylere bakınca nasıl unutursa ağlayacağını öyle unuttu korkusunu. Arabanın konsolundaki onlarca pusulaya, pusulaların titreyip duran ibrelerine bakıyordu.

Nâsır, radyoda haberleri bulduğu anda kan kokusu almış bir hayvan gibi kaldırdı burnunu yukarı, gözlerini kıstı.

"... 12 saatlik çalışmanın karşılığında 30 dolar alan diğer çocuklara göre daha çok kazanan Filistinli Anwar, 14 yaşında olduğunu söylüyor. Gazze'nin Mısır'a açılan kaçakçılık tünellerinde çalışan yüzlerce çocuktan biri olan Anwar, iki arkadaşının Mısır yönetiminin kaçakçılara karşı tünellere gaz pompalaması sonucu nasıl öldüğünü anlatırken..."

Haber ilerledikçe Nâsır'ın kılık değiştirir gibi giyinmiş olduğu şakacı yüzü sıyrıldı, altından başka bir adam göründü. Öldürmek üzere olan bir adam, ölmek üzere gibi. Gözleri başka bir yere baktı, pusuda gibi, pusuya düşmüş gibi. Kim olduğunu hatırlayan ama bunu hiç kimseye söylemeyecek bir eski savaşçının kalbinde namluya mermi verildi. Göz-gez-arpacık... Boş yere nişan aldı öfkesi. Dikiz aynasında yüzünü görünce, geri geldi. Dönüp, konsoldaki onlarca pusulaya dalmış Filipina'ya baktı:

"Beğendin mi?"

"Ne çok pusula?" dedi Filipina, ne diyeceğini bilemediği için.

Nâsır'ın yüzü ilk kez yaşına döndü. Gevezelik sesini yuttu. Bir hakiki sesi vardı düşkün, alacakaranlık; onunla konuştu. "Anlatırım *Refika*," dedi. Sesi Gazze tünellerinden gelir gibiydi:

"Onu da anlatırım. Yola çıkalım da."

Nâsır radyoyu darbukalı, tefli bir müziğe ayarladı "Hadi bakalım," dedi, "Beyrut'a hoş geldin *Refika* Filipina!"

"Ben," dedi Filipina, genzini yuta yuta:

"Kiliseye değil..."

İlk kez Nâsır'ın yüzüne baktı. Bulup buluşturduğu en kararlı sesiyle konuştu:

"Benim Şatila Kampı'na gitmem lazım."

Nâsır öyle bir döndü ki Filipina'ya, arabanın konsolundaki, hepsi farklı yönleri gösteren onlarca pusulanın ibresi daha motor çalışmadan hep birlikte hızla dönmeye başladı.

2

"Tak! Tak! Tak! Beyefendiler! Akşam yemeği servisi başlamıştır."

Kâhya, büyük asayı zemine üç kere vurduğunda siyah cüppeli adamlar ve kadınlar birbirlerine öncelik tanıdıkça daha çok oyalanarak dev ahşap masaya yaklaştılar. Herkes masadaki isim kartlarına bakıp bu seçkin, akademik "yüksek masa" yemeği boyunca yanına oturacak kişinin ilgi alanına göre bir "konuşma konuları listesi" hazırlamaya başladı kafasında. Avrupa Çalışmaları Merkezi Başkanı Philip Smithson'ın yanına oturacak olanlar, Avrupa Birliği genişleme çalışmalarıyla ilgili okuduğu son makaleyi *download* ediyordu hafızasından. Ortadoğu Çalışmaları Merkezi'ne konuk hoca olarak gelen Mısırlı İslamcı akademisyenin yanına düşen, derhal Müslüman Kardeşler'le ilgili olabilecek en karmaşık ve cevabını en iyi bildiği soruyu hazırlıyordu kafasında. En zor durumda olanlar, o günkü "Avrupa'da İslam Algıları" başlıklı seminerde sunuş yapanların yanına düşenlerdi. Hangi sunumu kimin yaptığını hatırlamak için kısa dönemli belleklerine tam gaz yüklendikleri her hallerinden belliydi. Seçkin akademik konukların hepsi bu "sıkıcı Oxford yemekleriyle" ilgili, en az onlarca kez yapıp sınadıkları iyi esprilerini yan yana diziyorlardı akıllarında. O akşamki menüyü, sadece kariyerleri bakımından hiçbir işlerine yaramayacak kişilerin yanına düşenler merak ediyordu.

Dekanın eliyle yapması gereken "Buyrun" işareti geciktikçe, acele etmenin ve giderek her türlü heyecanın uygunsuz sayıldığı yemekte, sandalyelerinin başında bekleyenler eften püften sohbetlerini uzatmakta zorlanıyordu. Nihayet komut verildi, icabet edildi. Süslenerek ne kadar lezzetsiz olduğu unutturulmaya çalışılan İngiliz mutfağının ilk trajedisi, giriş yemeği olarak servis ediliyordu. Tatları bu akademik azamete hiç yakışmayan şaraplara, her biri üç doktora yapmış gibi görünen, Kolej'in orta yaşlı garsonları tarafından döndürülerek, yan yatırılıp, sanki başka bir seçenek varmış gibi markası gösterilip tattırılarak Fransız havası veriliyordu.

Kimsenin davet edilmeden gelemeyeceği ve ilk kez böyle bir yemeğe davet edilenlerin, daha sonra zorlama bir alayla ama muhakkak olduğundan daha görkemli anlatacağı yemekte, herkes her şeyi aynı hızda yiyor, şarabı aynı büyüklükteki yudumlarla içmeye gayret ediyordu. Beyaz masaların üzerine ana yemeğe varılıncaya kadar hiçbir şey damlamıyor, yüksek tavandaki avizelerle çoğalan ışık, menünün zavallığını gizlemek için bol bol çıkarılmış gümüş çatal-bıçak takımlarını olduğundan daha kalabalık gösteriyordu.

Deniz, küçükken Arapça duaları nasıl hiç anlamadan ezberlediyse, böyle gecelerde ne yapılması gerektiğini de öyle bellemişti. Çünkü insanların kendilerinden hiç bahsetmeden, esas olarak hiçbir şeyden gerçek anlamda bahsetmeden, beraber bu kadar uzun bir yemek yiyip bunca şarabı yan yana içebilmeleri son derece mühim bir Oxford terbiyesiydi. Onlar gibi olabilmek için her yolu denemiş, yıllar içinde kalbi bu yolda can çekişirken tek çözümün iç gözlerini tavanda bir yere yerleştirip bütün olup bitenleri uzaktan bir yerden izlerken, aynı anda eksiltilmiş bir haliyle olayın içinde yer almak olduğunu anlamıştı. Zaten kimse onun bütünüyle orada olmasını beklemiyordu.

Kimse kimseden bir hakikat, gerçek bir hikâye beklemiyordu. Bütün bu insanlar, en iyi ihtimalle, insanlığın baş edemeyeceği kadar büyümüş bilgi yumağına ancak bir cümle daha ekleyebileceklerini ve büyük bir ihtimalle bunu bile beceremeden ölüp gideceklerini biliyorlardı. Deniz'in, Oxford'dakilerin hakiki hikâyelerini laf döner dolaşır bu trajediye sıra gelir diye anlatmadıklarını düşündüğü bir zaman olmuştu. Ama bir süredir artık böyle şeyler bile düşünmüyordu. Çıkarıp tavana koyduğu gözlerini bile yitirmek üzereydi.

Tam da bu yüzden, bir yandan sol yanında oturan İslam Çalışmaları Merkezi'nin başındaki Henry Stevenson'la Oxford'da tartışmalara yol açan cami inşaatı hakkında konuşurken, sohbetin devamı gelebilsin diye konuyla ilgili okuduğu haberleri hatırlamaya çalışıyor, aynı anda daha İngilizce bilmediği yaşlarda Michael Jackson şarkılarının sözlerini nasıl uydurduğunu hatırlıyordu. Bu saçma düşüncenin nedeni, yan tarafinda oturan Yunan asıllı akademisyendi ve adamın dediklerini anlamadığı için onları da *Billy Jean*'i İngilizce bilmeden nasıl dinliyorsa öyle dinliyordu:

"*I and oven! I and oven!*"

Uydurup bozarak ezberlediği şarkı sözlerini, İngilizce öğrendikten sonra bir türlü gerçek haliyle duyamadığını, bilginin sadece çocukluk ezberleri karşısında yenildiğini düşünüyordu. "*Ben ve fırın*" ezberi Oxford İngilizcesine bile galebe çalıyordu.

Müslüman sakalına, havaalanlarında "rastgele" bavul incelemesine maruz kalmadan geçecek bir biçim vermiş Stevenson'ın ağır Brooklyn aksanı anlattıklarına o kadar uymuyordu ki, Deniz bir türlü bir Müslüman'ın İslami meselelerle ilgili konuştuğunu hissedemiyordu.

"... yani öyle sanıyorum ki caminin New College'ın kulesinden daha yüksek olmamasıyla ilgili bir tartışma da olmuş. Peygamber Muhammed -salallahu aleyhi ve sellem- bu konuda ilginizi çekeceğini düşündüğüm bir hadisinde şöyle der..."

Stevenson hadisi aktarırken, peygamberin adının ardından inananların tekrarladığı 'sallahu...'yu söylerken, 'Kendi inancı içinde Amerikalı bir turist gibi,' diye düşündü Deniz. Bir gün, bu Batılı Müslümanların İslam'ın içindeki bu turist hallerini, Mevlana'yı okuyup İslam'ı Budizm gibi bir uysallık olarak anlatmalarını, Batılının İslam'ın esmerliğini nasıl sıyırıp beyazlattığını, 'İslam inancının çeviride kaybolan katılığını' bir yerlere, muhakkak akademik bir makaleyle, ama nasıl, yazması gerektiğine takıldı kafası.

"Benim ülkemde de..." dedi, cilalı bir İngiliz aksanıyla. Sonra dönüp, cümlesine küçük bir akademik çevre düzenlemesi yapıp yeniden başladı konuşmaya:

"Haklısınız..."

Her aklı başında Oxfordlu gibi kutsal uzlaşma işaretini verdikten sonra yeniden kurdu cümlesini:

"Benim ülkemde de camilerin minareleriyle devletin diktiği seküler anıtların boylarının birbirini geçmemesine azami özen gösterilir. Hatta bu yüzden İstanbul'da sırf yüzlerce yıllık camilerin minarelerini gölgeleyebilsin hırsıyla görülmemiş çirkinlikte Atatürk anıtları inşa edildi son yıllarda."

Stevenson, ancak ana yemek geldikten sonra atılması caiz olan küçük, kesik bir kahkaha attı. Kahkahasının arasında sordu:

"Türktünüz değil mi?"

"Türk demeyelim de," gülümsemeli bir es verdi Deniz, "Türkiyeli diyelim."

Stevenson, camlaşan gözlerinin ardında Türkiye başlığı altındaki veritabanını tarıyordu. "Ha evet," dedi, "sanırım Türkiye'de de Almanya'dakine benzer bir milli kimlik gerilimi vardı. Yanılıyor muyum?"

Deniz, daha önce kerelerce yabancılara anlatıldığı için tamamen evrenselleşip basitleşmiş, küçük bir metne dönüşmüş ezberini, "Türkiye entelejansiyasının milliyetçilikle ilgili problematiği" başlığı altından çıkarıp, tek nefeste masaya bıraktı:

"Haklısınız. Türkiye'de entelektüeller ülkenin kuruluşundaki milliyetçi öğelerin reddi kabilinden ve ülkedeki farklı etnik gruplara yönelik imha politikalarına bir tepki olarak kendilerine Türk değil, Türkiyeli demeyi tercih ederler."

Stevenson çok kullanılan akademik bir jesti başarıyla tekrar etmek üzere dirseklerini masaya dayadı, ellerini yüzünün önünde kavuşturdu, kaşlarını kaldırıp ilgiyle Deniz'e baktı ve ağzındaki lokmayı çiğnerken, başını 'Evet, anlıyorum, ilginç' anlamında uzun uzun salladı. Tabii ki ilginç bulmamıştı ve tabii ki kendisi de şimdi aynı nezaketli jestle karşılanacak bir şey söyleyecekti:

"Böyle durumlarda İslam'ın oynayabileceği birleştirici rol konusunda ne düşünüyorsunuz? Çünkü bugünkü ilginç sunumunuzdan anladığım kadarıyla İslami hareketin Ortadoğu'da yoksullukla ilişkisini kurmaya çalışıyorsunuz. İslam'ın yükselmesini yoksullukla ilintilendiriyorsunuz. İlginç tabii."

Oxford'da üç tür "ilginç" vardı. Birincisi, "Hiç de ilginç değil ama şu anda konuşmak zorunda olduğumuza göre birbirimize iyi davransak iyi ederiz," demekti. İkincisi, "Hiçbir şey anlamadım," demeye gelirdi ki bunu ancak sarhoş olup doktora tez konusunu Oxford barmenlerine anlatacak duruma düşenler duyabilirdi. Üçüncüsü ise, "Tamamen saçmalıyorsunuz ama akademik adaba sahip olmadığımı düşündürecek kadar delirmedim," anlamına gelirdi. Stevenson'ınki kesinlikle üçüncü gruptandı. Deniz, "ilginç" kelimesinin üç buçuk yıllık Oxford hayatında gerçek anlamıyla kullanıldığını hiç duymamıştı.

"Henüz tezi yazma aşamasındayım elbette. Ama 'İslami terör' kavramının bu toplumsal hareketin içinden yoksulluk faktörünü tamamen çıkarttığını düşünüyorum. Üstelik ABD'de siyasal amaçlarla üretilen bu söylemin Avrupa akademiasını da ele geçirdiği kanaatindeyim. İslami hareketin neo-liberal sisteme karşı üretebileceği ya da üretmeye çalıştığı tavrın görmezden gelindiği gibi bir gözlemim var. Hatta ılımlı İslam kavramının bu direniş kültürünü nötralize etmek için politik bir araç olarak üretildiğini..."

Stevenson yemeğine dönmüş, ama belli aralıklarla başını sallayarak Deniz'e bakıp dinlediğini gösteriyor, bir yandan da tabağındaki kupkuru rostoya karşı kaşlarını kaldırarak duyduklarını onaylamadığını tatlı tatlı belli ediyordu. Deniz ellerini hareket ettirmeye başlamıştı. Ellerini yakaladığında çok geçti, kendisinden hiç böyle bir şey beklenmemesine rağmen gerçekten konuşmaya başlamıştı. Masada ondan başka aynı halde olan tek kişi, Avrupa Çalışmaları Merkezi'nin, kocasından yeni ayrılmış, son bir ayda yedi kilo almış, şarabı fazla kaçırdığı için burada bulunmasının tek nedeninin bir misafirin gelemeyişi olduğunu unutup Filistinli doktora öğrencisine erkeklerle ilgili aforizmalarını açıklayan Francesca idi. Deniz ellerini yavaşça kucağına koyup repliğini hiç değilse yemeğin adabına uygun bitirebilmeyi başardı:

"Siz ne düşünüyorsunuz bu konuda?"

Stevenson bir akademisyenden çok, bir din adamı ağırlığıyla çatalını, bıçağını bıraktı, akademik cüppesinin yakalarını düzeltti, Deniz'e döndü:

"İnançlı biri misiniz Deniz?"

Soru, taze krema ve çilek servisinin masada yarattığı harekete, ardından da Dekan'ın herkesin gevşemesi için beklettiği, bol miktarda ölçülü espriyle süslenmiş "teşekkür" konuşmasına denk geldi. Deniz Oxford adabının dışında olan soru ile o kadar şaşırmıştı ki, dekanın konuşması boyunca yapabildiği tek şey, herkesin güldüğü yerlerde sırıtmak oldu. Stevenson da "politik nezakete" aykırı sorusunun bir dedikodu ağına takılıp Üniversite Etik Kurulu'nda başına bela olmasından çekinmiş olacak ki, dekanın konuşması bittiğinde hâlâ cevap beklediğini hissettirecek hiçbir şey yapmadı.

Deniz kremayı karıştırdı, çatalıyla şekillendirdi, çilekleri tabağının o tarafından bu tarafına aktardı. Büyükanneanne'sinin ona verdiği tuhaf din eğitimini, çocukluğunun sakallı, tombul, eğlenceli tanrısını hatırlarken, içine içinde bulunduğu durumla hiç ilgisi olmayan ılık bir ağlama hissi aktı. Bir nefes alıp, artık onu dinlemeyen Stevenson'a döndü:

"Bir tanrıya inanmayı çok isterdim Bay Stevenson. İnsan bazen affedilmeyi çok istiyor."

Stevenson, dirseklerini masaya dayadı, ellerini kavuşturdu. "İlginç" demeye hazırlanırken başını sallamaya başlamıştı bile. Deniz cümlesinin gerisini yutabilecek kadar aklı başında kalabildiği için kendiyle acı acı gurur duydu.

'Çünkü Bay Stevenson, önceki gün hiç istemediğim halde bir bebek aldırdım.'

7 Temmuz, 1982, Şatila Kampı, Beyrut

Filipina, benim güzel kızım,

Bu mektubu seni Filipinler'e, anneannenin yanına göndermeye karar verdiğim gün yazmaya başladım. O yüzden şimdi hemen masamın yanındaki beşikte uyuyor olsan bile uzaklara, çok sonraya yazıyorum.

Şimdi o kadar komik ve küçük bir köfteye benziyorsun ki kamptaki herkes seni "kıbbe" diye seviyor. Ama ben biliyorum, güzel ve şefkatli bir kadın olacaksın. Annene benziyorsun çünkü. Ama gözlerin Filistin. Bir gün kendin bile gözlerine şaşacaksın.

Etimden et koparıyorum seni gönderirken. Yalnız seni değil, bu savaşın ortasında sığındığım tüm hatıraları da gönderiyorum denizlerin ötesine. Çünkü burada insanlar bir yanlışlık gibi ölüveriyor. Sen bir yanlışlık olamayacak kadar güzelsin.

Sana bir hikâyeden başka verebilecek hiçbir şeyim yok. Eğer bir gün dünyaya niye geldiğine lanet edersen, eğer ben o gün orada olmazsam, bil ki senin bir hikâyen var. O kadar çok güzel insanın ölümünü gördüm ki, öğrendim. Ne yaparsan yap sadece bir hikâye kalıyor geriye. Anlatılınca yalan gibi, hiç olmamış gibi gelen.

Filipinam, benim güzel kıbbem,

Annen bu ülkeye geldiğinde 1979 kışıydı. Niye geldiğini, Manila'dan neden, nasıl ayrıldığını sana anlatacak onlarca insan olacaktır. Doğrusu ben de tam anlamıyla bilmiyorum onun geçmişini. O kadar âşıktık ve kendi hikâyemiz öyle hızlı akıyordu ki dün için hiç vaktimiz olmadı. Bu yüzden ben sana onun, senden ve benden başka kimsenin bilemeyeceği bizim hikâyemizi anlatacağım.

Güzel kokulu kızım,

Annen buraya birçokları gibi çalışmak için geldi. Hıristiyan bir ailenin yanında hizmetçiydi sanırım. Bir keresinde bana, "Bu ülkeden geri götüreceğim tek şeyin para olduğunu sanıyordum. Herkes gibi bir hayat kurmayı hayal etmiştim," demişti. Oysa annen herkes gibi biri değildi. Ya da kim bilir, belki de tıpkı hepimize yaptığı gibi, bu şehir onu da bir roman kahramanına dönüştürmüştü. Herkes bu şehri o yüzden sever Filipinam. Herkesi olduğundan daha kahraman yapar Beyrut.

O geldiğinde şehir çoktan ikiye bölünmüştü. Batı ve Doğu Beyrut olarak. Doğu Beyrut'ta Hıristiyanlar ve onların camdan dünyası, Batı Beyrut'ta, bizim topraklarımızda ise savaş vardı. Bir gün büyüdüğünde eğer bir dünya haritası ve onun üzerinde, Akdeniz kıyısında küçücük bir nokta olarak Beyrut'u görürsen bu küçücük toprağın nasıl ikiye bölündüğünü anlamayabilirsin. Önemli değil, bil ki zaten kimse tam olarak anlamadı olup bitenleri.

Şehir ikiye bölünürken bize de bir şey oldu Filipina. Acı, insanları gövdelerinin dışına kaçırır. Acının gövdelerinden geçmesini beklemek için etlerinden giderler insanlar. Bazıları, bir daha hiç geri dönmez. Tuhaf olan şu ki, bu toprakların tarihi baştan sona bununla ilgili olmasına rağmen kimse çocuklara bunun bir gün onlara da olacağını öğretmez. Oysa ruh, böyle yas tutar. Gövdeden giderek. Ruh bir gün acısı geçtiği için değil, gidecek başka yeri olmadığı için geri döner. Şatila'dakilerin kendi etlerinden başka bir evi, ülkesi yoktur.

Burada hepimiz, hep birlikte, derimizin etrafından, üzerinden geçip gidenlere bakıyoruz. Sabah kalkışımıza, labneyi ekmeği sürüşümüze, zeytinyağının labnenin üzerinde sarı, aydınlık bir leke olarak yayılışına, ekmeği çiğneyişimize, nefesimize bakıyoruz. Sonra bir gürültü başlıyor. Sığınaklara gidişimize bakıyoruz, hayret ederek kendimizi izliyoruz. Bazen rüyalarımızı bile uzaktan izliyoruz. Gövdesini avutacak son cümlelerini de tüketmiş insanlar olarak bağıra çağıra sessiziz biz.

Ama bir gün annen çıkageldi...

Annen Şatila Kampı'na getirildiğinde, üzerinde kana bulanmış pembe bir hizmetçi üniforması vardı. Onunla ilgili hatırladığım ilk şey, dağınık saçlarının arasından dehşetle parlayan gözlerini kadınlara dikip giyecek bir şeyler istemesiydi. Üniformadan nefret etmişti ve sanırım Şatila'yı, bu şefkatli ve merhametsiz kampı, öncelikle kendisini o üniformadan kurtardığı için sevmişti. Onu getiren adamların kalaşnikoflarından sadece birazcık daha uzundu boyu, ama öfkesi bütün Şatila halkına yetebilirdi. Filistinlilerin azılı düşmanı Falanjist aileyi Ulusal Müze'nin oradaki Barbir Kontrol Noktası'nda kurşuna dizmişlerdi ve annen -bizimkilerden biri, "Ezilen halklar kardeştir," deyip onu ayırmış- paket edilip kampa getirilmişti.

Zenginlerin böyle tuhaf bir yanı vardır Filipina. Yoksulluğun üzerini üniformalarla örterler. Sanırım birinin kendilerine kölelik etmesi fikri rahatsız ediyor onları. O yüzden bir insandan başka bir şeye benzetmeye çalışıyorlar hizmetkârları. Üniformalar bu işe yarar, sakın unutma bunu ve asla bir üniforma giyme.

Hıncım var bu savaşa, bu şehre. Sana bunları şimdi böyle, her şeyi hep birden söylemek zorunda bırakıyor beni.

Ben ruhumu çok uzaklara gönderdim. Bu kamptaki insanların bütün yaralarını tedavi edebilmek için, doktorluk yapabilmek için herkesinkinden daha uzağa gitmek zorunda kaldı benim ruhum. Belki sana bu mektubu yazarken, kendimi geri çağırıyorum.

İnsanlar bütün bu savaşın ortasında nasıl olup da kliniğe kapanıp, bir şeyler yazıp durduğuma hayret ediyor. Sanırım sana mektup yazmak ruhuma gövdemden başka bir ev kurmaya yarıyor. Temiz ve yarasız bir ev. Çünkü artık hiçbir şeyin parçası olmak istemiyorum. Ne bir savaşın ne de umudun. Ne bir halkın ne de bir tarihin. Ne elimizde tuttuğumuz eski ülkedeki evlerimizin anahtarlarının ne de bu sonsuz "taktaka"nın. Benim için savaş bitti Filipina. Sana bunun nasıl olduğunu anlatacağım.

Filipinam,

Şimdi bu ölümle dolu hikâye için çok küçüksün. Ama bil ki ölüm o kadar korkunç bir şey değil aslında. Hatta önemsizleşiyor yeterince gördüğünde. Kendi ölümün bile önemsizleşiyor. 'Eğer o kadar insan yapabildiyse ben de yapabilirim,' diyorsun. Bunu annenden öğrendim ben. Annen, sen sancılarla onun kasıklarını itmeye başladığında, "Bütün bu insanları birileri doğurduğuna göre ben de doğurabilirim demek ki," demişti. İnsanlara baka baka güç almıştı, doğururken de, ölürken de. Haklıydı, insanlara bakmayı unutmazsan aslında, hiç korkmazsın.

Filipinam, tatlı kıbbem, benim ve annenin, sonra da senin hikâyen Şatila Kampı'nda başladı. Duvarları etten, sokakları ince enseli çocuklardan, evleri evsizlikten kurulu bu mülteci kampı senin ilk evindi.

...

3

Beyrut'ta yaşayan, yaz aylarında neredeyse şehrin markalarından biri haline gelecek kadar çoğalan milyonlarca benzeri, yaşadıkları binaların beton ve demir iç organlarını nasıl ezbere biliyorsa, o da Âşrafiyya Mahallesi'nin kenarından inen Jetawi Yokuşu'nun başındaki apartmanın çatlakları konusunda öyle engin bir tecrübeye sahipti. Dolayısıyla bir delikten ötekine geçerkenki bekleyişleri yol konusundaki tereddütünden değildi.

Birinin onu takip etmediğinden emin olana kadar sağına soluna anten kesildi. Ancak kimsenin peşinde olmadığına kanaat getirdiğinde, geç kaldığı gizli yeraltı toplantısına doğru yeniden seyirtti. Gireceği deliğin önüne vardığında aniden durdu. Künt gövdesini hoplatarak duraklatan bir endişeyle yeniden sağına soluna bakındı. Kendini güçbela teskin edip korkusunu savdı. Derin bir nefes uzunluğunda bekledi ve kendini kıvrana kıvrana sokuşturduğu çatlakta kayboldu.

Muhakkak ki bu yaz yapacakları büyük harekâtın planı için düzenlenen karar toplantısında, geceden beri aklında çevirip durduğu, siyasi çatışmaların bir numaralı konusu, memleketin başına bela olan *Ulusal Savunma Stratejisi*'ni dinleyecek birileri çıkacaktı. Kafasına koymuştu; eğer kimse onu dinlemezse cesametini ve yaşının avantajını kullanarak kendini ortaya koyacaktı. Ne olursa olsun, hiç değilse bu yaz, tıynetsiz tespihböceklerinin gevşekliğine ve ruhsuz karıncaların vurdulu kırdılı hırsına bir dur denmeliydi. Herkesin kendi klanını düşündüğü, bir türlü işlemeyen bu sisteme artık bir çekidüzen verilmeliydi. Bunu bir hamamböceğinden duymalarının zamanı çoktan gelmişti!

"Herkes payına düşeni alacak!" diyecekti. "Ama hep birlikte ortaya çıkarsak geçen yazki gibi bir toplu imhaya kurban gitmeyeceğimizi içinizden kim garanti ediyor!"

Bu soruya bakalım hangisi cevap verebilecekti! Tam da o sessizlikte bütün böceklerin kalbine hitap edecek şu sözü söylemeyi planlıyordu:

"Yeterince kan akmadı mı! Soruyorum size: Hepimiz yeterince kurban vermedik mi?"

Ya gürültü etmeye devam ederlerse? Bunu düşünmek bile sinirden antenlerini titretiyordu. Bu kez kesinkes sesini yükseltecekti:

"Farklılıklarımızın ve iktidar hırsının kurbanı olamayız artık!"

Yeni güç dengelerini anlamış olsalar iyi ederlerdi. Lanet olası kedi daireye geleli beri, fareler de ortadan kaybolduğuna göre, etraftaki en kıdemli, en söz sahibi şahsiyet kendisiydi. Bunun da farkında değillerse bu sefil böcekler için yapabileceği hiçbir şey kalmamış demekti. Öyleyse ağırlığını şöyle koymalıydı:

"Anlasanıza! Marwan'ın kapıcı dairesinde hepimize yetecek yer var!"

***

Nâsır'ın İç Savaş hatırası Mercedes'inin veremli öksürüğü önce apartmanın önünde, sonra Jetawi Yokuşu'nda gümbürdediğinde Marwan yataktan henüz kalkmamış, izleyip durduğu hamamböceğinin antenlerine takılan karanlık hayallerini tavanda gezdiriyordu. Rutubetin yeşil yosun danteli, gözünü yeterince kıstığında, Bekaa Vadisi'nin çocukluğundaki tepelerine benzeyebiliyordu. Sokak sessizleştiğinde uykunun suyuna dalıp dalıp çıkan aklı, böceklerin hayali toplantısı ile yatmadan önce okuduğu siyasi haberler arasında gidip gidip geliyordu. Uykunun her şeyi mümkün kılan bulanıklığında ikisini birbirine karıştırıyordu. Evin duvarlarının içindeki envai çeşit böcek kalabalığı Beyrut'taki siyasi gruplara dolaşıyordu. Kendi kendine gülmeye başlayınca aklının içindeki bu tuhaf bulanıklığa daha dikkatli baktı.

Tabii canım, kıdemi ve kudreti gereği, hamamböceği Hıristiyanları temsilen General Aun olmalıydı. Faşizan yöntemleri göz önüne alınırsa karıncaların Samir Jaja'nın takipçilerini temsil etmesi uygundu. Ve tabii ki -iyice yayıldı uyuyan gülümsemesi- dokunduğunda içine kaçan tombul tespihböcekleri Haririlere ve partilerine çok denk düşerdi. Beyrut'ta çeşitliliği haşerattan daha zengin olan etnik ve siyasi grupların hepsine temsili bir böcek bulacak kadar uğraşacak değildi. Ama bu durumda, tamamen mantıksız bir muhasebe sonucu Marwan'ın İran kedisi Hizbullah'tan başkası olamazdı. Hizbullah, böcekleri her gördüğünde oynuyor ama hep öldürmeden bırakıyordu.

'Bunlara bir İsrail bombardımanı gerek!' diye düşündü rüyasının içinde Marwan. Uyanıklığa doğru eğilirken uykusu, 'Bu sefer yaz iyice bastırmadan ilaçlama şirketini çağırmalı,' diye ciddileşti rüyası. Ağzında gülümseme yayıldı: 'Böcekler de böylece Beyrut halkı gibi benim salak kedinin başlarına gelebilecek en iyi şey olduğunu anlar belki.'

On yıllık Suriye işgali bittikten sonra Beyrut'ta hemen herkesin hep birlikte kahramanca ve vatansever hislerle nefret ettiği Suriyelilerden biri olarak bu rüyanın içinde kendine de tatlı bir rol ayarladı derhal.

'Ben de bu durumda Lübnan'da etkisini hâlâ sürdüren Suriye oluyorum.'

Göğsünden ve bacaklarından dökülen tüylerle grileşmiş, sıkıntılı bir uykuyla yatağın ortasında toplanmış beyaz çarşafa esmer, ince bacaklarını dolarken, kendini Ortadoğu'nun en ketum, en inatçı devleti gibi hissedip keyifle ve diplomatik bir ciddiyet içinde gerindi. Başı, yastığın içinde, saltanatını birkaç dakika daha sürdürebileceği güzel bir rüyanın ucunu arıyordu hâlâ. Rüya vagonları iki yöne doğru gözünün önünden geçiyor, bir türlü doğru zamanlamayla doğru rüyaya atlayıp, kapıcı dairesine girmeye başlayan gün ışığından sıvışmayı beceremiyordu.

Tam niyetlenip içinde çocukluğuyla ilgili şeylerin olduğu bir rüya vagonuna zıplamıştı ki kedi yatağın içine hopladı. Gözlerini bütün kediler gibi devasa bir bomboşlukla Marwan'ın yüzüne diktiğinde korkup, "Allah'ın belası Şii!" diye bağırdı Marwan. "Manyak terörist! Deli fedai! Ne var yine sabahın köründe?!"

Sakinleşip kediye bakınca keder mi neşe mi olduğuna uyur uyanık tam emin olamadığı bir bulanıklık doluştu kafasına. Elinin altında kedi, gözlerini kapar kapamaz gece onu uykuya elleriyle bırakan cümleyi buldu gözkapağının içinde:

'Keşke bana da böyle baksa!'

Dün sabahki görüntü göz karalığında giderek netleşiyordu. Deli gibi miyavlayarak apartmanın üst katlarına tırmanan kediyi almak için merdivenleri çıkıyor, bir yandan da, "Manyak kedi! Aşura töreninde bağırlarını döven Şiiler gibi. Sanki canını alıyorlar namussuzun!" diye söyleniyordu. Sonra gıcırtısından Zeynab Hanımların açılan kapısının sesini tanıyor ve aniden duraklayıp bu kez hiçbir ses kırıntısı çıkarmadan devam ediyordu merdivenleri çıkmaya. Kendi kalbini duyuyordu. İki haftadır bu anı bekliyordu.

***

Kendi kendine bile inanmayan, dileklerinden vazgeçmiş dualar gibi yükseliyordu terastaki yaseminlerin filizleri iki hafta önce. Belki de Tanrı vardı! Yoksa Marwan sokakta tam o anda durup niye baksın ki yukarılara, Zeynab Hanım'ın terasına? Bakmıştı işte ve yasemin gölgeleri arasında yaseminlerden ince bir gölge olarak görmüştü onu ilk. Ağladığı önce alnına, sonra terastan Âşrafiyya'nın en dik yokuşuna, karanlığa dökülüp sona eren saçlarından anlaşılıyordu. Marwan, Filipinliyi ilk o gece görmüştü.

Kızın yüzü, karanlıkta yarısı cevapsız kalmış bir bulmaca gibi bölük pörçüktü. Ertesi gece kafasında, sözcüklerle cümlesini kurmadığı bir kararla apartmanın tam karşısındaki inşaata çıkmış, dördüncü sigarasını kız terasa çıkar çıkmaz, çocukluğundan kalma bir savaş bilgisiyle söndürmüştü.

Kız yine ağladı. Ağlaması bitince yaseminin kurumuş yapraklarını ayıkladı. Kaç gece yaseminin yapraklarını ayıkladı kız, ağlaması her bittiğinde. Kızın yüzü her gece başka tarafı çıkan ama hiç bütünü çözülemeyen, sokak ışıklarıyla her gece başka türlü görünen bir bilmece. Taktı kafasına Marwan. Elleri incecik çünkü, bilekleri daha fena. Beyaz tenli, orası kesin. Bembeyaz giyiniyor bir de.

Marwan çok esmer ve çirkince. Elleri kollarına büyük, göğsünün ne geniş olduğu mümkün değil anlaşılmıyor giydiklerinden. Aklında anlatacak çok şeyi var ama saçları öyle yağlı ki, imkân yok, ihtimal vermez kimse. Kadından, kadın avutmaktan anlar ama inanmaz buna biraz sarkık, çatlamış altdudağına gözü takılan hiç kimse. Bir tek gözleri var. Gözlerinden başka hiçbir şeyi yok Marwan'ın.

Taktı kafasına Marwan:

'Kızın gözleri çok mu çekik acaba?'

Nihayet dolunaya denk getirip bir gece, nihayet söndürdü sigarasını yine. Kız o gece ağlamadı hiç. Bir sigara yaktı sadece.

'Sigara içmesini de bilmiyor demek ki. *Haram*!' diye geçti kalbinden, 'Yazık!'

Kız, sigarayı yarım söndürdü, kıyı boyunca uzanan Korniş Caddesi'nin denizde çırpınan ışıklarına baktı ve nihayet dönüp karşıdaki karanlık inşaata... Aynaya bakar gibi boş. Saçlarını toplayıp, büküp, sardırıp kendi kendine, ensesinde topladı. Marwan ayna gibi durdu, bomboş. Kızın koltukaltları göründü, beyaz beyaz. O gece boşaldı Marwan rüyasında:

'Gözleri çekik değilmiş!'

***

Marwan, merdivenlerden o kadar sessiz çıkıyordu ki, durup izlemeye başladığında Filipina'nın onu fark etmesine imkân yoktu. Kapının önünde bağırıp duran kediye eğildi Filipina. Oturup kediye baktı. Öyle baktı ki, kedi bir derde düşmüş, derdini demeden anlarmış gibi. Onu iyileştirecekmiş, dermanı ondaymış gibi. Kedinin içine bakar gibi baktı.

Sanki onun için her şeyi yaparmış, ne yapar eder, koynuna alır, sarar sarmalar, onu her şeyden korurmuş gibi. Sanki ateşlenmişsin de annen bütün gece başında bekleyecekmiş, sirkeli havluları uykunun cehennem karanlığında serin serin ayak bileklerinde hissedecekmişsin, anneni oradan bilecekmişsin, daha şefkatli bir rüyaya alnını tuta tuta seni elleriyle bırakacakmış, sabah onu orada öylece göreceğine şüphe bırakmayacak fısıltılar akıtacakmış kulağına... Öyle bakıyor ki, sabaha iyi olacaksın muhakkak. Öyle ki terleye terleye küçülmüş, hafiflemiş uyanacaksın, açınca gözünü, annenin sevinmiş, sana eğilmiş yüzünü göreceksin, "İyi ki hasta oldum," diyeceksin, dertsiz tasasız, hafif bir uykuya dalacaksın tekrar.

Orada, o merdiven boşluğunda Marwan, içinden bakır telden bir cümlenin geçtiğini bildi sadece:

'Keşke bana da böyle baksa...'

Bu sabah, o cümleden sonraki ilk sabahtı. Marwan, İç Savaş'taki sığınaktan bozma kapıcı dairesinin böcek çıtırtılarına uyanmamak için taze un kokan bir rüyaya kendini bulamaya çalışırken, yukarılardan tarazlanarak yuvarlanıp inen Zeynab Hanım'ın sesi çoktan kapısına dayanmıştı:

"Marwaaaan! Ekmek Ağacıı!"

4

Deniz, artık evinin içindeydi.

Bu sabah da her şeyi aynı sırayla yapmıştı. Tunç kapıdan çıkar çıkmaz, yalnız kaldığına emin olduğunda kalkmıştı yataktan. Üzerini değişmesine gerek yoktu. Bir haftadır aynı eşofmanla yatıp kalkıyor, giysilerin karmaşık dünyasından kurtulmuş olmanın bozulmuş muhallebi tadındaki uyuşukluğu, batan bir geminin safralarını atması gibi onu hafifletiyordu. Uyurken bileğine taktığı saç lastiğiyle saçlarını tek bir harekette yukarı topladı. Bir gün öncesinin kahve fincanını masanın üzerinden aldı. Yarım kalmış kahvenin gece boyunca fincanın içine ağır ağır çizdiği ve hayatın daha karanlık yarısına doğru derinleşen çizgilere baktı. Önceki günlerden kalan çizgiler, katman katman dibe gidiyordu. Fincanı sudan geçirip bütün çizgileri kapatacak kadar kahveyle doldurdu. Üniversite lojmanının, yeşilin en hastane tonundaki kanepesinin iki büyük minderini alıp mutfağa getirdi, bir kenarı duvara dayalı olan masanın iki yanına dayadı. Çizgisiz beyaz kâğıtlarını, yeşil mürekkepli kalemini aldı. Her şeyi masanın altına koyup dizlerinin ve ellerinin üzerine çöktü. Küçük masanın altına kurduğu küçük kulübesine girmek için kesik kesik hareket ederek, emekleyerek, dönerek, kıvrılıp sürünerek küçüldü. Artık evinin içindeydi. Yazmaya başladı...

Sevgili Sıla,

Her ilişkinin gizli bir mezarlığı vardır. Eğer iki kişiden biri bu mezarlığı yalnız ziyaret etmeye başlamışsa pek yakında o mezarlık, ilişkinin de ebedi istirahatgâhı olacak demektir.

İnsan, evlenmek üzere olan kız kardeşine böyle bir mektup yazmamalıydı. Ama bir hafta önce başladığı, kenarına köşesine çocukluk fotoğrafları yapıştırarak tuhaf bir evlilik hediyesine dönüştürmeye çalıştığı mektup uzuyor, dolanıyor ve kendi kendine, kendi hayatına yazdığı, kahve fincanının içindeki çizgilerle birlikte derinleşen bir yas kaydına dönüşüyordu. Mektup, yıllardır akademik metinlerle terbiye ettiği aklının iflas belgesi olarak uzadıkça uzuyordu.

Sakın o mezarlığı yalnız ziyaret etme. Ne olursa olsun yanındaki adamı da sürükle. Yoksa...

Yoksa ne? Resimli belleğinin içinde kabarcıklar gibi belirip belirip yok oldu Tunç'la yaptıkları, ikisinin sesinin de çaresizlik ve bıkkınlıkla silikleşmesiyle sona eren, kavga olmayı bile beceremeyen tartışmalar. Tunç'un her seferinde yürüyüş yapıp, gelip bambaşka şeylerden söz ederek ortak kayıtlarından silmeye çalıştığı o konuşmaların ardından evde kalanın hep kendisi olduğunu fark etti.

Yoksa bir gün o mezarlıkta yalnız kalırsın.

Ev, her tartışmanın tek tek öldürdüğü ortak planların, ortak tarihe kaydedilmiş, tereddüt anlarında ikisine de hatırladıkça güven veren, giderek daha sık dönüp bakılan "en güzel günleren güzel geceler" haznesinin görünmez taşlarıyla dolu bir mezarlığı andırdığı için kendine mutfak masasının altındaki bu "iç evi" kuruyordu. Bunu Sıla'ya anlatacak değildi.

Hatırlıyor musun Sıla? Sana kurduğum evleri? Annemin ve babamın yüksek siyasi idealleri peşinde yok oluşları sebebiyle apolitik anneanne-babaanne ekseninde korumaya alınmış çocuklar olarak ikimiz, ne çok ev kurmuştuk. Tanrım! Hayatımızın "Yüksek Yoğunluklu Hamurişi Dönemi" olarak anıyorum o yılları ve geniş kalçalarımla ne zaman bir vitrin camında karşılaşsam Türkiye Solu'na lanet ediyorum. Düşünsene, Berlin Duvarı yıkıldı, SSCB yıkıldı ama bizim siyasi içerikli karbonhidrat iptilamız sapasağlam ayakta!

İkimiz de kalçalarımızı anneanne ve babaannenin annesiz ve babasız büyüyen iki çocuk karşısında duydukları çaresizliğe, o çaresizlikle durmadan pişirilen keklere-böreklere, dolaylı olarak da 1980 Askeri Darbesi'ne borçluyuz. Ve biz o evleri seninle her ikisinden de korunmak için kurmuştuk.

Şimdi hatırlıyorum da ne korkunç bir telaşım vardı. Hızlıca bir ev kurmalıydım sana. Senden büyük olduğum için bu işi çabucak halletmeli, hayatımızı evcilik oyunlarıyla temize çekmeliydim. Sanırım o evlerin yorgunluğu yüzünden gerçek bir ev kuramadım. Zaten aramızda gerçek bir ev kurabilecek olan sendin. Başından beri. Çok iyi hatırlıyorum, hiç birbirine karıştırmazdın, "bu buymuş şu da şuymuş" diye evcilik eşyalarına dönüştürdüğümüz şeylerin hayali rollerini. Eve girebilmek için her şeyimizi, kollarımızı, dizlerimizi, seslerimizi büke büke evcilik oyunu ölçeğinde küçülttüğümüzde zaten ne kadar küçüktük aslında.

Sakın bir eve sığışacağım diye bükme kendini.

Son cümleyi yarısında yakalayıp karaladı. Bu mektubu daha fazla kendi korkularıyla bulandırmasına gerek yoktu.

Senin büyüdüğün günü hatırlıyorum, biliyor musun? Anneannemin verdiği çikolataları biriktirip, kazağının içinde, annemin -babamınki miydi yoksa?- açık görüşüne götürdüğünde, erimiş çikolataları açık görüşe sokmayı başardığın gün büyümüştün sen:

Bak anne! Polisler benim üstümü aramadı ki!

Siyaseten rüştünü ispatladığın gün, o gündür sevgili kardeşim!

Ben de "İlerici Çocuklar Örgütü"nü kurup beşinci kattaki Albay Faşist Niyazi'nin tokadına maruz kaldığımda işkenceden geçmiş ve çözülmemiş sayılabilirim herhalde. Aktif siyasi hayatımızı ikimizin de o günlerde noktalamasını kimse eleştiremez bana sorarsan!

Bir aydır aramasam da son günlerde annemi daha sık düşünüyorum.

Deniz kâğıda aniden, neredeyse kendi kendini yazan cümleyi bitirip durdu. Karnından yukarı köpürerek çoğalan ağlama hissini yutkundu. Bir aydır bir tek annesine söylemek isteyip, bir tek annesine söylemediği her şey bir saç yumağı gibi boğazına takıldı. Epeydir içmediği sigara ilk kez aklına düştü. Eliyle, yüzünün önündeki sigara dumanını dağıtır gibi süpürdü bulantısını.

O kadının anlatacakları hiç bitmeyecek, ikimiz de biliyoruz bunu. Öyle değil mi? Eminim bugünlerde onunla konuşmak istiyorsundur ve o da sana kesinlikle seninkilerden çok daha heyecanlı ve çok mühim hikâyelerle karşılık veriyordur. Altmış yaşına geldi ve hâlâ telefonda bir şey anlatacak olduğumda, "Önce sonunu söyle," diyor. Gazetecilik hastalıklarından kurtulamadı.

Düşündüğüm şey şu:

Acaba onun gibi hikâyelerin müptelası ve meczubu olmamak için mi akademisyen olmaya karar verdim? Hikâyeleri bizden hep daha çok sevdi bana sorarsan. Bizi onlar için ya da onlar yüzünden terk etti hep. Acaba buna kızdığım için mi kimsenin hikâyeleri umursamadığı, "akademi" denen bu zindana kapattım kendimi? Ya da, "Benden akademisyen olmaz" adlı argümanıma böyle psikanalitik icatlarla meşru bir gerekçe oluşturmaya çalışıyorum. O da mümkün.

Tam bunları düşünürken babam aradı geçenlerde. Sosyalist hurdası babamız Sılacığım, hippi olmaya karar verdiği günden beri -sanırım liderlik hastalığı tedavi edilemiyor- kendini Dalai Lama zannediyor! Durmadan aynı ying-yang türküsünü çığırıyor. "Yaşam kaynağımı" kurutuyormuşum, "akmalıymışım." En son Ortadoğu'daki İslami yükselişi "kaynaktan kopuş" olarak değerlendirip, "Afganistan'ın enerjisi kötü," deyince bundan kötüsü olamaz, diye düşünmüştüm ki şöyle dedi:

"Geçmiş yaşam terapisine gidiyorum."

Babam Sıla, dünya solunun problemlerinin böyle çözülebileceğine inanıyor: Geçmiş Yaşam Terapisi'yle!

Sanırım bizim ailenin patolojisi bu Sıla. Senin dışında hepimiz kendimizi fazla önemsiyoruz. Evlenmekle çok iyi yapıyorsun. Hiç değilse kendine ait, birinci el bir patoloji kurabilirsin! Şaka!

İçinin acısının mektuba düşürdüğü, giderek arsızlaşan alaycılığın Sıla'nın canını sıkacağını düşünüp çoktan yirmi sayfayı geçen mektubun bu bölümünü atmayı düşünüyordu ki telefon çaldı. Filistinli arkadaşı Rima, telefonu açar açmaz bağırmaya başladı:

"Develeri gördün mü? Allahın belası develer Oxford'un tam ortasında!"

Deniz telefona uzandığı sırada yerinden kımıldayan minderlerin ikisi birden yıkıldı. Hava kararmaya başlıyordu.

15 Temmuz, 1982, Şatila Kampı

Filipinam, tatlı kıbbem,

Bir insan bir insanda başka bir hayatın kapısını görünce âşık olur. Ne mutluluktur öte yandaki, ne de tadıyla meraklandıran bir acı. Aşk diye buna denir: Bir insan bir insanda tekinsiz bir ev görür. Ben annende öyle bir kapı, öyle bir ev gördüm.

Ben, Hamza. Şatila Kampı'nda bilinen ismiyle Doktor Hamza. İsmime aldanma, her zaman ufak tefek bir adamdım. Kuru bir iman tahtası! Annen ise sanki tam büyüyecekken annesinin karnından erkenden atılmış bir kız çocuğu. İnsan, yarası yarasına denk geleni seviyor demek ki.

Onu getiren komandolar ilk bana sordular:

"Doktor Hamza, ne yapalım bu kızı?"

Hırlıyordu.

Bir erkek bir kadından ne zaman uzak duracağını bilmeli. Ben bilirim. Bir kadına, ancak bir kadının dokunabileceği zamanlar vardır, öğrendim. Bu yüzden kadınları çağırdım, onlar da başka kadınları. Mırıltılardan bir ağ ördüler etrafına annenin. Birinden diğerine, ötekinden berikine, elleriyle onu yavaş yavaş yürütüp, kaydırıp, yuvarlayıp, uçurup götürdüler.

Önce onu yıkadılar. Kanla tutam tutam yapışmış saçlarını çözdüler. Zeytinyağı sabunlarıyla köpürttüler ellerini, elleriyle gövdesinden köpükleri sıyıra sıyıra yıkadılar, çocuklarına yaptıkları gibi temizlediler onu. Sulardan alıp sulara akıttılar. Anlamadığı bir dilde acıdılar ona, sevdiler, güldürdüler. Başka bir hayatın kapısından üzerinden sular döke döke geçirdiler. Hep birlikte tek bir kocaman, etli butlu kadına dönüşerek anneni geri, hayata çağırdılar.

Çakıl taşı gibiydi çünkü annen; kamptaki kimsenin daha önce görmediği türden bir çakıl taşı. Durmuştu. Kanı bile durmuştu. Kadınlar bu işlerden anlarlar, kanı elleriyle ısıta ısıta yeniden akıtırlar. Öğrenmezler, kadınlar avuçlarının içinde bu bilgiyle doğarlar. Küçük kız çocukları bu yüzden hep tedavi edecekleri bir şey ararlar.

Sonra saçlarını taradılar. Sanırım kadınlar birbirlerini saçlarından iyileştiriyorlar Filipina. Tel tel, uç uca bir şifa çemberi kuruyorlar. Onları izledim. Annenin uzun, siyah saçlarını, aklının içindekileri sıyırıp alır gibi çöze çöze, tuta tuta taradılar. Belki de bu yüzden kadınları yok etmek isteyen kadınlar tarih boyunca önce onların saçlarını kesiyor. Saçsız bir kadının tutulacak yeri kalmayacağını, artık iflah olmayacağını biliyorlar.

Ona yeni ölmüş bir genç kızın, sabun kokan siyah pantolonuyla sarı kazağını verdiler. Kalçaları pantolonu doldurmadı ve kazağın bir tarafı uzun, öteki tarafı kısaydı. Ama ıslakken taranıp sabunla aydınlanan yüzünün iki tarafından uzayan saçlarıyla bir kadından daha öpülesi bir şey yokmuş, o gün gördüm. Klinik demeye bin şahit kliniğimde izleyip durduğum savaştan ne kadar yorgun olduğumu da o gün bildim ilk.

Savaşı hastanede anlarsın Filipina. Savaşan değil, kaybetmiş erkeklerin cephesidir bu. Erkeklerin değil, erkek kalıntılarının cephesi. Artık kimse savaşmadığı için acıklıdır görüntü. Yaralardan değil, kandan da değil. Çaresizlikten ve ağrı kesicisiz dikilen *kesiklerden de değil. Savaşmayı bırakmış erkekler, savaşanlardan daha ürkütücüdür. Çıplaklıkları, ayakkabısızlıkları ve kapalı gözlerinin ardında akıp duran korkunç rüyaları, savaşın en korkunç cephesi yapar hastaneleri. Postallarını giyebilseler ve ayaklarında postallarıyla ölebilseler çok daha muzaffer olacaklar gibi gelir hep bana. Acının yaşanmasına izin verildiği bu cephe, en kanlı cephesidir savaşın. Görmek istemezsin.*

Herkesin iyileştirilmeye çalışıldığı bu cephede herkesin birbirini öldürmeye çalıştığı cepheden daha çok bağırır erkekler. Ben bu cephenin komutanıydım: Komutan Doktor Hamza! Emrimdekilerin ya bacağı yoktu, ya elleri kopuktu.

Annen ertesi sabah bu acayip cephenin dar kapısında durup, "Günaydın," dediğinde pek gülesim gelmişti. Çünkü annen tıpkı Filistinliler gibi İngilizce konuşuyordu Filipina. O da bizim gibi derdini anlatmak için İngilizce öğrenmiş ve derdini hiç anlatamamış bir halkın çocuğuydu. Bu yüzden hep biraz öfkeli gibi görünürdü İngilizce konuşurken. Bana ertesi sabah kliniğin kapısında durup, "Günaydın," dediğinde pek sevimsiz görünmesinin nedeni buydu:

"Bana bir iş ver!"

Biz dertli halklar, İngilizcenin incelikli, özenli, kibar sözcüklerini bilmeyiz. Bu yüzden söylemeyi bilmediğimiz sözcüklerin kaba görünen, öksüz boşluklarını doldurması için halimizden anlayacak, en az bizim kadar dertli bir halktan gelen birini sevmeliyiz.

Ona gazlı bezleri sarma işini verdim. Bütün bir gün boyunca sadece bir kez başını kaldırıp bana baktı. Onun da bende başka bir hayatın kapısını gördüğünü, başını indirip gazlı bezlere gülümsemesinden anladım.

Annen gazlı bezlere güldü ve ben güzel bir şey bulduğu anda onu kaybedeceği günü düşünmeye başlayan her Ortadoğulu gibi korktum. Biz Filipina, çok güldüğümüzde daha gülerken yakında ağlayacağımızı düşünüp suratını asan insanlarız. Sen öyle olmayacaksın çünkü annen benim gibi değildi. Ama işte o da benim gibi bir adamı sevmişti. Ben. Hamza Abu Şaar. Şatila Kampı'nda bilinen ismiyle Doktor Hamza. Kuru bir iman tahtası!

...

5

Her günkü elektrik kesintisi başlamadan önce ve sabah serinliği sona ermek üzereyken, uykusunun arasında kalkıp havalandırmayı çalıştırabilen, tam rüyaya dalacakken jenaratöründe mazot bulunduğunu hatırlayıp rahatlayan şanslı Beyrutluların dışında kalan pek çok kişi, şu anda evlerinde cereyan yapacak iki camı açıyor, Jetawi Yokuşu'ndaki bu pencerelerden birinden, yokuşun başındaki apartmanın en üst katından, yarı İngilizce, yarı Arapça bir şarkının sözleri sarkıyordu...

"*Punk Araplar!*"

Tuhaf giysili genç kadınlar ve adamlar, daha da tuhaf yüz ifadeleriyle ekranda donup kaldıklarında sözcükler birkaç kez yankılandı:

"*Punk... Punk... Arabız biz... Arap!..*"

Kamuflaj pantolonlu, yağlanmış çıplak göğüsleriyle genç adamlar, kamuflaj sutyenlerinden fışkırarak güneşte parlayan, yağlanmış memeleriyle genç kadınlar, bir havan topunun etrafında dans ediyor ve şarkının içinden bağırıyorlardı:

"*Biz terörist değiliz! Havalı punk Araplarız biz!*"

El bombalarının elden ele dolaştığı, kalaşnikofların ağızlardan bacak aralarına sürtünerek indirilip kaldırıldığı, durmadan havan topunun tepesinden atlanan görüntüler birbirinin üzerine bindikçe, Hâdi Bey'in aklı iyice karışıyordu. Kırışıklarla kat kat ağırlaşıp düşmüş gözkapaklarını bir gayret aralayıp anlamaya çalışıyordu. Savaşın yeniden başladığını sanıyor, sonra ekrandaki memeleri görünce içi rahatlıyor, ne düşündüğünü unutuyor, yeniden bir kalaşnikof gördüğünde şimdiki zamanı hatırlamak için ellerine bakıyor, savaşın bittiğini hatırlayıp tuttuğu ihtiyar nefesini bıkkın veriyor, klipten gelen kalaşnikof sesleriyle kalbi yeniden atmaya başlıyordu. Zeynab Hanım'ın oyalansın diye açtığı popüler müzik kanalı, görünüp kaybolan, konup kalkan bir kâbus kuşu gibi Hâdi Bey'in göğsüne uğrayıp uğrayıp geçiyordu. Kalbi hızlanıp yavaşlıyor, televizyonun nasıl kapatıldığını unuttuğunu bile hatırlamıyordu. Korkuyor ve sonra onu da unutuyordu.

"*Savaş istemiyoruz... Seks ve dans... İstediğimiz bu işte... Seksi Araplarız biz!*"

Klip, Beyrut sokaklarını gösterdikçe yüzüne bir gülümseme olarak varamadan içinde şeker gibi eriyip giden hayretini, kıpırtısı tam yok olurken fark ediyor, hissin tadı bir rüyanın kaçırılan ucu gibi kayıp gidiyordu elinden. Klip, Hâdi Bey'in unutma hızından bile daha çabuk yok ediyordu gösterdiklerini. Beyrut muydu gördüğü? Yoksa bir şey mi hatırlamıştı günler sonra ilk kez?

"*Gelin buraya ve görün... Nasıl eğlenir kızlar, çılgın gibi... Ve hiçbirimiz sormayız kimliğinizi... Çünkü biz punk, punk, punk... Havalı Araplarız biz!*"

Klibin içinden aniden, bir cipe binmiş, kefiyeli, siyah beyaz genç adamlar geçti. Bol paça, dar kumaş pantolonları, kalın kemerleri, geniş yakalı dar gömlekleri, bıyıkları ve gözleri, zafer işaretleriyle beyaz dişleri çok eskidendi. Tekrar dans etmeye başladığında turuncu renkli, aşırı bronzlaştırılmış "punk Araplar," Hâdi Bey, 'Peki bu esmer Amerikalılar savaşın ortasında niye dans ediyorlar?' sorusunun aklından bir kuşun hayaleti gibi uçup gidişine bakıyordu.

Hâdi Bey'e bir karanlıktan çıkıp başka bir karanlığa doğru ışık çizgisi gibi yok olan unutuşları değil, o unutuşlardan sonra gelen, insanı çocuklaştırıp utandıran hatırlama ânı dokunuyordu. Unutmak ılık, ağrılı bir loşluktu. Hatırlamak ise gölgeli uykuyu kesik kesik yanmaya başlayan çiğ beyaz floresan ışığıyla bölen berbat bir mola yeri. Hâdi Bey o ışığın sönüp gitmesini bekliyordu. Kızlar renkli kefiyeleri sutyenlerinin üzerinden sarmış, aynalı bir disko topunun altında dans ediyordu. Hâdi Bey kendisine yaklaştıkça büyüyen disko topunun kırık kırık parıltılarında gözlerini kaybedecekken ekranda aniden beliren yazıyla gözlerinin odağına kavuşuyordu:

"Bu klipte rol alan herkes Araptır!"

Sonra İngilizce yazılar ve logolar göründü. Hâdi Bey, Filistin Kurtuluş Örgütü'nün Lübnan'dan gönderildikten sonra 'demek ki' Amerika'ya yerleştirildiğini düşündü. Arafat'ın Beyrut Limanı'ndan gemiye binişini hatırlarken, Arafat'ın kim olduğunu unuttu. Sakallı bir gülüşün kenarı, bir kefiyenin ucu ve haki bir şeyler gelirken aklına, hep birlikte gittiler. Bir bomba patladı sandı. Yeni bir klip başladı.

Koltuğundan, savaşın sürüp sürmediğini Zeynab Hanım'a sormak için kalktı, ama kalktığı anda sorusunun ucunu kaçırdı. Kim kazanmıştı, biri kazanmış mıydı?

Aynanın yanından kendini görmeden geçti.

Kapının açık kaldığını gördü. Kapı açık olduğu için kapıya yürüdü. Askıdaki ceketini gördüğü için -ceket-dışarısı-demek ki ceket-düğme-ayakkabı-çünkü-dışarısı-bağcık-ağır ağır-ikinci ayakkabı- giyindi. Merdivenleri gördüğü için aşağıya inmeye başladı. Alt katın kapısının açılıp kapandığını duyduğu için daha da aşağıya. Bina girişine geldiği için sokağa çıktı, sokağa çıktığı için yürümeye başladı.

Cipe binip geçen, beyaz dişli, kefiyeli oğlan çocukları biraz önce burada değil miydi? *Oteller Savaşı*'ndan* sonra mıydı acaba o çocukların geçişi, yoksa *Kamplar Savaşı*'ndan** önce miydi? Ama bu kez yanlış hatırlıyor olamazdı, her şey az önce olmuştu. Oğlunun yaşadığını söyleyebilecek birileri olmalıydı. Çünkü görmüştü, az önce olmuştu her şey. Ya her şeyi hatırlayan bir tek kendisiyse... Ama duvarlarda kurşun delikleri vardı, demek ki her şey az önce olmuştu. Herkesin canı sıkkındı işte sokakta, evet evet. Demek ki savaş sürüyordu. Yeşil Hat'a*** gitmeliydi. Eğer Doğu Beyrut tarafina geçebilirse... Yoksa zaten Doğu'da mıydı? O zaman savaş bitmiş olmalıydı. Yoksa Hristiyanlar kendisi gibi bir Şii'nin Doğu Beyrut'ta yaşamasına nasıl izin verirdi ki? Ama belki de... Evet evet, Beyrut'u ikiye bölen Yeşil Hat'ı izlemeliydi. Bir çizgiyi takip ederek giderse, geriye doğru, az önceye doğru, o zaman gerçeğe varabilirdi. Çünkü her şey az önce olmuştu. Bir çizgiye ihtiyacı vardı. Şimdi ile önceyi bölen, bura ile orayı, eski ile yeniyi, hangisinin nerede başlayıp nerede bittiğini gösteren bir çizgi. Hatırlamak ve unutmak için bir hata ihtiyacı vardı. Çiğ beyazı utancı, loş ılıklıktan ayıran bir sınır. Eğer çizginin üzerinde yürüyebilirse, memeler ve kalaşnikoflar, kefiye ve disko topu birbirinden ayrılabilir, her şey yeniden ait olduğu yere dönebilirdi.

---

* 1975'te başlayan İç Savaş'ın Beyrut'ta ilk açılan "cephelerinden" biri. Filistinli savaşçılarla Hıristiyan milisler arasındaki çatışmada "cepheler" Beyrut'un birkaç büyük oteliydi.

** 1985 ve 1986 yıllarında, Şii AMAL milislerinin Filistin mülteci kamplarını kuşatma altında tuttukları dönem.

*** İç Savaş boyunca Beyrut'u, Doğu ve Batı olarak ikiye ayıran hat.

Az mı çok mu yürüdüğünü bilemedi. Hep aynı şey oluyordu. Tam kalbi duracak gibi olduğunda varıyordu gideceği yere. Zamanı hatırlamamanın en kötü yanı buydu. Gövde vakti unutuyor, ihtiyarlığın yavaşlığını hatırlamadığı için hatırlayabildiği zamanların hızıyla, eskidenki bacaklarıyla yürüyordu. Eskidenki ayakları onu hep yeniden eski bir yere getiriyordu. Yeşil Hat'ın üzerindeki Ulusal Müze'nin önünde durdu.

Zaman neredeydi? Ellerine baktı. "Şimdi" buradaydı, kırış kırış. Ama zaman nerede?

"Ama duvarlar..." Yeşil Hat'ın üzerindeki müzenin duvarlarını vuran silah sesleri kulağındaydı. Ama kurşun delikleri nerede? Bunu yanlış hatırlıyor olamazdı. Müzenin delik deşik duvarları nerede? Yine bir şeyi unutmuştu. Herkesin unuttuğu bir şeyi mi hatırlıyordu? Yoksa herkesin hatırladığı bir şeyi mi unutmuştu? Kimse bu taş hafiza binasının delik deşik olduğunu hatırlamıyor mu?

"Ama kurşun delikleri nerede? Nereye sakladılar onları?"

Bu ihtiyar ses ondan mı çıktı? Eline baktı. Evet, bu onun şimdiki sesi. "Şimdi," burada, elinin üstünde duruyor, çizgileri derinleşen, ağır ağır açılan avcunun içinde.

Merdivenleri gördüğü için çıktı. Kapıyı gördüğü için içeri girdi. Kimse durdurmadığı için yürüdü. Unutmuş ve susmuş adamların görünmezliğiyle iç kapıdan geçti.

"Bunlar kimin? Bu taşlar, mezarlar, heykeller... Kimin bunlar?"

Bu ses onun mu? Ellerine baktı. Evet, onun. 'Hâdi Bey, bu eller senin. Şimdi hâlâ burada ve merdivenleri gördüğün için müzenin ikinci katına tırmanıyorsun. Kimse senin burada olduğunu biliyor mu?' Bir hatırlama ihtimali camdan bir kuşun kırık kanadı gibi geçti göğsünden. Kuş eridi.

Taş tırabzanlar ne serin, ne kaygan. Nasıl yumuşak bir kıvrımla dönüp yukarı çıkıyor. Durup -galiba- uzun uzun bunu düşündü, tırabzanları okşadı. Elini tırabzanın üzerinde görünce bacakları yeniden hatırladı merdivenleri tırmanmayı. İkinci kata vardı. Ne Fenikelilerden kalan, incecik kolları bile kusursuz bir biçimde korunmuş savaşçı biblolarına baktı, ne üzerindeki damgaların tek tek seçildiği gümüş sikkelere, ne altın baltalara, ne de şortlarıyla müzenin eski zamanını bozan turistlere. Hayaletlerin kaygan bilinciyle aktı cam kutuya. Cam kutusuna. Ellerini cam kutunun iki yanına dayadı.

Kömürleşmiş tanrıça heykelciği... *İç Savaş'ın yaşandığı...*

Tarih öncesinden kalıp sonra erimiş cam şişe... *1979-1992 yılları arasında...*

Şişip pörtlemiş, sünüp ezilmiş cam, metal, toprak karışımı biçimsiz nesne... *depomuza isabet eden bombaların yarattığı yüksek ısı sonucu bu nesneler zarar görmüştür...*

Yanağını cama dayadı. Giderek kollarını doladı. Sarıldı... Etrafındaki, çemberi bir sıkıntıyla daralan bu fısıltıyı tanıyordu, bu ayak seslerini, kendisine doğru gelen bu lacivert pantolon paçalarını...

"Hâdi Amca... Haydi ama... Haydi bakalım, bugünlük bu kadar yeter. Bırak bakalım. Bırak *haji...*"

Müzenin genç güvenlik görevlisi, her seferinde daha şefkatli baktığına göre, belki de artık daha çok... Utanmalı mıydı? Kızacak mıydı yoksa? Kızıyordu işte şimdi:

"Peki ama kurşun delikleri nerede?"

Müzenin güvenlik görevlisi bıkkınlıkla hep aynı soruya cevap veriyor, Hâdi Bey avuç içlerini aşağıya doğru serin taş tırabzandan kaydırırken, ses kulağından uzaklaşarak uçuşuyordu:

"Hâdi Amca, geçen gün de söyledim ya. Tamir ettiler müzeyi. Kurşun delikleri yok artık."

Güvenlik görevlisinin kolunda müzenin kapısına yaklaştıkça Marwan'ın kapıda bekleyen karanlık silueti ışıktan kurtulup belirginleşiyor, iki kolu iki yana açıldıkça gövdesi genişleyen, şefkatli bir loşluğa dönüşüyordu.

Marwan evi kastettiğini sandı, oysa Hâdi Bey ona doğru yaklaşırken sadece, "Beni geri götür," demişti.

6

"Herkes toprağının kaderini sırtında mı taşır? Yoksa bu sadece bizim lanetimiz mi?"

Deniz, "Develer!.. Koş gel!" diye bağıran telefonu kapatıp çağırıldığı yere vardığında, Rima, Corn Market Sokağı ile Broad Caddesi'nin kesiştiği köşede durmuştu. Oxford'un tam ortası sayılabilecek bu noktada dikilen iki bıkkın deveye bakarken komiklik derecesinde boş bir yüzle konuştu. Rima'nın yüzüne normal günlerde bile büyük gelen yeşil gözleri bugün ürkütücü derecede kocamandı.

Sadece, "Sıkma canını," diyebildi Deniz. Rima'nın küçücük vücudunun iki yanından sarktıkça yerinden çıkacakmış gibi görünen omuzlarına baktı. Annesinin ve babasının memleketi Filistin'i ömründe sadece bir kez, o da geçen yıl gittiği bir haftalık tatilde görmüştü. Oysa bugün, İsrailli öğrencilerin ülkelerinin kuruluş yıldönümü kutlamaları için hiçbir masraftan ve muhtemelen aylar sürmüş bürokratik işlemlerden kaçınmayarak Oxford'a getirdikleri iki deve karşısında bütün o toprakları sırtında taşıyor gibiydi. Ülkesini, ülkesiz kalmış annesinden ve babasından bilen her çocuk gibi memleketini kalbinde, yerini bilmediği bir delik gibi taşıyordu.

"İnanabiliyor musun? İsrail'in kuruluşunu humus ve dansöz kıyafeti giymiş kızlarla kutluyorlar. Humus bizim! Herkes bilir bunu! Humus bizim!"

Elini göğsüne vura vura, gözlerini aça aça, topraklarını savunur gibi uyduruk Beyrut yemekleri yapan Lübnan lokantasından getirilmiş humus için nasıl bağırdığının farkına varınca gülmeye başladı:

"Allahım her şey çok saçma!"

"Hakikaten öyle," dedi Deniz. Başıyla, onlara yaklaşan Türk ve Arap öğrenci grubunu gösterdi. Ellerinde, geceden hazırladıkları pankartları taşıyorlardı:

"Oxford'da develer! Ya Filistin'de Filistinliler?"

İkisi de yaklaşanlara bakıp derin bir iç çekerek ellerini ceplerine soktu.

"Hiç değilse eylemin hedefi belli oldu," dedi Deniz, "hain Siyonist develer!"

Rima kaşlarını çatıp gülümsemesini fazla yayılmadan dudaklarıyla ezdi. Grupla Arapça, Türkçe, İngilizce selamlaştıktan ve develere karşı ortak nefret üzerinde boş veren, vazgeçen, sonra yine öfkelenen "*Khalas! Tayyib! Bas!*" sözcüklerinin bolca geçtiği birkaç cümleyle uzlaşıldıktan sonra sloganlar başladı:

"Filistin! Filistin! İşgal suçtur!"

Deniz yıllardır slogan atmamış sesine alışmaya çalışıyordu. Eylem sürüyor ve o sesiyle oynuyordu. Alçak sesle bağırmaya çalıştığında kendi sesini daha çok duyduğunu, ancak diğerleri kadar bağırırsa sesinin diğer sesler arasında kaybolduğunu fark ediyordu. Eylemin ses matematiği buydu demek.

Ancak bas bas bağırınca sesi insanı rahatsız etmiyor, sesi ancak sesler içinde erirse kulağa tatlı geliyordu. Bir süre sonra ne söylediğinin, bağırıp durduğu Arapça, İngilizce sloganların neye tekabül ettiğinin de bir önemi yoktu. İnsanın karnının içinden bir şey boşalıyor, yüzü açılan ağzıyla parçalandıkça kendi kendini izlemekten vazgeçiyordu. Hafiflediğini, diğerlerinin arasına karışarak yok olduğunu, görünmezleştiğini hissetti, huzur veren bir akışa tam bırakmıştı ki kendini:

"Sana ne oluyor kızım?!"

Rima koluna dokununca fark etti Deniz ne kadar kendinden geçtiğini.

"Ne var ki? Ben de Ortadoğulu değil miyim?"

"Allah Allah! Bak sen şu işe! Demek hanımefendi bugün Ortadoğulu olmaya karar verdi. İyi o zaman, al bakalım bu bildirileri, dağıtmaya başla."

Pembe, mavi, yeşil kâğıtlara yazılmış ve "yeni başlayanlar için" düzeyinde, İsrail'in Filistin topraklarını nasıl çaldığını anlatan bildirileri Deniz'in eline tutuşturdu. İsrailli öğrenciler bütün Broad Caddesi'ni kapatmış, bağıran Filistinlilerin arasından geçip caddeye girmeye cesaret edenlere caddenin iki kolu üzerine kurdukları stantlarda tatil broşürlerinden reçele, siyasi kitaplardan nargileye, sürekli bir şeyler satıyor, veriyor, gösteriyorlardı. Ortak ve dev bir suni gülümsemeyle kurdukları portatif panayır, caddenin başında bağırıp duran protestocular yüzünden giderek gerginleşiyordu. İki karşıt grup arasında her nasılsa yapılıvermiş pazarlık gereği İsrail'den gelen müzik ekibi şarkılarını söylerken Filistinliler sloganlarını kesiyor, Filistinliler slogan atarken de grup sadece aletlerini akort etmekle yetiniyordu.

Deniz, daha önce bu işi yapmamış her insan gibi, bildiri almayanlardan önce utanıyor, giderek onlara kızıyor ve nihayet yarım saatin sonunda bildiri veremediği herkese büyük bir günah işlediklerini ima eden bakışlar fırlatıyordu. Bir süre sonra, kendi ülkesi için hiçbir gösteriye katılmamış olmasına rağmen, Filistin davasına verdiği bu gayretkeş desteğin tuhaflığı fikri de aklından uçup gitmiş, yüzü bildiri dağıtan diğer kızgın Araplara ve Türklere benzemişti.

"Ne yapıyorsun sen burada?"

Elindeki pembe, mavi, yeşil bildiriler başka bir dünyadan gelir gibi tınlayan sesin yarattığı irkilmeyle yere saçıldı. Tunç, şaşkınlıkla alaycılık arasında tereddüt eden gülümsemesiyle kollarını iki yana açmış, ona bakıyordu.

"Yardım etsene," dedi Deniz, bildirileri toplamaya çalışırken.

"Yine takılmışsın Araba-çoraba bakıyorum," diye fısıldadı Tunç. Yardım etmek için yere eğilirken dosyasındaki kâğıtlar bildirilerin üzerine döküldü.

"... şiddet yanlısı aşırı İslami hareketler..."

Kâğıtlardan koyu renk harflerle yazılmış sözcüklerden birkaçını görmüştü Deniz. "İslamın birleştirici rolü", "Batı'ya açık Müslümanlar" gibi kavramlar, metnin içinde ideolojik trafik işaretleri olarak göz alıyordu.

"Ne o? Yine ılımlı İslam promosyonuna mı başladı *think-tank*'iniz?"

"Burada da başlama Deniz. Hiç yeri değil," derken etrafına bakındı Tunç. Rima'ya gülümsedi, el salladı.

İkisi de kendi kâğıtlarını hızla toparlayıp ayağa kalktıklarında gergin ve bıkkın bir meydan okuyuşla birbirlerinin yüzüne baktılar. Tunç mırıldanıyordu:

"Onları sana getirdim. Paris'te yapılacak bir toplantının çağrı yazısı... Belki ilgini..."

Tunç kendinden yorulup cümlesini yarım bıraktı. Aynı bıkkınlıkla eğilip öpecekken, elini Deniz'in beline götürüyordu...

"Tutma belimden!"

"Hayrola?"

"Kendimi şişman hissediyorum... Şişmanladım yani... Seninle ilgisi yok."

"İyi ya işte, sevecek yerlerin çoğalıyor," dedi Tunç, eskidenki bir gülümsemeyi hatırlamak ve Deniz'in yüzüne eskidenki bir gülümsemeyi çağırabilmek ümidiyle. Olmadı.

"Ben eve gidiyorum o zaman. Evde bakarsın."

"Tamam," dedi Deniz. Birbirlerini değdi değmedi öpüp ayrıldılar. Bildiriler Deniz'in elinde mesnetsiz bir kâğıt tomarına dönüştü. Herkes ona bakıyormuş gibi bir sıkıntı çöktü içine.

"Deniiiz! Buraya gel! Koş!"

Rima yine gözleri yüzünden taşarak bağırıyordu. Deniz bildirileri toparlamakla uğraşırken bir grup Filistinli, muhtemelen

Oxford'un bir kenar mahallesinden gelmiş, çoluk-çocuk, bayrak-flama doluştukları arabalardan çoktan fışkırıp, "İsrail'e ölüm!" sloganlarını atmaya başlamışlardı. Eylemin ve gerginliğin Oxford nezaketi, yerini hakiki Ortadoğulu bir gerginliğe bırakmak üzereydi. Olay yerine bir hıçkırık kadar hızlı gelen İngiliz polisi, Broad Caddesi'nin önünde, Filistinliler ile İsrailliler arasında ve Filistinli grubun arkasını da çevreleyecek şekilde sıralanmıştı bile. Rima parmağıyla İsrail tarafını gösterdi. O, dişlerinin arasından küfürler tıslarken, Deniz, "Aman Tanrım, bu gerçek olamaz," dedi üç kere.

Oxford'daki İsrailli öğrenciler polisin arkasında kendi güvenlik kordonunu oluşturuyordu. Hepsinde İsrail ordusunun tercihi, aynalı güneş gözlükleri ve kulaklarında özel korumaların taktığı cinsten ten rengi, kablolu kulaklıklar vardı. Ellerini göğüslerinde kavuşturmuş, aldıkları askeri eğitimin hakkını vererek tek bir noktaya bakıp taş gibi dikiliyorlardı.

Rima sesindeki hayretle karışık öfkeyi saklayamıyordu:

"Bunların hepsinin içine MOSSAD kaçmış kardeşim!"

Deniz, elleri cebinde:

"Demek ki sevgili kardeşim, herkesin içine kaderi kaçıyormuş!"

Deniz sağına soluna baktı. Bütün bir caddede İsrailliler, caddenin başında da, önleri İsrailliler, arkaları polis kordonuyla sarılmış, küçücük bir alana sıkışmış Filistinliler vardı. Başıyla Rima'ya işaret etti gördüğü resmi. "Evet," dedi Rima. "Oxford'un ortasında lanet olası bir Gazze!"

"Ve develer," dedi Deniz, "lanet olası develeri unutma!"

İkisi de gülemedi. Rima gördüklerinden yeterince sıkılınca, sloganların gürültüsü ortasında Deniz'in kulağına eğilip gülerek sordu:

"Ne oldu? Nereye gömeceğine karar verdin mi?"

27 Temmuz, 1982, Şatila

Filipinam, tatlı kıbbem,

Sana, annenin geldiğinde bulduğu Şatila'yı anlatmalıyım. Çünkü belki sen büyüdüğünde burayı, bizim yaşadıklarımızı kimse hatırlamayacak. Savaş bu hızla giderse sanırım hatırlayacak kimse de kalmayacak.

Bu topraklar böyledir benim güzel Filipinam. Hatıraları, unutmak üzerinedir. Herkes kendi günahını unutur, ama kimse alacağı intikamı unutmaz. Ve Ortadoğu -tanrıların hep bu topraklarda icat edilmesi bir tesadüf değil- günahlardan kuruludur. Kaç silah varsa o kadar tarih vardır burada. Anlamaya kalktığında da bütün bu hikâyelerin içinde kaybolursun. Bu, Ortadoğu'nun lanetidir: Dışarıda olanı anlamamakla lanetler, içine gireni de dünyada başka önemli hiçbir şeyin olmadığı serabıyla.

Dünya haritası üzerinde bir baskı yanlışı kadar küçük görünen bu sevgili ülke hakkında bilmen gereken tek bir şey var Filipinam: Herkes herkesi öldürdü. Sanırım herkesin üzerinde anlaşabileceği tek tarihimiz bu bizim.

Ama bu toprakların dehşeti içinden bakınca görünmez güzel kızım. Bu yüzden ben sana benim gördüğüm Şatila'yı anlatacağım. Benim Beyrutumu.

Benim küçük kıbbem,

Burada, yan yana durmuş, omuz omuza debke oynarken ayakları birbirine dolaşmış insanlara benzeyen binalar vardır, ölülerinin ardından ağlayan insanlar gibi birbirine tutunmuş evler.

Bir hırçınlıkla yapılır binalar. Harcı hınçla, hızla, hırlaya hırlaya karılır. Zifti harla, sıvası hırsla karışır. Batı'daki o sakin, yüzü geleceğe doğru tasasız bakan, yumuşak başlı binalar gibi değillerdir. Bu binalar kendi kendilerine bakarlar, olmamışlıklarına, ne yapsalar gülmeyecek bahtlarına. Buradaki evler daha yapılırken, çok dövülmüş bu insanların, kendilerini sakat çocuklarını sever gibi seveceklerini bilirler. Hayal kırıklığı ve kederle.

Bu binaların içi, kapıların önü çok kısa zamanda ayakkabılarla dolar. Tozlu, arkalarına basılmış, aceleyle çıkarılmış ayakkabılar. Ayakkabılar çoğaldıkça yoksullaşır apartman ve insan kokmaya başlar. Ayakkabıların ardında kapılar kapanır, konuşurken birbirinin üzerine binen sesler bir duyulur, bir kesilir. Aralandığında kapılar, ardında biriken sesleri binaların boşluğuna akıtır. Ne zaman o sesler yıkılsa bir felaketle bir çift ayakkabı diğerlerinin arasından yok olur. Diğer ayakkabılar öfkeyle ezilip ayaklar altında, intikam yoluna düşecektir. Sonra sessizce geri gelir ayakkabılar, yan yatmış, birbirinin altında ve üstünde kalmış, bitkin, yeniden dizilirler. İçerideki sahiplerinin hayatlarını dışarıdaki yoksul ayakkabılardan izleyebilirsin aslında.

Sen yoksul doğdun Filipinam. Dedim ya, sadece bir hikâyen var. Ama sakın unutma, yoksulluk da savaş gibidir. Ancak dışarıdan bakılınca görünür insana verdiği hasar. Bu yüzden sakın yoksullardan ayrılma. Ben savaşla böyle başa çıkıyorum çünkü. İçinden çıkmayarak. Delirmemek için içinde kalıyorum bu savaşın.

Öğrendim ki en çabuk çocuklar unuturlar savaşı ve yoksulluğu Filipinam. Şatila'da işte, o çocukların dadandıkları küçücük arsalar var. Adı konmamış küçük boşluklardır bunlar. Değme Avrupa şehrinde göremezsin bu arsaları. Ortadoğu'nun tamamında böyledir bu, öyle manasız arsalar vardır ötede beride. Ve mutlaka bir enkaz bulunur o arsalarda. Bütün boşluğu adlandıran bir işarete dö-

nüşür o enkaz. Etrafına topladığı kıvıl kıvıl çocuklarla batmış gemi kalıntısına benzer. Çevresinde bir hayat oluşturur çocuklar ve batık gemiler denizin altında nasıl bir hayat başlatırsa bu enkazlar da çocuklarla yaşamaya başlar. Çocukların balıklar gibi yuva yaptığı, oyunlar ve türlü icatlar yumurtladıkları bir sığınak haline gelir oralar. Giderek güzelleşir ve o bozuk, kırık biçimi zaten baştan beri öyle tasarlanmışçasına doğru, olması gerektiği gibi gelir içinde yaşayan insanın gözüne. Ortadoğu'nun çocukları Filipinam, kırık ülkelerini o enkazları sever gibi severler. Sevmeyi o enkazlarda öğrenirler. Bu yüzden, onlar büyüdüklerinde sadece kırık kalpli insanları sevebilirler.

Çamurda adamı, boncukta cenneti gören çocuklar, bu dar sokakları giderek daha da sıkıştıran binaların arasında koşarak, duvarları birbirine yapışmaktan korurlar. Binaların arasındaki daracık sokaklar kendi başına kalınca kapanır, ancak çocuklar çıplak et sesi veren adımlarıyla koşmaya başlayınca açılırlar.

Filistin gözlü kızım benim, ne savaş, ne de enkazlar o kadar kötüdür. Anlatacağım sana bunu. Anneni ve savaşı anlatacağım. Onun niye burada kaldığını. Ama şunu bil: Beyrut'ta yaşayan herkes eninde sonunda Beyrut'a benzer. Unutmaya çalıştığı tek bir şey vardır ve bir tek onu çıkaramaz aklından.

...

7

O pazar sabahı, Beyrut'ta kendine şöyle güzel bir kahvaltı ısmarlamayı planlayacak kadar uyanmış olanlar, künefenin sadece yemek sonrası bir tatlı olarak yendiği ülkelerde garip kaçacak şekilde, iki irmik katı arasında hellimle hazırlanan bu şekerli mamulü hamburger ekmeği içinde hayal ediyorlardı. Ama Jetawi Yokuşu'ndaki apartmanın birinci kat penceresinden eğilmekte olan Jan'ın ağzı, çoktan sigara çamuru olmuş, güzel bir kahvaltı hayal edemeyecek kadar keyfi kaçmıştı.

Hayalet gibi yürüyen Hâdi Bey'in apartmandan çıkışını Zeynab Hanım'a haber verecek halde değildi. Üzerinde Calvin Klein donu, camdan sarkmış, ikinci sigarasını birincisinin hemen ardından yaktığında kafası daha ziyade yatağında çıplak yatan kadının adını hatırlamaya çalışmakla meşguldü. Yabancı gazetecilerin Beyrut'ta yeni başlattıkları Hizbullah turizminin bir parçası olarak buraya gelen Amerikalı gazetecilerden biri olduğunu, Prag Café'de sırf onun İç Savaş'taki *Kataib*[*] anılarını dinlemek için kendisiyle flört ettiğini ve durmadan bayıla bayıla vişneli arak gibi bir saçmalığı içtiğini de ha-

---

* İç Savaş boyunca sol gruplara ve Filistinlilere karşı savaşmış sağcı Falanjistlere Beyrut'ta verilen isim.

tırlıyordu ama ismi yoktu kayıtlarda. Burnundan bir nefes verip tatsız güldü.

"*Şuu bitkillak?*"

Bütün gece İç Savaş anlattığından olmalı, yataktaki kıza bakarken savaş boyunca onlarca kez duyduğu bu soru gelip geçti aklından. 80'lerde Doğu Beyrut'tan Batı Beyrut'a geçerken kontrol noktalarında askerlerin aşağıdan yukarı süzdükleri kız arkadaşlarıyla hiçbir ilişkisi yoktu aslında. Ama askerler yatılacak kadın mı değil mi anlamak için kızlarla ilgili hep aynı soruyu sorarlardı:

"Kızla ilişkin ne?"

'Sadece kadınlarla yatmaya gayret ediyorum, erkekleri düşünmemek için. *Khalas!* Doğruyu söylemek için çok geç!..'

Bugün bile böyle diyemezdi. Doğruyu söylemek için hâlâ çok geçti! "Havyar Solcusu" tarzında döşenmiş evindeki tasarım objelerinin arasında, yöneticisi olduğu Jimeyzi'nin en havalı çağdaş sanat galerisinde, Prag Café'de bile doğruyu söyleyemezdi. Savaşın bittiğini kim söylüyor ki? Hâlâ "pozisyonunu" korumak zorundaydı. Tıpkı on beş yaşındayken onu elinde bir silahla diktikleri, kum torbalarıyla çevrili kontrol noktasını korumak zorunda olduğu gibi. Dağlarda yaptıkları *Kataib* antremanlarının gerçek hayata dönüştüğü, kum torbalarının arkasında silahıyla beklemeye başladığı o günden sonra gerçek hayat hep devam etmişti ve gerçek hayatta "pozisyonunu korumak" gerekiyordu.

Bu saf Amerikalı yüzünden sabah sabah İç Savaş hatlarına döndüğüne sinirlendi. Sinirlendiğinde hep yaptığı gibi kaşlarını düzeltti. Burnuna o günlerin kokusu geldi. Çöp ve korku, metal ve rutubet... Kokunun, şehrin kuzeyindeki Karantina çöplüğünden geldiğini fark edip rahatladı. Demek kendini o kadar da kaptırmamıştı. Üst kattan genç sevgililerin sevişme gürültüleri duyulmaya başlayınca dağıldı kafası:

'Azgın Ermeni Setanik yine düzüşüyor,' diye başlayan bir küfür geçirdi içinden. Bu Amerikalı kız bir an önce uyanıp gitse iyiydi. Ama kadınlar konuşmak isterdi. Muhakkak konuşmak isteyecekti. Hikâyeler için buraya gelen ve sonra da hikâyelerin ne kadar karmaşık olduğunu görünce kendini Beyrut gece hayatına bırakan yabancıların topundan nefret ediyordu. Ne demişti kız:

"Ben bir sürgünüm. Bir modern zaman evsizi. Beyrut benim için kurulmuş sanki! Burada herkes biraz evsiz değil mi zaten?"

'Tabii *habibti*, bu Allah'ın belası şehir seni ayıklayıp, yolup serseme çevirdiğinde bakalım ne düşüneceksin,' yerine, "Hepimiz senin gibiyiz *habibti*," demeyi tercih ettiğini hatırladı. Yatağın başındaki duvarı kaplayan aynada kadın iki kez çoğalıyor, midesi iki kez daha bulanıyordu. Hâlâ kızın ismi yoktu aklında.

'Nerde kaldı bu adam? Kız uyanmadan ortaya çıksa da...' diye geçirdiği için aklından, kaşlarını düzeltti yeniden. Nâsır, Zeynab Hanım'ın Filipinlisini taksisine atıp götürdüğünden ve Hâdi Bey her zamanki gibi kaybolmak üzere apartmandan çıktığından beri sokakta yaprak kımıldamamıştı. Kadını uyanır uyanmaz göndermeliydi.

Marwan, elinde naylon torbalarla apartmanın önüne çıktı. Sanki sadece yürüyerek portakal ağacının altındaki havayı dalgalandırdığı için portakal çiçeği kokusu yükseldi Jan'ın burnuna. Yukarı yükselen kokunun içinde Marwan'ın teninin kokusunu birazcık bile olsa bulabilmek için burnuyla arandı.

"*Sabah al-hayr* Jan!"

On beş yaşındaymış, kontrol noktasında bekliyormuş, kum torbalarının aralık kaldığı bir yerden, tam sırtından bir kurşun yemiş gibi dikildi camda. Kız uyanmıştı. Evin içi, sanki Show Comedy kanalı açık kalmış gibi, korkunç radyofonik Amerikan aksanıyla doldu. Arapça konuşmak gibi bir sevimliliğe şimdiden başladığına göre bu sabah uzun sürecekti. Kaşlarını düzeltti, buz gibi İngilizceyle:

"Günaydın!"

"Debra!"

"*Şuu?*"*

Kadın, en sevimli, en tahammüllü haliyle Jan'ın söylemesi gereken repliğin arasına ismini sıkıştırıverdi:

"*Sabah-n-nur Debra*!"

Jan, hiçbir şey söylemeden geri, cama, Marwan'a döndü. Sessizlikte kızın ne yapacağını kararlaştıran, sonra sevimlilik oyununda ısrar etmeye karar veren, bunun işe yarayıp yaramayacağının sıkıntısıyla tereddüt eden sessizliğini duydu. Çarşaflara dolanıyordu muhakkak. Tıpkı Fransız filmlerindeki gibi yapması gerektiğini mi düşünüyordu acaba? Muhakkak, her kadın gibi bir filmi tekrar ediyordu kafasında. Çaresiz her erkek gibi.

"Aaa? Ne yapıyor o adam? *Şuu yani?*"

Sırtından uzanıp, üstelik elindeki sigarayı almaya da cesaret edip, pencereden sarkmıştı bile kız. Yani Debra. Jan kaşlarını düzeltip pencereden uzaklaştı, bu sesi duyan Marwan'ın yukarı baktığında kendisini görmesini istemiyordu:

"Ekmek Ağacı yapıyor."

"*Yani?*"

Kızı boğabileceğini düşündü. Yabancılar Beyrut'la ilgili İngilizce yazılmış kitaplardan öğrendikleri ve Beyrut'ta hayatta kalmalarına kesinlikle yeteceğine aynı kitaplar yüzünden inandıkları sözcükleri ezberlediklerinde, kendilerini ne kadar sıradışı hissediyorlardı. *Yani, khalas, inşaallah, habibi*...

"Baksana Amber..."

Kızın yüzünde aniden ölüveren küçük bir kız oluştu. Tamamen uluslararası bir kız çocuğu, aksansız. Jan, bir zaman vakumuyla çekilip yıllar öncesine atıldı.

Üç kişiler. Üç arkadaş. On altı yaşındalar. Edward, Şadi ve Jan. Üç oğlan. Savaş şiddetlenince aileleri dağlara göç etmiş bir süreliğine. Kur'a köyündeler, ta yukarılarda. *Kataib*, Beyrut Li-

---

* Ne? Ne var?

manı'nı elinde tutuyor. Limanda her şey satılıyor, 'Kesin gitar da vardır. Kesin!' *Kataib*'deki abilerden biri mutlaka bulur onlara bir gitar! Bir sabah beşte yola çıkmaya karar veriyorlar. Savaşın en beter zamanı. 1975 olmalı. Kesinlikle 1975. Belki de 1976. Kesinlikle bir müzik grubu kuracaklar. Fena halde Şadi'ye âşık, bu yüzden de fena halde bir kızla flört etmeye gayret ediyor. Neydi kızın adı?

Sabah beşte Edward geliyor ama Şadi yok. Grubun adı "No Name" olacak oysa. Ama Şadi yok işte. Oysa Jan, City Palace'da gösterilen *Melita* filminin arasına atılan parçalarda mastürbasyon yaparken gördüğü günden beri Şadi'ye âşık.

"Boş ver *habibi*! Zaten Filistinliler, *Kataib*'e vuruyormuş limanda. Bizi almazlar. Vazgeçtim ben. Gitmiyorum," derken Edward'a, kendi yüzü de böyle olmuştu muhakkak.

"Baksana Amber..."

"Amber değil. Debra..." Kadının sesi, kırılmış termometre cıvası gibi dağılıverdi. Küçük ses parçaları kaçışıp mobilyaların altında kayboldu.

"*Sorry*! Debra, benim işe gitmem lazım. Mümkünse..."

Cümlesi devam ederken kız sutyenini ve donunu, artık bir erkeğe nasıl göründüğüne aldırmayan bir kadının hareketleriyle giymişti bile. Kararsız ve sinirli bir sesle, "... ama dün gece..." diye bir şeyler mırıldanmaya başlarken, Jan kontrol noktasından, kum torbaları arasından, kırmızı ışıkta durmuş bir arabaya nişan almış keskin nişancı gibi rahat vurdu bu cümleyi:

"Beyrut'a hoş geldin Debra! Burada gece bıraktığın hiçbir şeyi sabaha aynı bulamazsın!"

Kız kapıyı çarpıp çıktığında cama eğilip bir sigara daha yaktı. Bu lüzumsuz zalimliği niye yaptığına sıkıldı.

Şadi'nin öldüğü gün geldi aklına. On altı yaşında beyninde bir kurşunla, *Kataib* Evi'ndeki şehit töreninde, masanın üzerinde kalaşnikofuyla yatıyordu ve Jan rahatlamıştı. Âşık olduğu adam öldüğü için -"Kahrolsun Lübnan'ı elimizden almak isteyen Filistinliler ve onların hain destekçileri!"- içi rahatlamıştı. Günahı, suçu, aşkının karanlık kuyusu savaşla örtülmüştü. Zalimliği on altı yaşından beri içinde demleniyor, irini gövdesine dönüşüyordu.

Amber ya da Debra gürültülü adımlarla aşağıya indiğinde Marwan elinde naylon torbalarla, baştan aşağı, sonra aşağıdan yukarı süzdü kızı elbette. Aşağılık herif! Kız ona -*Hamra'ya? Yani... Nasıl? Taksi yani?*- Âşrafiyya'dan nasıl kurtulacağını sormuş olmalı ki Marwan parmağıyla önce caddeyi, sonra gideceği yönü gösterirken hâlâ kızın tomografisini çekiyordu. Kız eteklerini sağa ve sola sallayarak yokuştan inerken yukarı baktı Marwan. Jan pencereden uzaklaşamadan yakalandığı için kararsız ve zavallı bir el işareti yaptı, aynı zavallılıkta bir gülümseme yanlışlığıyla. "*Sabah al-hayr*" kırılıp kırılıp yok oldu ağzının içinde. Marwan sadece olabilecek en pis bakışıyla karşılık verdi. O dönüp torbaların ağızlarını tek tek bağlarken, Jan yukarıda, camdan uzaklaşmış, kaşlarını düzeltiyordu.

"Unutmadı pis Suriyeli! O günü bir türlü unutmadı," dedi kendi içine tükürür gibi. Teybe bir Suad Massi CD'si koydu. Hiç olmamış gibi yapacaktı, her zamanki gibi.

8

'Geri zekâlı Peter'a söylemenin ne âlemi vardı?'

Kendine o kadar sinirlenmişti ki iç organları yerlerinde titreyip birbirine çarptı. Utançla karışık öfke, rüzgârın hızlı giden bir motosikletçinin yüzünü dalgalandırması gibi etini sarsıyordu.

"Oh! Selam Deniz! Nereye böyle?"

Mesela "Kütüphaneye," diyebilirdi. "Kolej'e," diyebilirdi. Gerçeği tükürüvermesinin nedeni, ne boş bulunması, ne de sıkıcı derecede iyi yetiştirilmiş çocukların ani yalanlar uyduramama beceriksizliğiydi. Sorulara hemen cevap vermektense söylenmesi gereken uygun cümleyi tasarlamak için küçük bir es vermeyi de öğrenmiş olduğuna göre... Manasız bir suçüstü endişesiydi bu.

Öfkeyle yalpalayan aklı, kendini sarsan diğer öfkeleri hatırlayıp çağırmaya başlamıştı. Bütün sinir bozucu şeyler bir arada aklına üşüşmeliydi çünkü! Çünkü bu, "Doğulu akıl"dı. En azından her şeyi bilen tez danışmanı Bayan Trablousi'nin -bu isim aklından geçince bir kere daha iç organları çarpıştı- duruma koyduğu teşhis buydu:

"Evet Denizciğim, her şeyi hep birlikte bir yumak haline getirip sonra da çıkış yolu aramak Doğulu bir düşünme biçimidir. Batılı akıl, sorunun parçalarını ayrıştırmak eğilimdedir. Doğulular çözüm için düşünmez. Batılılar çözüm için düşünür. Doğulular için hayat çözülecek değil, daha ziyade seyrine bakılacak bir şeydir."

Yürümeye devam ederken gözlerini kapatıp kafasını iki yana hızla sallayarak gözünün içindeki kâbus kaleydeskobundaki iblislerin yerleşimini değiştirdi. Gözünü açıp yürümeye başladığında Peter ve Bayan Trablousi'ye bu kez dün geceki performansıyla Tunç eklenmişti.

"Deniz, operasyon yüzünden böyleysen hâlâ, konuşabiliriz."

"Operasyon" sözcüğünün sorunu nasıl "Batılı parçalara" böldüğünü fark etti bir anda. Onun gövdesi, olası bir bebek, ilişkileri... Bütün bu "parçalar" içinde Tunç, "operasyon" adlı bir sorun parçasını çekip çıkarmayı seçmişti. Konuşma kötü bir radyo sinyali gibi duyulup duyulup kayboluyordu aklının içinde:

"Deniz mesele operasyonsa..."

"Açıp durma o konuyu. Ben unutmak istiyorum."

"Ama unutmak..."

"Unutmak ne! Sen de unut ve asla hatırlama."

Allah'ın belası Peter'a söylemenin ne âlemi vardı! Cebindeki gazlı beze sarılı, kurumuş göbek bağını hemen oracıkta, Little Clarendon Sokağı'nda herhangi bir çöp tenekesine atmak istedi. Fakat kerelerce yaptığı gibi, annesinin aylar önce, havaalanında cebine tıkıştırdığı ve hangi komşunun hangi kızının hangi kız ya da oğlan bebeğine ait olduğunu hatırlamadığı göbek bağını atmaktan vazgeçip gömmek üzere Avrupa Çalışmaları Merkezi'ne yürümeye devam etti. Büyüyünce iyi okullarda okusun, büyük adam olsun diye Oxford'a gömülecek göbek bağı için belli bir kolej, belli bir branş belirlenmediği için bu mühim kararı vermek ona düşmüştü. Anne ve babası çocuğun Ortadoğu bokundan kurtulup temiz temiz Avrupai bir hayat sürmesini istediklerine göre, Avrupa Çalışmaları Merkezi'nden daha uygun bir yer olamazdı. Üstelik İstanbul'dakiler için "Oxford" kelimesi yeterliydi. Aylardır şakayla karışık telefonda sorulan, "Deniz göbeği gömmüş mü?" soruları böylece bitecek, bir Ortadoğulu çocuğun daha hayatı kurtulmuş olacaktı! Ve fakat Peter'a bütün bunları söylemenin ne lüzumu vardı!

Bayan Trablousi'nin bir dahaki doktora öğrencileri çay toplantısında bu saçma, komik meselenin, önüne hangi ciddi referanslara sarılmış, hangi tarihsel altmetinlerle zenginleştirilmiş halde gelebileceğini düşündükçe aniden bastıran bir yılgınlıkla yolun ortasına oturmak istiyordu. Peter kesinlikle bu göbek bağı saçmalığını "araştıracaktı":

'Öyleyse gövdenin bir belleği olduğuna inanıyor olmalılar. Pagan bir miras. Muhakkak öyle. Çünkü araştırmalarıma göre İslamiyet'te böyle bir şey yok. Göbek bağının insanı geri çağıracağını mı düşünüyorlar dersin Deniz? Yoksa başka bir nedeni mi...'

Hep birlikte ellerinde bekletecekleri çayları, sıkılmadan tabağın kenarına konmuş çay poşetlerinden süzülerek biriken çayın fincanların altından damlaması, ortası yenmiş üçgen sandviçlerden geri kalan ekmek parçaları, yatılı okulları hatırlatan süt kokusu, hiç yeterince temizlenmediğini düşündüğü kahve fincanları ve bütün sütlü durumun arkasında Peter'ın araştırmacı yüzü... Peter, sokağın ortasında durup bir eli çenesinde, bir eli belinde, "Bu konuda yazılmış bir şey var mı acaba?" diye sorduğunda Deniz'in aklından ışık hızında bunlar geçmişti.

Becerebilmiş olmayı diledi. Oxford camiası için Doğu'dan gelmiş dev bir folklorik enteresanlıklar, muazzam bir egzotik sevimlilikler yumağı olup öyle yaşayabilmeyi, bu beklentiden tiksinti duymamayı becerebilseydi...

"Peki Peter," dedi Deniz. "Haydi sana iyi günler."

Peter'ın göbek bağı ile ilgili sorularını ortasında kesen bu replik, kendisinde bir süredir sahne sahne izlediği Oxford nezaketinin kayboluşu sürecinin son perdesiydi. Bundan ürküp başını salladığında, Tunç yeniden gözünün içindeydi.

"Unutmaktansa seni tam olarak neyin rahatsız ettiğini..."

"Herkes her şeyi durmadan hatırlamakla meşgul bu şehirde. Bu Allah'ın belası memlekette hiç kimsenin hiçbir şeyi unutmasına izin yok. Bu ne cüret! Sana soruyorum Tunç Bey!"

"Neyi soruyorsun, anlamadım ki. Biz neyi konuşuyoruz şimdi?"

"Tuğlaları konuşuyoruz."

"Ne tuğlası?"

"Bütün tuğlaları. Özellikle de kiremit tuğlaları. Hepsi tek tek konulmuş. Üst üste. Yüzyıllar boyunca. Sinir bozucu bir sabırla. Yerlerinden hiç oynamayacaklarına kesinkes bir inançla. Yoksa neden sabredilsin ki! Nereden biliyorlar? Hiç kimsenin, hiçbir şeyin onları yerinden oynatamayacağına inanmaya nasıl cüret ediyorlar? Ben bunu anlamak istiyorum Tunç Efendi!"

"Senin canını sıkan ne?.. Neden şimdi bunlardan bahsediyorsun?"

"Boş ver!"

"Bence sen bu Paris işini düşün."

Kendi öfkesinden bitkin, kiremit tuğlaların yüzünün yanından yürüyüş hızında akıp gidişini izledi gözünün kenarıyla.

Herkesin nefret ettiği kapalı havasına âşık olduğu, onu yıllardır dünyanın geri kalanından, binaları, kitapları ve merakı kutsayan insanlarıyla saklayan bu "sorular başkentine," şehrin her şeyine kızıyordu.

Hiçbir yemek yapılamayan kaba saba sebzelerine, ayakkabıları ayaklarına hep büyük gelen genç kadınlarına, açıldıkça anlamsızlaşan etleriyle bütün kadınlara, bir kadına bakarken yakalanmamak için kendini hadım etmiş erkeklerine, sokak başlarında "Yine de iyi günler," diyerek almadığın *Big Issue* dergisi için seni affeden, sınıf öfkesinden eser barındırmayan kibar evsizlere, pazarları Harry Potter'ın çekildiği Tarih Okulu'nun binasını ellerinde haritalarıyla arayan Japon turistlere, gıcır gıcır pahalı ayakkabıları ve son model cep telefonlarıyla gruplar halinde dolaşan erkek Arap öğrencilere, tatsız tuzsuz giyinen bütün akademisyenlere, hep bir hata yapmış gibi yürüyen Uzakdoğulu kız öğrencilere, tez danışmanı Bayan Trablousi'nin her görüşmede çimdikler gibi sokuşturduğu laflara, kimsenin eğlenmediği ama herkesin sarhoş olduğu partilere, kendisi durmadan herkesin ismini unuturken kimsenin birbirinin adını unutmayışına, dipnotlara, yalandan uzatılmış bibliyografyalara, istisnasız olarak tamamı İngiliz "*humour*'yla" süslenmiş ilanlara, Bayan Trablousi'nin Christ Church binasına bile taş çıkartan özgüvenine, çocuklarını kışın doğru dürüst giydirmeyen İngiliz kadınlara ve onlara özenip çocuklarını hasta eden Ortadoğulu kadınlara, kemirip durduğu mozarella ve kurutulmuş domatesli sandviçlere, Bayan Trablousi'nin her konuşmada dudağını bükerek, "Demek öyle," deyişine, özür dilerim-teşekkür ederim laflarının şehrin sokaklarını dolduruşuna, Amerikan sağlık dergilerinden fırlamış gibi görünen kürek takımı öğrencilerine, yayık aksanlarını İngiltere'ye geldikleri için düzeltmeye çalışan Amerikalı öğrencilere, hastalıklı bir titizlikle büyütülen ve üzerine basılmayan kolej çimlerine ve politik nezaket gereği bütün bunları hiç düşünmüyormuş gibi yapan herkese... Peki o zaman niye hâlâ buradaydı? Bunca öfkeye rağmen...

Oxford'da kalmak sadece zorunlulukla açıklanabilecek bir şey değildi. Kurallardan ibaret bu şehir, dışarıdaki sonsuzluktan daha ılıktı.

Durdu. Gördüğü, uzun süredir gözünün unuttuğu bir şeydi. Daha aklından geçmeden ağzından çıktı cümlesi:

"Ne güzel!"

Sonsuz bir Bolero'nun sonsuz porteleri gibi ilerleyen kiremit duvarlar bir noktada kesilmişti. Sol yanında bir yıkıntı, şehrin gövdesinde güzel bir yara izi gibi belirmişti.

Projenin adı: *Radcliffe Observatory Quarter*... İnşaatı yaptıran: Oxford Şehir Meclisi... Proje sorumlusu... Proje sorumlusunun telefon numarası... Onu bulamazsanız başvuracağınız kişinin telefon numarası... Onu da bulamazsanız e-mail atacağınız adres... Oxford'lular bu yara izinden paniğe kapılıp şehrin tepelerine yıkılacağını sanmasın diye inşaatın girişine, bütün ayrıntılar yazılmış, saplantılı merak sahibi kişilerin sıkıntısının giderilmesi için lüzumundan fazla bilgi ile en az üç telefon numarası verilmişti.

Yıkılıp kırıldıkça biçimsizleşen duvarlar, uzaktaki bir gezegenin tanıtım broşüründen kesilip Woodstock Caddesi'ne yapıştırılmış gibi duruyordu. Güçlü ve kusursuz görünen bütün binalar her gün insanlara onlarsız da ayakta kalacaklarını söylerken, bu yıkıntı şefkat bekler gibiydi. Yıkıntı, Oxford'un hayranlığa doymuş binalarının ortasında sakat bir çocuk gibi sevilmek için insanın içinden, gözünden bir şey eklemesini, bir hikâyeyle kırık, yamuk, bozuk halini güzelleştirmesini bekliyordu. Şehir, yıkıntıyı utanıp kapatmaya çalıştığı bir yanlışlık, bir kabalık, bir sapkınlık olarak gördüğü için etrafını çevrelemiş, tertemiz portatif bariyerler yerleştirmiş ve inşaatın girişine iki portatif nöbetçi kulübesi ile bir duyuru konmuştu:

"Yayalar ve araçlar! Geçerken lütfen geçiş kartlarınızı gösteriniz."

Deniz iki kulübeyi de kontrol etti. Bekçiler öğle arası vermiş olmalılardı. Ayaklarının çok eskiden hatırladığı engebeli zeminde, tam olarak hatırlamadığı, geriye sadece bir duygu tülü olarak kalmış neşeli serüven ihtimalinin peşinden gider gibi yürüdü. Elleri çok eskiden, çocukken yaptığı hareketleri hatırladı, dizlerinde açılıp açılıp kapanan yaraların yerleri tatlı tatlı kaşındı ve tozlu toprağı eşelerken tırnaklarının içine yıllar sonra ilk kez toz toprak doldu. Birdenbire şehrin dışındaydı, kendi içinde, içine ait bir yerdeydi, aniden.

Göbek bağını yıkıntıların arasına gömdü ve içinden, sözcüklerini bir daha tekrar edemeyeceği bir karmaşıklıkta, sırasız bir dua geçirdi. Yıkıntılarla, insanın kendisi gibi olmasıyla, kader ve unutmakla ilgili bir dua. Kırıntılar halinde, yıkıntılar halinde bir duaydı bu.

Kahramanca ve orijinal bir şey yapmış olmanın haklı gururuyla ayağa kalktı ve ellerinin tozunu çırpıştırarak güneş ışığında on binlerce kez çoğalttı.

Toz, bu şehirde başka bir gezegenden kopup gelmiş yabancı bir madde gibi duruyordu. Toz Gezegeni'nden yanlışlıkla dünyanın bu tarafına, bu öteki gezegene düşmüş bir kimyasal madde. İnsanın aklını karıştıran, yüzleri tanınmaz yapan, kapatan, isimleri birbirine karıştıran ve her şeyi uzakta, çok uzakta oluyormuş gibi gösteren toz, Deniz'e ait olduğu gezegenden gönderilen bir mektuptu... Her şeyi berraklaştıran bir bulanıklık.

Ellerini, tozlarını cebine sokup gidecekken durdu. Aynı noktaya döndü. Cebinden, küçük, kare bir kâğıt çıkardı. Baktı. Boynu, öne doğru, dışarıdan ancak çok dikkatli bakınca görülebilecek kadar dar bir açıyla kırıldı. Kâğıdı buruşturdu ve göbek bağını gömdüğü deliği tekrar açıp onu da aynı yere koydu. Toprağı tekrar kapattığında elinde siyah noktacıklar olarak, karnının karanlığı içinden çekilmiş fotoğrafın mürekkep izleri vardı. Ultrason kâğıdının avcunda bıraktığı izleri, çocukluğundan da eski bir bilgiyle, hiç düşünmeden hızlıca ellerini toza bulayarak temizledi. Toz, parmaklarının ucuna, avcunun içine yapıştırdığı bütün noktacıkları sıyırıp, dişleyip alana kadar sürttü avuçlarını birbirine. Toz, mürekkebi sıyırdı. Toz, temizledi.

Eve döndüğünde Sıla'ya yazdığı mektubun sonuna şöyle yazdı:

Kadında zaman geçmez. Sakın günün birinde iyileşmek için zamana güvenme.

Göbek bağıyla yazılan kaderi değiştirmek için insanın başına bir şey gelmeliydi. Acayip bir şey. Güçlü bir şey. Başka bir hayata çengel atıp, kendini iki hayat arasında bir halatta kaydırıp öteki tarafa geçebilmek için... Bu şehirde insanın başına hiç acayip bir şey gelemeyeceğini, bu yüzden de yaraların bu şehirde unutulamayacağını düşünürken... Kapı çalındı.

3 Ağustos, 1982, Şatila

Filipinam, tatlı kıbbem,

Beyrut'un anneni kendine benzettiği günü anlatmalıyım sana. O gün bacakları olmayan, on iki yaşında bir çocuk, elleriyle koşarak kendini kurşunların ortasına atmıştı. Biri daha Beyrut'un yazdığı kaderini tekmelemişti.

Savaşın en şefkatli yanı budur. Kendini kapıp koyvermek isteyenlere kucağını açar. Uyku gibi yumuşak, kan kadar ılık bir gürültü kucağı savaş. Eriyip gitmek isteyenlerden hesap sormayan boz bulanık bir toz yatağı.

Babanın işi Filipina, insanları inatla hayatta tutmak. Ama buradan çekip gidecek tek yeri ölüm olanları, bir gün bu ılık yolculuğa çıkmaya karar verdiklerinde sessiz bir hürmetle izlemek gerektiğine inanıyorum. Giden bir çocuk olsa bile.

Hepimiz onu kurtarmak için yapmamız gereken şeylerin "hareketlerini" yaptık Filipina. Aptal seyircilere aptal oyuncuların oynadığı aptal bir oyun gibiydik. Kadınlar ağlayıp saçlarını çekiştirdi, erkekler kollarını ve seslerini büyük büyük hareket ettirdi ve ben ellerimle bir şey yapmaya çalışan bir doktoru taklit ettim. Kurşun ensesinde derin bir sıyrık açmıştı. İncecik bir ense. Tıpkı diğer çocuklarınki gibi tam ortasından yukarı doğru, çok bakarsan kırılganlığıyla insanı kahırdan ağlatacak, yumuşak bir oyuk, kurumuş bir dere yatağına benzeyen bir oluk vardı. Çocukta başka bir şey görünmüyordu. Sadece yorgun ve tükenmiş bir askerin uykusu için yalvarıyordu boynu. Durmadan düşüyordu.

Çocuğu seve seve ölüme bıraktık Filipina. Biz, bu topraklarda yaşayanlar, hiçbir şeyi sessiz yapmayı beceremeyiz. Dolayısıyla biraz gürültülü oldu. Ama sonunda öldü ve ben rahatladım.

Çocuğun adı bir türlü aklıma gelmiyordu Filipina. Ama kim olduğunu hatırlıyordum. Doktor olduğum için, olmayan bacaklarının hikâyesini hatırlamam gerekirdi belki, ama ben gövdesinin üst tarafıyla ilgili olanı biliyordum. Bir amcası vardı bu çocuğun. Tabii ki onun da adını hatırlamıyorum. Ama sanırım 1948'de Filistin'i ilk terk edenlerden biriydi. Denizciydi bu adam. Sadece bir kez gelmişti Şatila'ya ve bu çocuğa İspanya'dan bir oyuncak getirmişti. İp atlayan, sarı plastikten bir ayı. Pilli şeylerden.

Bundan nefret ederim Filipina, haberin olsun. Sakın bana uzaklardan pahalı oyuncaklar göndermeye kalkma! Çünkü uzak, zengin ülkelerden gönderilen hediyeler çok acıklıdır. Yoksul evlerin iyiden iyiye kolunu kanadını kırar böyle hediyeler. Evdeki her şeyden, hatta bazen herkesten daha kıymetli göründükleri için evdekilerin şavkını söndürüp kendi başlarına bir ışık yaratırlar. Evin geri kalanı artık daha karanlık olur. Üstelik çocuk ne zaman oyuncağı eline alsa -acaba sadece bu topraklarda mı öyle bu?- biri mutlaka çocuğa kızar:

"Dikkat et! Dikkat et!"

Millet birbirini öldürürken, Allah'ın belası oyuncak her şeyden daha kıymetli gibi görünür. Bu yüzden sevmem kıymetli oyuncakları. Çocukları kıymetsizleştirmekle kalmaz, bütün aileye de -sanki başka dertleri yokmuş gibi- kadersizliklerini hatırlatan bir bildiri okur bu oyuncaklar. Çok mu acıklı oldu? Ama bana sorarsan, çocuğu bu ayı öldürdü.

Bu plastik ayının -bir keresinde kliniğin önündeki taş zemine oturup göstermişti bana- ayakları kısacıktı. Yok gibi. Tıpkı çocu-

ğunki gibi. Annesinin oyuncağı evden çıkarmasına kızacağını bildiği için acele ediyordu. Belki de ancak Dr. Hamza'ya gösterirse bu zırva oyuncağı, evden çıkardığı için meşru bir gerekçesi olacaktı. Ayı, metal bir ipi başının üzerinden sonra da ayaklarının altından geçiriyor, metal ip alttan geçerken ayı havaya kalkıyordu. Çocuk gömleğinin içinde taşıyordu ayıyı ve elleriyle yürüdüğü için plastik şeyi ellemeden önce avuçlarını üstüne siliyordu. Ayı yüzündeki sırıtmayla çalışmaya başladığında, çocuk yarım gövdesini yana yatırıp, yanağını eline dayayıp izlemeye başladı. Ben de yanına yattım, bacaklarım utanç verici uzunluktaydı. Çocuk, epey sonra, korkunç bir rüya görmüş gibi, belerterek gözlerini, baktı:

"Pilleri bitince?.."

Filipinam, tatlı kıbbem, çocuğa o anda bacakları yerine bir kutu pil verseler... alırdı.

Sanırım bacaklarını kaybettiğinde içine kaçan bir yetişkin, ona pil meselesini "halledebileceklerini" söyledi ve çocuk yeniden dayadı yanağını avcuna. Ayı hâlâ atlıyordu. Fakat yarımın yarısı çocuk, gözlerimin önünde ihtiyarlıyordu. Sonra dedi ki "Ben..." Düzeltti:

"Biz hiç gidemeyeceğiz değil mi Hispanya'ya?"

Büyüklere yalan söyleyebilirim, ama çocuklara... Bilmem, günah gibi geliyor. Tanrı'ya değil ama çocuklara inanıyorum Filipina.

Ne kadar keskin olduğunu bilmeyen bir bıçak gibi baktı bana. Sonra ayıya. Binemeyeceği bir uçağın bileti gibi sırıtıp duruyordu ayı. Ayı bir kader kuyusu; içine çekti onu, gördüm. Boğuldu, gördüm. Döver gibi plastik şeyi, kıçındaki düğmeyi 'off'a getirdi. İçi-

ne kaçmış yetişkin ona hiçbir zaman "Hispanya"ya gidemeyeceğini net bir dille anlattı.

"Bi' Lucky Strike versene Dr. Hamza," dedi. Yemin ediyorum verecektim, çünkü öyle efkârlıydık üçümüz. Ayı, trapezden palyaçoluğa düşmüş Burt Lancaster gibiydi. Biz, ikimiz... Filistinliydik.

Ayıyı gömleğinin içine soktu ve saçını düzeltti uzun uzun. Artık yapacak hiçbir şeyi kalmamış ihtiyarların saçlarını uzun uzun taraması gibi. Sonra üstünü başını düzeltip gözlerini de -ben kalkamadım, bacaklarım utançtan büzüşüp uyuşmuştu- gideceğini belli etti sessizce. Sonra her seferinde bir omzu, kemiği, deriyi delip geçecek kadar sivrilerek, ellerinin üzerinde yürümeye başladı. Ayı gömleğinin içinden, dilencilerin para istemek için gösterdikleri urlar gibi sarkıyordu.

Benim tatlı kıbbem, her adımda tenine değen metal ipiyle ürperterek ona hiçbir yere gidemeyeceğini söyleyen ayı yüzünden o çocuk öldü. Çocuk, o yarım daire metal iple ölümün ılık kucağına bir çengel attı ve kendini o uykuya doğru kaydırdı.

"Naci," dedi annen, "çocuğun adı Naci'ydi." Benim hatırlamadığımı anlamıştı. Kim bilir ne şaşkın göründüm gözüne. Elinde sargı bezleriyle -çünkü bir tek onları kullanmayı biliyordu henüz-hepimiz gibi, bir şeyler yapıyormuş gibi yapıyordu. Çocuk ölünce onu kucakladı. Kendi doğurmuş gibi tuttu ve bu yarım gövdeyi götürüp lavaboda yıkadı. Çocuk dişi kırık ipekböcekleri gibi kıvrılıp kurudu sanki. Bir keresinde böyle bir ipekböceği görmüştüm. Dut yapraklarını yiyemediği için, diğerleri semirip beyazlarken, büzüşerek bir kara kuru solucana dönüşüp ölmüştü.

Annen Naci'nin saçlarını düzeltti. Naci nasıl düzeltirse aynen öyle. Kurumuş kan lekelerini tırnaklarıyla, hiç acıtmadan kazıdı.

Alnından öptü ve sargı bezleriyle temiz pak sardı çocuğu. Yerde oturan annesinin kucağına verdi. Bembeyaz, ölü bir paket oldu çocuk.

Sonraydı, annen ağlamaya başladı. Yıkılarak. Sanki omurgasını balık kemiği gibi içinden çekmişlerdi.

Dilini bilmediği bir yerde ağlamak fenadır. Çünkü seni, senin dilinde susturacak kimse yoktur. Böyle ağlayınca da kendisininkinden başka bir dilde susturulamaz insan. Annen susmadı.

Gece Naci'nin babası geldi kliniğe. Başıyla selam verip bana, anneni tutup kaldırdı kolundan, tüy gibi. Evlerine gittik. Annen hep ağladı. Çatıya çıkardı bizi. Dağ gibi bir adamdı Abu Naci.

Çatıda durduk, ben kampın ışıklarına baktım. Bir kadın tanrı, merhamet edip düğün gecesi eteğini bizim tarafa doğru savurmuş ve gelin simleri bütün kampa dökülmüştü. Durduk. Abu Naci karanlık zeminden bir parça gölge kaldırdı. Gölge ışıklara doğru kalktıkça bir kalaşnikofa dönüştü. Annene uzattı, "Sık," dedi, "iyi gelecek." Annen hıçkırıklarını birer-ikişer yutarak tüfeği aldı. Gazlı bezlerin bile ağır geldiğini düşündüğüm bilekleri dineldi. Abu Naci ona nasıl sıkacağını gösterdi, namluyu doğrulttu:

"Saydır şimdi havaya. Benim için de saydır!"

Ve annen taka taka taka taka taka!..

Yüzü, korku ve şehvetle ikiye yarılıyor, gözlerinin içine Şatila'nın simleri doluyordu. Taka taka taka taka...

Gürültü havaya ağarken, yerden başka bir ses geliyordu, incecik, ılık ılık... Annen o gece hem bir kalaşnikofla küfretti Tanrı'ya ve öldürdü onu, hem de işedi uzun uzun. Ben baktım, Abu Naci de baktı.

Ah! Oğlunun ölüsü ismine asılı kalacak bir adam daha!

Merdivenlerden inerken annenin ayakkabısının içinden sidiğinin sesi geliyordu, vıcık vıcık. Elimi tuttu, bırakmadım.

Peşimden geldi, yıkandı, yanıma yattı. O gece Tanrı'yı bir kalaşnikofla hepimiz için gebertmiş bir kadına ilk kez dokundum.

Annen ilk kez ertesi sabah konuşmaya başladı ve doğruyu söylemek gerekirse pek de susmadı. Dişi kırık bir ipekböceğinden bir kelebeğe dönüştü. Yıkıntılar arasında bir hiç kimseydi artık. Kaderini bir kalaşnikofla öldürmüştü.

Hiç kimse olmaya cesaret et Filipina. Hikâyeler orada başlar. Dişlerinin kırıldığı yerde...

...

9

Her ne kadar etnik, siyasi veya dini olarak ait olmadığı mahallelerde yaşayan Beyrutluların başına, psikolojik hatta fiziksel şiddet içeren olaylar gelme ihtimali yüksek olsa da, o pazar sabahı Ermeni Setanik ile Sünni, Filistinli Wissam'ın Hıristiyan Âşrafiyya Mahallesi'nin herhangi bir yerinde değil, Jetawi Yokuşu'ndaki apartmanda beraber uyuyabilmelerinin nedeni, bu kısacık caddenin bölgedeki tek kozmopolit yer olmasıydı. Yine de dikkat etmeleri gerektiğinden, yani bu kısmi gerginlik yüzünden...

Zeynab Hanım'ın Marwan'a bağırdığını duyar duymaz gözünü belerterek açtı yatağında Setanik. Telaşla tekrar etti:

"Hay Allah! Ekmek Ağacı!"

Yataktan fırlayıp mutfağa koştu. Naylon torbayı hazırlayıp, aynı hızla, çırılçıplak kapıya. Apartman boşluğunu dinledi, henüz kimse yoktu. Kapıyı aralayıp naylonu kapının önüne bıraktı. Kapıyı hızla kapayacaktı ki üst kattan bir hayalet sessizliğinde inen Hâdi Bey'in jilet gibi ütülü pantolon paçalarını gördü. Tereddüt etti. Zeynab Hanım'a haber vermeli miydi?

'Nasılsa bulurlar. Dolaşsın adam biraz,' diye geçirdi içinden. Kapıyı kapatıp parmak uçlarında yatağa geri koştu. Koşarken aynada çıplak kalçalarını yakalayabildi sadece, hoşlandı büyük kalçalarından.

Gövdesi, yatağın içinde, gece boyunca Wissam'ın sırtına sarılmış yatarken kalçasının kazdığı çukuru aradı. İleri geri hareket ederken bir yumru hissetti. Çıkarıp baktı. Gösterilerde son zamanlarda kullandığı, kırmızı, plastik palyaço burnu, yine her nasılsa yatağın içine girmişti. Burnu alıp, çok yavaş hareketlerle Wissam'ın burnuna takıp, sessiz sessiz güldü. Wissam'ın salya akıtan ağzı, uyurken çatılıp öyle kalmış kaşları, kırmızı burundan habersiz, ciddiyetle uyuyordu. Setanik kollarını başının altında kavuşturup, ayağını diğerinin üzerine atıp, keyifle sallanmaya başladı yatakta.

Adamı seviyordu işte. Hem de nasıl! Yüzünü onun yüzünün karşısına koydu. Kırmızı, plastik burnu koyduğu gibi incecik hareketlerle geri aldı ve Wissam'a baka baka, onu ilk kez sevdiği, yaklaşık bir yıl önceki o günü hatırladı...

***

"Siz delirdiniz mi!"

Bütün bir tiyatro grubu sanki böyle bir mizanseni daha önce çalışmışlar gibi aynı yadırgamayla baktılar Setanik'e.

"Delirdiniz herhalde? Nasıl gelmezsiniz!"

Grubun dışlayan bakışları o kadar ağırlaştı ki, sesinin başlangıçtaki kararlılığını korumakta güçlük çekti Setanik:

"Yani kamplardaki, Dahye'deki* çocuklara gösteri yapmaya varsınız ama o insanların hayatına dahil olmaya yoksunuz. Öyle mi? O zaman onlar için tiyatro yapmanın ne anlamı var ki?"

"Setanik, sakin ol," dedi biri, öteki, "Orada yapabileceğimiz bir şey yok Setanik," diye devam etti. Birbirlerinin cümlelerini, daha ses yere düşmeden devralıyor ve Setanik'i tek bir ağızdan, İsrail Güney Lübnan'dan çekilirken Lübnanlı mahkûmların tutulduğu, o gün boşaltılacak Khiam Cezaevi'ne gitmemeye ikna etmeye çalışıyorlardı.

---

* Beyrut'un güneyinde, Hizbullah'ın kontrolündeki mahalle.

"Kızım tehlikeli, anlamıyor musun? İsrail tek değil ki! Yerlerini terk ederken işbirlikçi Güney Lübnan ordusu da manyak işler yapıyor. Daha dün gece Sur'u bombaladılar. Ayrıca seninkilerin ne yapacağı da belli olmaz. Nasrallah, 'Güney Lübnan Ordusu'nun hain olmadığına birer İsrailli öldürürlerse inanırız,' demiş. Linç filan olacak orada."

Setanik'in öfkeden genzi tıkanıyor, sözcükler boğazını acıta acıta çıkıyordu:

"Cosette'in de o cezaevinde olduğunu bilmiyor musunuz? Hani arkadaşınızdı. Kızcağız dokuz aydır orada. Orada olmalıyız diyorum size. Ne yani? Biz eğlencesine mi yapıyoruz bu işleri?!"

İçlerinden biri, bıkkın bir sesle cevapladı bütün bu öfke sağanağını:

"Televizyon var. Olup bitenleri izleyebilirsin."

"Televizyon mu!" diye bağırdı Setanik iki elini yanlara açarak. "Televizyon mu dedin sen?!"

Delirmiş gibi bakıyordu gruba. Birlikte "Eurdike'nin Ellerini" oynadıkları, hepsine teker teker âşık olup, hepsini teker teker kardeşi saydığı bütün bir tiyatro grubu içinde kendisiyle birlikte, Cosette'in diğer Direnişçi mahkûmlarla birlikte salıverilişine gelecek kimse yok muydu?

"Ne televizyonu? Dünyanın öteki ucunda mıyız! Orası Beyrut'un Güney Yarımküresi mi!"

On kişilik grup sıkıntıyla birbirine baktı, Setanik fark etti ki, dokuz tanesi kollarını göğsünde kavuşturdu. Kaybedilmiş bir savaşa girdiğini kolların bir sessizlik yemini gibi düğümlenişiyle anladı.

"Setanik, bak..." dedi biri yumuşatmaya çalıştığı sesiyle, "Sen bu işleri abartıyorsun. Çok kaptırıyorsun kendini. Yani sonuçta biz..."

Artık yüzlerini birbirinden ayırt edemiyordu Setanik:

"İnanamıyorum size!"

"Ehhh uzatma!" deyince biri, Setanik tutamayıp üç gündür beklettiği yaşı boşalttı:

"İnanamıyorum. 'Direniş'* bu ülke için ilk gerçek zaferini kazanıyor ve siz..."

Gruptan gözyaşlarına aldırmayan bir ses çıktı:

"Ülke için değil, Güney için!"

O andan sonra kendini yaptıklarını yaparken izledi sadece:

"Alçak heriiiiif!"

Setanik, Hanna'nın saçlarını yoluyor, bir yandan da Hanna'nın üzerinden onu sökmeye çalışmalarını izliyordu. "Bu kadar hızlı müdahale ettiklerine göre benden bunu bekliyorlarmış demek," diye geçirdi içinden elleri hâlâ Hanna'nın saçlarındayken. Bağırıyordu:

"Alçak herif! Senin Lübnan'ın Hıristiyan mahallesinden ibaretse, ne diye duyarlıymış gibi yapıyorsun! Ne bu? Beyrut'un Kuzey Yarımküresi miyiz biz? Biz bu memleketin Saint Germain'inde miyiz ulaaaan!"

Onu Hanna'nın saçlarından söktüklerinde yerde bağdaş kurup tekrar ağlamaya başladı.

"Neyse yaaa! Ben götürürüm Setanik'i," dedi biri. Sanki sadece gidilecek film konusunda anlaşılamamış gibi bir sıradanlık vardı Wissam'ın sesinde:

"Bu deliyi ben idare ederim. Nasılsa ben gideceğim. Annemi götüreceğim. On beş yıldır Güney'deki kız kardeşini görmüyor. Ayrıca ben de Cosette çıkarken... Neyse işte. Ben götürürüm onu. Hey Setanik! Herhalde İsrail pilotları senin Ermeni olduğunu biliyorlardır, di mi? Bende Filistinli tipi yok pek ama o pislikler bizi kokumuzdan bile tanıyabilirler."

Yerde sümüklenen Setanik büsbütün yalnız olmadığını, tam olarak delirmediğini böylece anladı:

---

* Taraftarlarının, İsrail'e karşı savaşan Hizbullah ve destekçileri için kullandığı ad.

"Olmadı alırız elimize *Hizib** bayraklarını, dalarız aralarına. Sen de bi' zahmet bir başörtüsü takarsın artık. Di mi Setanik? Hooop! Sana söylüyorum. Kendine gel kızım... Siz de gidin artık."

O gün yüzlerce insanla birlikte Khiam'a gittiler. Lübnan Üniversitesi gazetecilik bölümünden tanıdıkları Cosette'in cezaevinden çıkışını izlediler. Onun hücresinde, okuduğu iki kitap vardı, *Sefiller* ve Hizbullah'ın başucu kitabı, *Seyyid Muhammed Hüseyin Fadlallah'ın Öğretileri*. Setanik o gürültü içinde hücrede bırakılan bu iki kitabın yan yana durmasını kaydetmişti kafasına. Çocukların kalabalığın içinde dolaşıp yetişkinlerin sevincine dahil olmak için çırpınışlarını izlemişti. Ne çok ihtiyaçları vardı onların da sevinmeye. Wissam'la çocuklar için bir palyaço kumpanyası kurmaya o gün karar vermişlerdi.

***

Wissam'ın başı uyanıklığın kapısını arar gibi iki yana dönerken Setanik'i görünce durup mırıldandı:

"Ne zaman uyandın sen?"

Kirpiklerini uykulu merakla kırpıştırırken Wissam, bir aceleyle daha çok ve hemen uyanmasını istedi Setanik. Kendiliğinden aşkla dolmuş gözlerinde seher yıldızları bakarken, Wissam gülmeye başladı:

"Kızım, yine Nasrallah'la seni birlikte gördüm rüyamda. Nedir benim bu rüyamdaki Hizbullah olayı ya? Kaç gündür aynı şey."

Setanik kırmızı plastik burnu kendine takıp gözlerini şaşı yaptı:

"Sevgilim beni Nasrallah'tan kıskanıyor!"

Wissam gözlerini açmadan gülümseyip kollarını sardı Setanik'e:

---

* Hizbullah'ın sokak dilindeki kısa adı.

"Gel bakalım tombul terörist!"

"Tombul deme ya!"

"Terörist diyeyim yani! Hizibci yoldaşlarına aynen iletiyorum bunu."

Etli butlu seviştiler ve sevişirken çok güldüler. Setanik, seviştiği adama mı, yoksa beraber içine atladıkları ve ikisinin de kaderinde yazılı olmayan hayatlarına mı âşık olduğunu bilmiyordu. Kapı yumruklanmaya başladığında henüz nefes nefeseydiler:

"Eyvah!"

"Geç kaldık!"

10

"'Oxford Şahinleri' mi?"

"Evet bayan."

Deniz elinde tuttuğu polis bildirisine bakarak gülümsemeye başlayınca, anasının babasının dünyanın lanetli topraklarından geldiği her halinden belli olan, genç, esmer polisin de gözlerinde kahverengi bir gevşeme dolaştı. İngiliz polisi ciddiyetine geri dönmesi gerektiğini gözlerine koyu siyah kaşları hatırlattı.

"Geniş çaplı bir uyuşturucu operasyonu yapıyoruz bayan. Eğer siz de şüpheli birini görürseniz lütfen duyurunun altındaki telefondan bize ulaşın."

Deniz, genç polisin fosforlu turuncu yeleğine, yanaklarına zorla tutunmuş ciddiyetini iyice komikleştiren bisiklet kaskına ve bir eliyle dengede tutmaya çalıştığı bisikletine baktı:

"Operasyon ha? Geniş çaplı demek!"

Dudağının ucuna taktığı müstehzi gülümseme, polisin yüzüne, ikisinin de geldiği toprakların buraların kitabına göre yapılan işlerini ciddiye alamayan, Avrupa'yı hep biraz çocuksu bulan alaycılığını çağırıyordu. Polis, üniformayla dikleştirilmiş omurgasını biraz gevşek bıraksa kapıp koyuvereceği dişli dişli Doğulu gülüşünü koyu İngiliz aksanıyla savdı:

"Evet operasyon! Lütfen bizi arayın!"

Buralı bir erkeğin asla aldırmayacağı alaycı gülümseme, belli ki onu kızdırmıştı. Esmer erkekliği, İngiliz aksanının koyu krema kıvamındaki kalkanının altında bile, aynı esmerlikteki bir kadının alaycılığına dayanıklı değildi. Bisikletini sert bir hareketle geri, yola çevirdi. Deniz kapıda durup suçtan suça koşan "Oxford Şahini"ne biraz daha bakmak istedi.

Genç polis, Walton Caddesi'nden Little Clarendon'a dönerken sağ elini -her şeyi kitabına göre yapmak zorunda olduğu bu ülkenin kurallarına sırtında alaycı bir kadının gözleri olduğu için daha da sinirlenerek- yana açtı. Yalpaladı. Ve derhal geriye baktı. Evet, kadın izliyordu. Deniz el salladı. Polis, tekrar yola bakmaya başladığında, geldiği topraklardaki diğer çocuklar gibi küfrederek gülümsüyordu.

Telefon çalmasa durup "Oxford Şahinleri"nin mahallede toplam on beş dakika boyunca estirdikleri, "çok mühim bir şey oluyor" havasının tadını çıkarıp, kapılarının önünde ellerinde polis duyurusuyla birbirlerine bakıp, kimden şüphelenmeleri gerektiğini düşünen komşularının her birine son derece şüpheli biriymiş gibi bakarak eğlenebilirdi.

"Alo!"

"Deniz?"

"Hı?"

"Orada mı buluşuruz? Gelir misin kendin?"

Tunç'un telefondaki sesine bakılırsa, "Ben bu gece gelmesem," demek için çok geçti. Ama yine de ruhunun düğmelerini Tunç'un patronunun evinde iş arkadaşlarıyla yenecek yemeğe kadar iliklemek, hallerin kırışıkları tamamen yok oluncaya kadar ütülemek için zamana ihtiyacı vardı:

"Orada buluşuruz. Kendim gelirim ben."

"Hımm... Şey giyinme..."

"Ney giyinmeyeyim?"

"Ya da ne bileyim, ne istersen giy işte."

"Teşekkür ederim!"

Tunç, Deniz'in günlerdir giydiği eşofmandan veya taramadan tepeden tutturduğu inatçı kıvırcığı saçlarından daha ziyade, ne gülen ne ağlayan bir aralıkta çakılı kalmış yüzünü kastediyordu. Söz konusu, ilikli ve ütülü yemeklerde giyilmek üzere, Tunç'un işi şansa bırakmamak için hediye ettiği dar, mor elbiseyi giydi ve saçlarını taramadan tepeden tutturdu. Tunç onu patronun evinin kapısında bir ön kontrol için beklerken karşılaştıklarında, parmaklarının altına tutturduğu çorabının kaçık uçları ayağının üzerine kadar çıkmıştı.

"Çorabın kaçmış!"

"Aaa... Yolda olmuş demek ki!"

Kısa ve sert bakışmada o çorabın baştan beri kaçık olduğu anlaşıldı ve Deniz sinirle kararmış yüzünü çözüp, akşam yemeğinin, içinde ondan başka herkesin kendini rahat hissettiği resmi ve kibar gerginliğine adımını attı.

Hava durumundan Irak'taki son patlamaya, Ashmolean Müzesi'nin önündeki bitmek bilmeyen inşaattan Singapur Borsası'nın son durumuna kadar her şeye eşit mesafede bir sohbet sürüyor, konular, bir sessizlik olursa yemek atmosferinde bir delik oluşur telaşıyla birbiri ardına diziliyordu. ABD'nin ve İngiltere'nin iyi üniversitelerindeki akademik kariyerlerini bırakıp daha çok para kazanmak için düşünce kuruluşlarında çalışmaya başlayan Tunç'un iş arkadaşları teker teker o günlerde çalıştıkları konuları anlatırken, patron Bay Robbins'in karısı Papirolog Fran, mangalda yapılacak eti ve lahana salatasını masaya getirmeyi nihayet başardı.

"Bunu yeni aldık Deniz."

Belli ki, gecenin herkesi kendinden alması gereken şahane sürprizi, Fran'in elindeyken Singapur Borsası veya Irak'taki patlamayla aynı ağırlıktaymış gibi duran, masanın üzerinde çalıştırılabilen ızgaraydı. Altına jel şeklinde bir yakıt konuyor -"Bak Deniz, bu yakıttan çok fazla aldık. Bütün bir yaz yapabiliriz. Bütün bir yaz!"- ve ızgara kızarken herkes kendi etini -"Çok keyifli değil mi Deniz!"- pişiriyordu.

"Oh! İnanılmaz! Çok güzel bir şey bu!"

Deniz repliğini başarıyla savdı. Herkes bu icada yeterince şaşırdıktan sonra, toplam üçer parça etten oluşan yemek -"Siz geliyorsunuz diye domuz almadık Deniz"- yenmeye -"Biz domuz yiyoruz ama zarafetiniz için yine de teşekkürler"- başlandı. Ha ha hi hi... Herkes birbirinin etine değmekten, eti pişirememekten, fazla pişirmekten, ötekilerin üzerine yağ sıçratmaktan ve nihayet ızgarayı devirmekten korkarak... eğleniyordu.

"Peki Deniz, tez nasıl gidiyor?"

Papirolog Fran, herkesin hep birlikte güldüğü bu gerilim filmi sahnesini daha da beter yapabilecek tek soruyu sormuştu. Deniz başını ızgaradan kaldırmadan konuştu:

"Eee... Şey... Hay Allah! Şu bifteği çevirmeyi becerebilsem... Ha ha... Eee şey... Tezin son bölüme yaklaştım ama..."

"Bitecek. Bu yaz sonuna bitecek. Değil mi sevgilim?"

Deniz, Tunç'un, çocuklarını başkalarının yanında dudaklarını gergin bir gülümsemeyle büzerek terbiye eden annelerinkine benzeyen yüzünü ızgaraya bastırmak istedi.

"Aaa... Evet... Şey... Ha ha... Tabii aslında..."

Deniz'in çatalının ucundaki et, ızgaranın üzerinde utanç verici bir gezintiye çıkmıştı. Herkes ızgaraya doğru o kadar kibar gülümsüyor, ara sıra başlarını kaldırıp Deniz'in yüzüne öyle şefkatle bakıyordu ki Tunç çoktan yerin dibine geçmişti. Patron Bay Robbins, "Belki şöyle yapsan..." diyerek Deniz'e yardımcı olmaya başladığında artık çok geçti, bu hadisenin en akılcı çözümü için, saçma sapan bir "sinerji" alışkanlığıyla bütün masa çatalına sarılmıştı.

Etlerin huzursuz mızıltısının etrafina dizilmiş insanları ilk kez başka türlü gördü Deniz. Öfke ve tiksintiyle değil, neredeyse merhametle. Herkes biriydi ve herkes daha çok biri olmak için uğraşıyordu. Bir isim etiketi olarak hayata yerleştirmeye çalışıyorlardı kendilerini. Önce havalı, sonra mümkünse ürkütücü bir yaka kartına dönüşmeye çabalıyorlardı var güçleriyle. Kulağını ruhlarına dayasa pişen etlerinin cızırtısını duyacak gibiydi. Kariyerlerinin ağır ateşinde öyle pişeceklerdi, bir gün o kadar önemli olacaklardı ki, sonunda soyları boyunca kendilerine yapılmış yatırımın onlarla son bulmuş olmasına değecekti.

İnsanın bu kadar kıymetli olmasında, öyle sayılmasında bir yanlışlık vardı. İnsanı ezen bir şiddet. Hiç kimse olmama konforu yoktu. Herkes birbirinde ya da hayat içinde eriyemeyecek kadar katı haldeydi. O yüzden şimdi Deniz'in etini ızgaranın üzerinde yakalama yarışını, hep birlikte yapabildikleri için bu kadar uzatıyorlardı. Kendilerini unutmuş olmaktan keyif aldıklarının, işi bu yüzden abarttıklarının farkında değillerdi. Acınacak haldelerdi.

"Oh! Hayır! Dikkat! Oh! Hayır!"

Fran'in çığlıkları eşliğinde, gayretkeş altı çatala direnemeyen ızgara devrildi. Jel yakıt masanın üzerine yayıldı ve masa yanmaya başladı. Fran koşup yangın söndürme tüpünü getirdi ve bütün masayı alevle orantısız büyüklükte bir köpük yığını haline getirene kadar sıktı. Alevler ve söndürme çalışması sürerken Deniz, elinde çatalı havaya kalkmış, izlemeye devam ediyordu. Yüzlerinde kızıl bir gülümseme vardı. O ânı bırakmak istemiyorlardı. Çocukların can çekişen bir sinekle uzun uzun ve şehvetle uğraşması gibi uğraşıyorlardı zaten bıraksan sönecek ateşle. Ateşe tutunuyorlardı sanki. Ateş söndüğünde "ne korkunç" olduğunu söylemek için herkes birbiriyle yarıştı ama hepsi biraz hayal kırıklığına uğramış gibiydi. Bu ânın biraz daha sürmesini istemişlerdi. Bir an için kim olduklarını ve kim olmaları gerektiğini unuttukları için böyle kızıl gülümsediklerini muhtemelen bilmeyeceklerdi.

"Oh! Naomi, tatlım, seni uyandırdık mı?"

Bay Robbins, üst kat merdivenlerinden elinde dev kurbağasıyla inen sekiz yaşındaki kızı Naomi'yi böylece misafirlerle tanıştırmış oluyor, ne ki, Naomi uykulu adımlarla basamaklardan yuvarlanıyordu. Deniz, kızı yerden kaldırmak için yerinden fırladı. Fran gergin bir nezaketle kolunu tutarak onu yerine oturttu:

"Naomi, tatlım, iyi misin?"

Kız kafasını çarpmıştı. Yüzünde bir ağlama birikiyordu ama:

"Bir şeyin yok tatlım. Hadi kalk bakalım."

Deniz, Fran'in yüzüne yüzüyle yalvarıyor, kalkıp küçük kızın başına bakmak için gözleriyle izin istiyor ama Fran onu yedi bin sekiz yüz altmış üçüncü gülümsemesiyle sakinleştiriyordu.

"Deniz çocuklar konusunda çok Ortadoğulu! Buraya ilk geldiğimizde kışın çocuklarına çorap giydirmeyen anneleri azarlamaya kalkmıştı hatta!"

Tunç, böylece masayı yeni ve ortak bir gülümsemeye çağırmıştı. Masa icabet ettiğinde Deniz'e dönüp elini sırtına koyarak devam etti:

"Çocuklar düşer sevgilim. Kalkmayı da öğrenmeleri gerek."

Tunç gülümsedikçe bir başkasına dönüşüyordu. "Sevgilim" sözcüğü, insanların öldükten sonra uzayan tırnakları gibi çıkıyordu ağzından.

Naomi yüzünde biriken ağlamadan utanarak yukarı koştu. Bir süre sonra masadakiler tam olarak ne olduğu belli olmayan tatlılarının kremasını tabaklarından sıyırıyorlardı. Herkes onu yeterince unuttuğunda, Deniz avcunun içinde bir dilim ekmek -"Tuvalet yukarıdaydı, değil mi?"- alıp yukarı çıktı. Endişesinin adımlarını hızlandırmasına izin vermeden merdivenleri tırmandı. Naomi yatağının ortasında kafasını ovuşturuyor ve kucağına açtığı kitabı okuyordu.

"Oooo... Demek *Alice Harikalar Diyarında*!"

Deniz çocuğun şaşkın ve mesafeli bakışlarını şefkatle savıp yatağın kenarına oturdu:

"Alice de düşüyordu, değil mi? Dur bakiim başına. Hımm... Delikten çok aşağıya... Burasını mı çarptın? Tavşanın arkasından koşup değil mi? Şişmiş birazcık ama... Alice'i seviyor musun Naomi?.. Yok yok, şişmemiş çok."

Sakladığı ekmeği ağzına attı. Naomi "ama Alice'in düştükten sonra hiçbir yerinin acımadığını, ama hiç acımadığını" anlatırken, Deniz bunu neden yaptığına, nasıl olup da bu hamurlu şifanın aklında kaldığına şaşıyordu.

Çocukken annesinin, babaannesinin, anneannesinin ılık tükürükleriyle hamur edilip başının vurduğu yerlerine yapıştırılan ekmeğin kokusu geldi burnuna. Bir çocuğu iyileştirmek fikri, uzun süredir ona iyi gelen ilk şeydi. Belki de çocukların başlarındaki şişleri indiren ekmek değil, kadınların tükrükleriyle salgıladıkları bu iyileştirme kimyasıydı. Yeryüzünün en mucizevi simyası hamuru, kadınların şefkat salgısıyla birleştiren bir büyüydü bu. Et gibi gerçek bir büyü, buğday gibi. Sevdiği bütün kadınların tükürükleriyle hamur edilmiş, gövdesinden daha büyük bir ekmek topunun içine kıvrılıp yatmak hissi bir an içini yoklayıp geçti. Ekmeği ağzından çıkarırken:

"Başın çok acıdı, değil mi? Bak şimdi bunu şişin üzerine yapıştırınca..."

Naomi, çiğnenmiş ekmeğin başına yaklaştığını görür görmez:

"Aaanneeee!"

Eve dönüş yolunda Tunç sadece bir kez konuştu:

"Belki de Paris'e gitmen ikimiz için de iyi olacak Deniz."

Deniz, upuzun karanlık kırlarda, saatine bakan bir tavşan gördüğünü sandı. Kafası yarılsa bile umurunda değildi. Düşmek istedi. Başka bir dünyaya düşebilmek istedi.

7 Ağustos, 1982, Şatila

Tatlı kıbbem,

Bu gece bitince ne yapacağız, bilmiyorum. Hep birlikte beklediğimiz o sabah gelip de bu savaş bitince... Hepimiz, sadece "ülke" adlı bir gemi batıp "savaş" adlı bir adaya düşünce işe yarayan adamlarız. Eğer bir gün "kurtarılırsak" bu felaket adasından, hiçbir karşılığımız kalmayacak.

Bu gece bittiğinde erkeklerin yatacak yeri olmayacak. Kendilerinde saklanacak, haklı çıkacak bir yerleri, olmayacak. Silahları ve tehlikeleri elinden alındığında, seviştikleri kadınları sabah görünce kaçmak isteyen oğlan çocuklarına benzeyecek bu şehir.

Savaş bizi daha yakışıklı gösteriyor Filipina. Eğer bir gün biterse, erkekler sökülmüş lunapark oyuncaklarına dönüşecek, çürümüş plastiğimiz ortaya çıkacak. Plastik olduğumuz ortaya çıkacak. Kadınlar her sabah kalkıp başka bir hayata başlayabilirler, ama erkekler... Bu topraklarda erkekler öyle bir yerinden yaralı ki Filipina, ne kadar sevsen geçmez.

Annen o ilk sabah uyanmadan önce, gözünü açmasını beklerken, vargücümle oradan kaçıp hiçbir şey olmamış gibi yapmak isterken düşündüm bunları. Eğer savaş varsa gidebilirsin çünkü. Olmamış gibi yapabilirsin. Yok olabilirsin ve yalan söyleyebilirsin.

Herkes savaştan ölüm yüzünden nefret ettiğini söylüyor. Ben, beni böyle bir adam yaptığı için, böyle bir adam olmama izin verdiği için nefret ediyorum. Çünkü savaş tam erkeklere göre, tam tembellere ve soysuzlara göre bir yer. Ne derlerse desinler. Bütün erkekler bu yüzden seviyor savaşı. Kadınların kalbini kırmak için kutsal nedenler veriyor bize. Ortadoğulu erkeklerin iyileşmez yaralarına bir tek barut iyi geliyor. Kadınlardan o kadar korkuyorlar ve onları o kadar çok istiyorlar ki... Savaş, korkak bir erkeğin en iyi saklanacağı sistir Filipina.

Kadınlar hep yeniden başlayabilirler Filipina. Ama erkekler... Onlar, savaş olmazsa kabuğunu sürükleyen bir salyangoza benzerler. Kabuklarımızı alırlarsa bizden geriye, gezdiği yerlerde sümüğünü bırakan böcekler kalır. Belki de, tıpkı çocukların salyangozlara yaptığı gibi hepimizin üzerine tuz döküp öldürmeliler. Bana sorarsan tatlı kıbbem, savaşı görmüş insanları barışta sağ bırakmamalı. Çünkü onlar, savaşı koyunlarında uyuturlar. Bir gün yeniden yakışıklı olma hayali o kadar güzeldir ki barışta onlara güvenemezsin.

Biliyorum, onlar, savaş bitse bile kadınları savaşır gibi sevecekler. Ganimetleri gibi. Ele geçirildikten sonra ancak yağmalayabildikleri.

Bu toprakta kadınlar bu yüzden mutsuz. Çünkü her gün yağmalanıyorlar ve kendilerini korumak için her gün sertleşiyorlar. Onlarda lanet olası çok kıymetli bir şey var ve ele geçirildikten sonra anlamsız olduklarını bildikleri için kendilerini kapatıyorlar. Bu karşılıklı bir anlaşma Filipina. İki taraf da birbirinin yarasını biliyor. İki tarafta da birbirinin yarasına iyi gelecek bir şey yok. Herkes durmadan birbirinin yarasını azdırıyor. Ama acı, bize en tanıdık şey olduğu için bunu sevmek sanıyoruz. Birbirimizin kabuklarını kaldıra kaldıra, kanata kanata tanışıyoruz, sevişiyoruz, sonra büsbütün merhemsiz kalıp birbirimizi dövüyoruz.

Kadınları çoğu zaman anlamıyorum Filipina. Onlara öyle şeyler yapıyoruz ki, niye hâlâ bizi sevdiklerine, koyunlarına aldıkları-

na her gün şaşıyorum. Sanırım her seferinde yaralı bir köpek gibi bakmayı başarabildiğimiz için. Çünkü kadınlar şefkat göstermezlerse ölürler. Sanırım bu yüzden bizi her seferinde geri alıyorlar. Eğer bizi sevmeleri bizimle ilgili bir şey olsaydı, çoktan topluca göç etmiş olurlardı bu topraklardan.

Bizim derdimiz ne biliyor musun Filipina? Annelerimizin intikamını almak için büyüyoruz biz. Lanet olası savaşın, tozun toprağın içinde her gece kırık oğlan çocukları büyüyor. Annelerinin babaları yüzünden nasıl ağladığını izleyen oğlan çocukları. Anneleri onlara o kadar âşık ki, yavaş yavaş büyüyüp babalarına benzediklerini görmüyorlar. Her gün biraz daha annelerinin kocası olarak ihtiyarlıyorlar küçükken. Bir gün bir kadın geleceğini sanarak büyüyorlar. Bütün bu saçma denklemi değiştirecek bir kadın. Ama gelse alacak yerimiz yok. Çünkü annelerimiz gibi ağlamayan kadınları nasıl seveceğimizi bilemiyoruz biz.

Onları ağlattığımız için kendimizden nefret ediyoruz, ama ağlamadıkları zaman da annelerimiz kadar iyi yürekli olmadıklarını sanıyoruz.

Oysa bizim, bize gülecek kadınlara ihtiyacımız var. Bize gülüp peşimizden sürüklemekten yorulduğumuz salyangoz kabuklarımızı çatlatacak kadınlara. Ama en çok da kadınların bize gülmesinden korkuyoruz. Gülen kadınlardan ödümüz patlıyor bizim Filipina. Bu yüzden şöyle ferah feza sevmeyi de sevilmeyi de beceremiyoruz. Kadınların bizi gösterişli kabuklarımız yüzünden sevdiğini sanıyoruz. O kabuğa katlanmak için her gece nasıl ağladıklarını görmüyoruz.

Oralarda o kadar karmaşık şeyler var ki Filipina, savaş bize bu yüzden iyi geliyor. Gürültü ve itiş kakış, önemli konuşmalar ve kararlar, toz ve kurşun... Hiçbir şey konuşmak zorunda değiliz. Çün-

kü Filipina, savaşlarda kadınlar erkekleri ölmek üzere olduğu için seviyor. Ölmek üzere olduğumuz için yakışıklı duruyoruz.

Annen uyandı Filipina ve gülümsedi. Ben kaçmaya niyetlendim. Ama sonra bir şey oldu. Annen odalar arasında dolaşırken, kahveyi koyarken, saçını düzeltirken, bilmediğim bir dilde şarkı söylerken, başka hiçbir şeyi olmadığı için ağustos sıcağında bile üzerinden çıkarmadığı sarı kazağı, aynaya bakarken, ağzında tokası, dönüp, bana bakıp gülümserken... Bir şey oldu. Evin içinde ışık oldu. Anneni değil, o ışığı bırakamazdım.

Öyle de uysalız biz işte, bir kadın gelsin ve evlerimize küçük bir ışık düşsün, hemen eriyoruz. Yatakta durdum, onu izledim. Ama içimde bir şey ayaklanıyordu. Hırçın bir oğlan çocuğu içimde tepiniyor, hiç rahat vermiyordu. Bir şeye kızıp gitmeliydim, tadını kaçırmalıydım. Durmadan dürtükleniyordum. Ağlayasım geldi. Böyle olmayan her geçmiş sabah için mi, bu sabah bir daha olmaz diye mi, bir sümüklüböcek olarak kalmaktan ödüm koptuğu için mi... Kederle başa çıkabilirim Filipina, bu topraklarda olup olacak hiçbir kötülük beni ağlatamaz. Ama güzellik... Bizim çeliğimize ona göre su verilmemiş, kırılıyoruz orta yerimizden.

Niye o gün kimse kimseyi öldürmedi, niye kimse kimsenin gözünü oyup birbirini kurşunlamadı, bilmiyorum. Kliniğe gitmedim ve kimse de beni çağırmadı. Sanırım gizli gizli bunun annenle ilgili iyi bir işaret olduğuna inandım. Fakat bu durumu benden başka bir şeyin daha onaylaması gerekiyordu. Biz erkekler bu bakımdan da biraz salak sayılırız Filipina. Öyle sanıyorum ki sadece dünyanın bu tarafındakiler değil, her yerindeki erkeklerde böyle bir salaklık var. O sözünü ettiğimiz devrimleri kim yapacak, bilmiyorum Filipina. Çünkü biz erkekler, yaşadığımız şey meşru olunca, kabul edilince gereğinden fazla seviniyoruz. Dostlarımız kadınımızı sevince, annemizle kadınımız iyi geçinince, babamız bize,

"Aferin," deyince... Bana sorarsan, eğer bir devrim filan yapılacaksa onu kadınlar yapmalı. Bize kesinlikle güven olmaz. Bunu o günün gecesinde anladım ilk kez.

Gece bizi "biz" olarak, yani ikimizi, bir eve yemeğe davet ettiklerinde annenle öyle rahat, sevimli bir çift olarak durmaktan abartılı bir keyif aldım. Salak salak güldüm. Salak salak neşelendim. Kampın onu ve beni beraber kabul etmesinden apaçık mutlu oldum. Annen eliyle yemek yemeğe çalışırken, pirinci dökmeden ekmeğe sıkıştırmaya uğraşırken, herkes annenle birlikte dökülen pirinçlere gülerken... Bir yemek masası hiç konuşmadan, sadece bizimle birlikte gülerek evlendirdi bizi. Karım oldu yani annen o gece. Öylece oluverdi. Bundan ne kadar keyif aldığımı, annen bu halimi görüp, yine başını öne eğip gülünce gördüm. Annen gülünce kendimi gördüm. Gülünecek bir kendimdi bu. Arak içtim, güldüm. İçtikçe daha çok güldüm, güldükçe daha çok içtim ve gecenin en acayip yerinde, birden yüksek sesle şöyle dedim:

"Bu kadın çok güzel kahve yapıyor!"

Niye böyle bir şey dedim ve annenin yanaklarını kızarttım bilmiyorum ama o gece onunla karımmış gibi seviştim. İçim rahat. Ayıp, biliyorum ama bugün senden başka bunu anlatacak kimsem yok. Karım gibi sardım anneni ve uyuduk.

Sonraki günler hep birbirinin aynıydı Filipina. Ve bu, o kadar güzeldi ki. Savaşta bir çatlak oluştu. Başka bir adam oldum. İçimde başka bir adam varmış meğer, yürürken gerisinde bıraktığı yaldızlı sümük izlerine bakıp gülen bir adam. Annenin parmaklarıyla, içimden bulup çıkarttığı bu adamı çok sevdim. Hepimizin içindeki daha iyi adamları...

Nasıl ayakta kaldığımızı düşünüyorum Filipina. Belki zeytinyağında bir şey vardır, yeşil zeytinde, humusta ya da labnede, tahinde. Hepsi bir araya gelince, nesiller boyu biz yurtsuzları ayakta tutan bir simya yaratıyor olmalılar. Çünkü bütün bu olup bitenleri, bu kampta, Beyrut'ta gördüklerimi insanın direnme gücüyle açıklayamıyorum. Kim bilir, belki de ellerimizle yediğimiz içindir. Bütün bir hayatı, dokunduklarımızın tamamını, birbirimizin dokunduklarını da yiyoruz ekmeğimizle beraber. Belki çocuklar böylece aşılanıyorlar bu hayata. Savaşı, büyüklerin ellerinden yemeye başlıyorlar. Kalaşnikofları, kum torbalarını, haşhaşı ve korkunun terini. Ellerden ekmeklere, ekmeklerden çocuklara, çocuklardan komandolara doğru akıp duruyor bir aşı. Yoksa düşünüyorum, nasıl? Durmadan aşılıyoruz birbirimizi, böyle dayanıyoruz biz bu savaşa.

Annen de bizimle o gece, ellerimizi yedi, bizi ve kampın tamamını. Yanakları kızararak ben her güldüğümde. Biz böyle evlendik yani Filipina, eğer bir gün sana biri bunu soracak olursa.

...

11

Hormonları deniz kıyısındaki korkuluklardan takla atarak kendini aşırtıp sekiz metre aşağıdaki kayalıkların arasındaki küçük boşluklardan suya atlayacak kadar ayaklanmış, yoksul Beyrut gençlerini saymazsak, o pazar sabahı da hiç kimse pis denize girmeyecek, yine de birazdan bazıları, kıyılardaki havuzlara gidip akşama kadar kararlılıkla bronzlaşmak için Jetawi Yokuşu'ndan geçeceklerdi. Ama yokuşun başındaki apartmanın üçüncü katında oturmakta olan Ayşe, muhtemelen onları duymayacaktı.

Ayşe ekran karşısında öyle bir sinirle donmuştu ki, Nâsır'ın kapıyı çekip çıkmasıyla taksiyi çalıştırması arasında niye bu kadar zaman geçtiğini bile merak etmedi. Kendi kendine bağırdığının da farkında değildi:

"Sersem kız! Nereye gideceksin? Kabil'e mi!"

İhtiyarlık çillerinin üzerini doldurduğu ellerinin bilgisayar ekranına tokat atmak üzere havaya kalktığını görünce Facebook'u kapatıp YouTube'u açtı. Sinirini geçirebilecek tek şeyi aradı. Müzik daha başlamadan ayaktaydı ve dans ediyordu:

"*You are only seventeen... You are the dancing queen... You can dance, you can jive...*"

Bir süre eski dostların fotoğraflarına bakar gibi ekranda dönen ABBA görüntülerini izledikten sonra gardrobu açıp kapaktaki boy aynasının karşısına geçti. Sıkı tişörtünün içinde tombul memelerinin sutyensiz sallanmasını izledi. Penye üzerindeki yazının simleri memelerle birlikte parlayıp parlayıp sönüyordu:

"*I know you are hot for me!*"

Bağırarak söyledi:

"*You are only seventeeeeeen!*"

Yana döndü, dar kot pantolonunun belinden göbeğinin sarkanını içine çekmeye çalıştı. Nefesini ne kadar tutarsa tutsun kırk altı yaşındaki göbeğinin ancak bir kısmını içine alabiliyordu. Yanaklarının içini dişlerinin arasına kıstırdı, dudaklarını ileri uzattı. Boynunun sarkıklığını parmaklarıyla kaldırıp baktı, bıraktı.

'Başörtüsü yüzünden,' diye düşündü. Belki de artık türban şeklinde ensesinde değil, çenesinin altından bağlamalı. Hangisi daha genç gösterir? Dahye'ye gidip şu kolun içine takılan ve ellerin üzerine danteli düşen kol ağızlarından almalı. Fransız manikürü daha iyi, Nâsır kırmızı seviyor ama tırnaklar böyle daha temiz görünüyor, uçları beyaz beyaz. Kol ağızlarının danteli elinin üzerine düşünce daha da iyi duracak.

Gövdesinin her yerini inceledikten sonra gözlerine sıra gelince aynada yine sinirlendi:

'Geri zekâlı taze! El Kaide ha! Göstersinler sana savaşı!'

Kardeşinin kızı Rana'nın Facebook mesajında şifreli olarak yazdığı El Kaide'ye katılma kararına, sadece bunun saçma bir fikir olması yüzünden kızmıyordu. Yarım akıllı Rana geçen yıl da tango öğrenmeye karar vermişti ve "geri zekâlı kız" bu ikisi arasında çok da fark olmadığını sanıyordu.

Şarkı biter bitmez merdiven boşluğunda bir kadın sesinin İngilizce küfrettiğini duydu. Merdivenleri yalpalayarak inen, öfkeli adımları dinledi, aynaya gülümsedi:

'İbne Jan! Bir kadının daha canına okudu.'

Akşam gelince Nâsır'a anlatmalıydı. Birlikte Ümmü Gülsüm dinleyip arak içerlerken her hafta en az bir kez yaptıkları gibi, "pis

Falanjistin" ibneliği üzerine konuşacaklardı. Ümmü Gülsüm *Inta Omri*'yi söylerken, efkârlanan sesleri karşılıklı attıkları kahkahalara dönerken, gece, ihtiyarlayan iki göbeğin şehvetle birbirine gömülmesiyle son bulacaktı. Bacaklarının arası kamaştı. Aklını dağıtmak için bir kez daha bastı YouTube'un "oynat" tuşuna:

"*You are the dancing queen...*"

Daha ne kadar yapacak bunu? Aynada, bu dansa artık uymayan kalçasını, kollarını yakaladığında, kendinden utanıp durdu. Açık dolap kapısından, sarı, kırmızı, yeşil, hepsi birbirinden daha çok bağıran baskılı dar bluzlar, başörtüleri, dar kotlar, her biri fısıldayarak sanki, Beyrut'ta birbirini izleyerek boğan kadınlar gibi, onunla ilgili kötü dedikodular yapmaya başladılar. Giysilerine bağıracak gibiydi:

"Peki kim soracak o yılların hesabını?"

Tanıştıklarında Nâsır'a böyle sormuştu. Tuhaf bir ön sevişmeydi onlarınki. Güldü hatırlayınca. Eski bir militan olarak, *AMAL*'ın* 1986 *Şatila Kuşatması*'nı açıklaması gerekti önce, kendini ne kadar suçlu hissettiğini. Sonra Nâsır'ın Filistinlilerin nasıl başkalarının paralı askerlerine dönüştüğünü kabul ettiğini dinlemesi gerekti. İki eski militan olarak böylece sevişebildiler ancak. Ve o gece terk ettiler eski zamanın sözcüklerini, artık zaten kimsenin kullanmadığı. Hesap kapandı ve o gün kırk yaşında olan vücudu var gücüyle genç kalmaya çalıştı ondan sonra. Savaş sarhoşluğunda geçen zamandan ayılarak ve geri sayarak zamanı, daha da dar kotlar, memelerini daha da yüksek sesle bağıran bluzlar giydi her gün. Başını örtmesi, tesettüre girmesi ise... O kararı verdiği güne küfür mü etse, gülse mi hep kararsız kalıyordu. Çünkü nedenini düşününce... Kimse inanmayacağı için kim-

---

* 1975'te Şii İmam Musa Sadr tarafından kurulan Mazlumlar Hareketi'nin devamıdır. Bugün de Lübnan siyasetinde temsil edilmektedir.

seye anlatılamayan o küçük, derin sır aklına geldikçe... O küçük, derin sır iyi ki vardı. Böylece "biri" olduğunu, benzerleri arasında farklı olduğunu biliyordu. Nâsır alay etse bile böyle iyiydi.

Evet, Rana, o işler öyle değil. Mesele gitmek değil, onun bir de geri dönüşü var. Ve muhakkak dönülür hanımefendi! Savaşta herkese yer vardır, ama savaş bittiğinde... Biri olmak zorundasın.

"Zavallı çocuklar," dedi, şefkatle döndü sesi kendi içine: "Gidecek bir savaş arıyorlar kendilerine. Aşk arar gibi arıyorlar."

Ah küçükhanım! Senin suçun değil böyle olmak. Bu dünya herkese aynı şeyi yapıyor. Sığınacak bir taraf kalmadı artık. Biliyorum, senin kanında var. Hepimizin kanına karıştı bu savaş. Akacak yer bulamayınca, işte böyle mumla savaş arıyoruz. Fakat hayır habibti, o zamanlar geçti.

Bu konuyu Nâsır'a da anlatmalı. Belki kızla o konuşur. Nâsır'ı içinden geçirince birden bugün ne yapacağını hatırladı. *Mazaher** için portakal çiçeği toplaması gerekiyordu. Nâsır'ın gömlek yakalarına sürmek, bir de kendisine "beyaz kahve"** yapmak için. Dahye'de portakal çiçeği bulamayacağına göre, bugünlük Rana'yla konuşma işini bırakabilirdi. Meseleyi portakal çiçeğine bağlayıp bu deli kızla hiç yapmak istemediği konuşmayı belirsiz bir süre için erteledi. Eğer karar verdiyse onu kim durdurabilirdi? Belki de zaten herkesi kendi akışına bırakmak gerekiyordu. "Bana ne, kim nereye gidecekse gitsin!"

Bluzuyla uyumlu bir başörtüsü seçmeye çalıştı. Ama canı sıkılmıştı bir kere, aklı başka yerdeydi.

---

* Portakal çiçeği suyu.

** Portakal çiçeği suyuyla hazırlanan sıcak içecek.

Peki Rana, şöyle düşünelim: Diyelim ki gittin, ne olacağını sanıyorsun? Sonunda sen de benim gibi olacaksın. İşte apaçık söylüyorum. Neyim ben şimdi? Kahraman militan Ayşe şimdi ne yapıyor? Bir erkek bulabildiğim için -şükürler olsun- şanslıyım. Eğer Nâsır gibi bir manyağa denk gelmeseydim ne olacaktı? Kızım, bizim buralarda kadınlar birinin karısı, birinin kızı değilse öyle politika molitika yapamazlar. Böyle benim gibi oturup evinde mazaher yaparsın işte! E zaten böyle olacaksa sonunda, baştan kendini ne yoruyorsun? Sen bu hayatın inanacak bir şey olmadan sürmeyeceğini mi sanıyorsun? Ah şapşalım benim! Hem de nasıl sürer. Sen kendine macera mı arıyorsun? Al, işte hepimizin anlatacak yüzlerce macerası var bu memlekette. Ne oldu? Kimse kimseye anlatıyor mu? Hayır! Neden? Sor bakalım anana babana, neden hiç konuşmuyorlar? Sor bakalım 1986'da neredelermiş? Hanımefendi, biz boşuna mı böyle olduk? Böyle...

Aynaya baktı aniden. Baştan sona parmaklarıyla dört kez taradığı raftaki başörtüleri birbirinden kayarak hep birlikte yere döküldü. Hepsini bir sinirle alıp yatağın üzerine fırlattı. Oturdu, tek tek katlamaya başladı hepsini. Kendi kendine şefkat göstermek istediğinde yapardı bunu. Bir şeyleri katlardı. Bazen iç çamaşırlarını çıkarıp yeniden dizerdi çekmeceye, bazen kâğıt peçeteleri katlardı tek tek. Katlamak iyiydi. Her şey küçülüyor, düzenleniyor, diziliyor ve aklının içi sakinleşiyordu böylece.

Rana'nın on altı yaşındaki sesi geldi kulağına:

"Peki o zaman sen ne demeye örtündün teyze? Onu açıkla o zaman!"

Mutfak masasında oturup elini havaya kaldırarak çenesini öne çıkara çıkara soruşunu kendinin on altı yaşındaki haline benzetmiş, gözleri dolmuştu. Elbette ona sırrını anlatacak değildi. Ama bilmesi gereken kadarını söylemişti:

"Çünkü Rana Hanım, hiç kimse olmak istiyorum ben. Eskiden bunun için savaş vardı. Ama şimdi... Hiç kimse olmak istiyorum da ondan. *Khalas!* Nasıl anlarsan anla!"

Evet evet, bu kızla derhal konuşmak gerekirdi. Bağırmadan ama, kızmadan. Yumuşak yumuşak.

YouTube ekranında oynat düğmesine tıkladığında yeni bir ABBA şarkısı başlamıştı:

"*Take a chance on me... Baby I'm still free...*"

12

Üstü çıplak adamlar, kendilerini bellerinden ağacın olabilecek en üst dallarına bağlamışlardı. Deniz'in ağacına. Lincoln College'ın bahçesindeki dev çınar ağacı budanıyordu ve tam da tez hocası Bayan Trablousi'yle görüşmeden önce bu durum hiç de iyiye işaret değildi. Deniz, bir elinde sabahtan beri oyaladığı, Little Clarendon'daki dondurmacıdan aldığı kahvesi, öteki elinde hocaya önceden gönderdiği bölümün çıkışları, ağzı açık, bahçede donup kaldı. Adamlar, bir ayin gibi dönerek etrafında, inerek hızla aşağıya ve kaydırıp çekerek kendilerini yukarı, bir dalından ötekine atlayarak, ellerinde testereleri, eksiltiyorlardı ağacı.

Deniz, kolunda, bacağında hissetti kesikleri. Oxford'a ilk geldiği gün, kendini bu bahçede bulmuş, ağacın altında, sanki bu okulun ona hoş geldin hediyesi gibi boş duran iki kişilik banka oturmuş ve bu ağaca bakarak bir dilek dilemişti. Ağaç onun için yeterince ihtiyar bir tanrıydı ve tanrı olmak için yeterince büyüktü. Dileğinin kabul edildiğini göstermesi için ağaçtan bir işaret istemiş, ağaç, tıpkı biraz önce yaptığı gibi rüzgârda pek çok kez hışırdamış, Deniz bunu şefkatli bir cevap olarak kabul etmişti. O günden beri, tam iki yıldır hocasıyla her görüşmeye geldiğinde ve bazen herkes Kolej'i terk ettikten sonra akşamları ağlamak, dilek tutmak, tezin yazamadığı bölümüne başlayabilmek, regl olmak veya regl olduğu için teşekkür etmek istediğinde ağacına gelirdi. Ama bugün, tanrısının kırpılıp kele çevrildiğini görünce... Bu, birazdan yapacağı görüşmenin tüm zamanların en kötüsü olacağının ilahi göstergesiydi.

"Evet Bayan Öztürk, şaşırtın beni."

Bayan Trablousi, yüzünü kapatan *Al-Akhbar* gazetesini indirmedi bile.

Sessizlik derinleşiyordu. Deniz, bu kez kızarmış bozarmış cevaplarından birini vermemeye yeminliydi. Sessizlik yeterinden fazla uzadığında, Bayan Trablousi gazetesini indirdi. Gözlerini Deniz'inkilerden ayırmadan sigara paketini aldı. Esmer, incecik yüzü, acımasız bir alay ve zarafeti iyi demlenmiş bir aşağılama seansına hazırlanır gibiydi. Paketi filtreler aşağıya gelecek şekilde dikine tutup üç kere masaya vurdu. Ağır ağır sıyırdı jelatini, bir tane sigara taktı ağızlığına, ağır ağır. Yüzünün rengi, ceviz masaya karışıyor, dev gibi masanın arkasında Bayan Trablousi, küçüklüğü, zayıflığıyla giderek daha ürkütücü oluyordu. Sigara dumanıyla sararmış parmakları Deniz'in gönderdiği bölümün çıkışları üzerinde sabırlı engerekler gibi hareket ediyordu. Her seferinde bir yenisini taktığı kocaman yüzüklerinden biri vardı yine ortaparmağında. Firuze üzerinde gümüşle "Allah bir" yazılıydı. O engereklere kimse bir şey yapamazdı. Sonra durdular parmaklar:

"Sigara?"

Onlarca kez aynı soruyu sormuş ve aynı cevabı almış olmasına rağmen Deniz'in, "Bıraktım," deyişini görmek, onu Oxford'a bu kadar uyum sağladığı için sessizce yabancılaştırmak hoşuna gidiyordu. Böyle, sayısız küçük numarası vardı Bayan Trablousi'nin ve Deniz artık geceleri bu numaralara nasıl nezaketli ve fakat sert karşılıklar vereceğini düşünerek yazdığı milyon tane senaryodan yılmış, kadının karşısında çaresizliği bitkinlikle kabul etmişti. Hele bugün, bütün bu karmakarışık kafayla hiç hali yoktu Bayan Trablousi'nin çöl oyunlarıyla uğraşmaya.

Filistin işi, meme çatalını hep aynı oranda açıkta bırakan işlemeli şile bezi gömleği, aynısından onlarcasına sahip olduğu dar, dizde biten eteği, bacaklarının bakır derisi, ince topuklu stilettoları, ufak tefekliğinin rahatlığıyla iyiden iyiye derin kesimli yırtmacı... Deniz'in oturunca kat kat olup daha beter büyük görünen, kısalmış, yeşil boğazlı kazağından taşan göbeği, onu olduğundan daha kısa gösteren kot pantolonu, siyah babet ayakkabılarının sabah içine giymek zorunda kaldığı kırmızı çorapları, "toplasan toplanmaz, bıraksan düzgün durmaz" uzunluktaki saçları, hazır ağda bantlarıyla bölük pörçük alındıkça dudağının üzerinde kalıcı bir gölge yaratan bıyıkları... Bir hanımefendiyle beslemesi olarak oturuyorlardı karşılıklı. Aklındaki, gövdesindeki bütün eziklik, bütün yanlışlık, bütün suçluluk ve karışıklık, ayakkabılarının boyasız olduğunu fark edince çöktü Deniz'in üzerine. Kaybedecek bir şeyi kalmamış insanlara aniden gelen kahramanlık hissiyle kalkıp ayağa, sanki bir arkadaşının paketinden alır gibi bir sigara aldı Bayan Trablousi'den.

"Ooo... Demek yeniden başladınız! Tebrikler!"

Deniz, dişlerinin arasında bir nezaketle cevapladı:

"Sağ olun."

Kendine şaşarken çenesini havaya kaldırıp ayak ayak üstüne attı ve dumanı tavana doğru, dudaklarını büze büze üfledi. Trablousi, dirseğini masaya dayayıp başını sallayarak gülümsedi:

"Yo hayır, bu iyiye işaret. Demek ki teziniz iyi gidiyor. Demek ki gerçekten bir şeyler yazmaya başladınız. Yani nihayet!"

Deniz'in dudakları, ukala gevşedi. Bayan Trablousi'nin yılankavi gülüşünün ardından göğsünün ortasına nihai bir bıçak darbesi geleceği artık kesin gibiydi. Ama girdiği yoldan da dönemezdi artık, kolunu sandalyenin arkasına attı, bir kamikaze hissi içinde burnunu biraz daha kaldırarak, "Ah, demek öyle," dedi, söylediği şeyin manasızlığının tamamen farkında olarak. Trablousi bu küçük avın peşini bırakacak değildi. Kıvrıldı, sıçradı ve ölüm ısırışını yaptı:

"Ama herhalde o yazdıklarınız bunlar değil."

Bayan Trablousi'nin elleri, saldırıdan sonra kurbanının ölümünü izlemek üzere yere inen engerekler gibi bıraktılar kendilerini Deniz'in tezinin üçüncü bölümünün üzerine. Dişlerinin arasında kalan et parçasını yalar gibi bitirdi cümlesini:

"Onları, yani eğer varlarsa tabii, ne zaman görebileceğiz?"

Deniz, nasıl olsa öleceğini anlamış bütün hayvanlar gibi kendini bıraktı, katilinin dişleri arasına huzurla teslim olmaya karar verdi bu kez:

"Bayan Trablousi..." derken sesini boğan bir lokma nefesi yuttu:

"Ben -eğer siz de kabul ederseniz- yeni bir danışmanla çalışmamın daha doğru olacağını düşünüyorum."

Ama Bayan Trablousi, Deniz'in bu tarihi açıklaması sırasında elini çenesine dayamış, küçükparmağının tırnağını dişleriyle ezerek camdan dışarı bakıyordu:

"Bayan Öztürk, şu adamları gördünüz mü?"

Deniz'in, ağzına sığmayacak kadar şişkin olduğunu sandığı cümlesi, uçarak sönen, sönerken komik bir ses çıkaran bir balon gibi kaçıp odanın köşesine düşmüş, kaybolmuştu. Bayan Trablousi topuk seslerini bütün bir Lincoln Koleji'nin duyacağı şekilde, ağır ağır pencereye yürüdü. Tek ayağının üzerinde durdu, stilettosunun serbest kalan topuğuyla yeri ezdi iyice:

"Gelin gelin, yanıma gelip bakın."

Deniz, dilini çiğneyerek, ağlamasını gırtlağının gerisine itmeye çalışırken, Bayan Trablousi yüzüne soluk Oxford ışığı vurmuş pencereden dışarı bakıyordu:

"Siz Bayan Öztürk, bu adamlara benziyorsunuz. Dev bir bilgi ağacının etrafında pervane oluyorsunuz. Durmadan bir bilgi ağacını budayıp duruyorsunuz. İçinizde var olan bilgiyi kullanmıyorsunuz. Bilgiye tapınırsanız onun size ait olacağını sanıyorsunuz. Siz aynı ağaca tapan bir hoca için mükemmel bir öğrencisiniz. Ama benim için..."

İlk kez Trablousi'nin gözlerinin ta içine baktı Deniz. Kendisinin de dişleri olan bir hayvan olduğunu ilk kez fark ederek. Sözünün, gözünün bir gücü olduğunu ilk kez hissederek:

"Bayan Trablousi, hakikaten bu konuşmaya gerek var mı sizce?"

Sırtını pervaza dayandı Bayan Trablousi:

"İki yıldır size söylemek istediğim bir şey var Bayan Öztürk. Nasılsa beni terk edeceğinize göre..."

Dişlerinin acı verdiğini anlayınca şaşırıp aniden, avını bırakan yavru bir aslan gibi geri çekildi Deniz:

"Yani terk etmek değil de..."

"Yo hayır, dinleyin beni. İki yıldır size bakıyorum ve şunu görüyorum. Siz, akarken çarpacağı taşlardan korkan bir su gibisiniz. Ortadoğu çalışıyorsunuz ama Ortadoğu'ya gitmiyorsunuz. İslami hareketler çalışıyorsunuz ama kafanız karışmıyor. Yoksulluk çalışıyorsunuz ama öfkelenmiyorsunuz. Siz niye bu kadar Batılıymış gibi yapıyorsunuz Bayan Öztürk? *Yabancıymış* gibi? Esas şunu söyleyin bana, siz bu tezi niye yapıyorsunuz?"

Trablousi'nin yanına, pervaza oturdu Deniz. Yırtıcı bir annenin memesini emen yırtıcı bir yavru gibi sokuldu Trablousi'ye:

"Bayan Öztürk... Size 'Deniz' diyeceğim. Deniz, siz melezsiniz. Doğu ile Batı'nın tam ortasından gelen bir melez. Melezlik bir imkân gibi görünüyor ama bir engeldir aslında. Biri olmamanın konforu insanı çok çabuk soysuzlaştırır. Siz, dünyanın o tarafından gelmiş olmayı unutmaya çalışıyorsunuz sanki. Anlıyor musunuz beni?"

Deniz başını salladı sadece. Aslan ona pençe darbeleri vuruyor ama bu darbeler Deniz'i sadece memeye yaklaştırıyordu:

"Sanıyorsunuz ki, belli bir süre için belli bir miktarda çile çektiğinizde bu iş bitecek. Belki de doğrudur. Dediğim gibi, başka hocalar için belki. Ama beni siz seçtiniz Deniz. Başınıza gelecekleri biliyordunuz. Yani... Yani, bu metin sizin başa çıkamayacağınız bir hale gelmedikçe bitmeyecek. Benim için bitmeyecek. Başa çıkamadığınız bir şey olmalı Deniz. Üzgünüm. Ama ben böyleyim. Üstelik siz de öylesiniz. Öyleydiniz. Sonra... Bunun oluşunu izledim Deniz. Siz bir gün olması gerektiği gibi biri olmaya karar verdiniz. Niye?"

Gözleri gözyaşlarıyla büyürken, Deniz gülebildi sadece, dudaklarını içine alarak ağzının. Sadece bakabildi. Trablousi devam etti, yarattığı hasarı biraz olsun hafifletmeye karar vermiş bir gülümseme kıvrımı vardı ağzında:

"Oysa başlangıçta yeterince iyiydiniz."

Bayan Trablousi, pencere pervazında duran kültablasını alıp Deniz'in elinde unuttuğu sigaranın uzayan külüne değdirip aldı külü:

"Bir de... Türkiye'yi bilirim Deniz, Arap ırkçılığı müthiş derindir. Acaba bu çalışmada sizi engelleyen şeylerden biri, içinizdeki gizli ırkçılık olabilir mi?"

"*Yuh!* Yok artık! *Allah Allah!*"

Deniz ilk kez kendini tutamayıp söylediği cümleye kendi de şaşırarak gözlerini açtı. Bayan Trablousi gülmeye başladı:

"Nihayet Deniz! Nihayet sizden Ortadoğulu bir tepki alabildik! İki yıl sürdü ama içinizdeki Ortadoğuluyu çıkarabildik."

Bayan Trablousi, ağızlığını azı dişleri arasına şıkıştırdı, gözü istediğini almış yaramaz çocuklar gibi parladı. Deniz'e ilk kez böyle bakıyordu, kız kardeş gibi, arkadaş gibi, anne gibi, en çok da oyun arkadaşı gibi...

Yüzünü Deniz'in yüzüne yaklaştırdı:

"Biliyor musunuz, bence ne yapmalısınız? Oraya gitmelisiniz."

Gülmeyle sarsılınca yanakları, aktı yaşları ve Deniz karnı hoplayarak kahkahalar atarken sümüklerini kol ağzıyla sildi.

"Bence Ortadoğu'da biraz vakit geçirmelisiniz. Beyrut'a gidin Deniz, Beyrut sizin için en iyisi."

Beyrut sözcüğü çok eski ve silik, siyah-beyaz, kalaşnikoflu, oğlan çocuklu fotoğraflardan çıkıp geldi Deniz'in gözünün önüne:

"Beyrut mu?"

Trablousi neşeyle bir sigara yaktı:

"Evet, Beyrut. Çünkü Deniz, o şehir Ortadoğu'nun bilinçaltıdır. Ortadoğu'da neler olduğunu her yerden görebilirsiniz, ama neden olduğu... İşte o, ancak Beyrut'tan görünür. Deniz?"

"Efendim?"

"Haddimi aştığımın farkındayım ama... Bence sizin Deniz, ne olup ne olmadığınızı görmeye ihtiyacınız var. Bana güvenin ve gidin. Göreceksiniz, kendinizi de şaşırtacaksınız."

Bellerinden iplerle ağaca bağlı adamların bir adımda ağacın bir dalına, bir adımda öteki dalına uçuşlarını izledi Deniz. Ne kadar becerikli görünüyorlardı. Uçup uçup, her seferinde bir dala yapışıyorlardı. Onlar uçup kondukça ağaç kelleşiyor, ağaç kelleştikçe adamlar ağacı yiyen küçük böcekler gibi görünmeye başlıyordu Deniz'in gözüne. Artık altında durabileceği bir ağaç kalmıyor ve dilekleri bağlandıkları dallarla birlikte bir bir çimlerin üzerine düşüyordu. Olması gerektiği gibilerin hepsi kırılıp kırılıp yerlere dağılıyordu. Giderek ağacın yerinde bir yoksunluk kalıyordu. Bir boşu boşunalık, yanlışlık...

"Biliyor musunuz Bayan Trablousi, belki de gitmeliyim. Ben belki de buradan hemen gitmeliyim."

17 Ağustos, 1982, Şatila

Filipina,

Kamptaki örgütlerin arabaları güneş doğmadan ekmek dağıtmaya çıktığında, annenin uyanışına bakardım. Hızla kalkıp sanki doğduğundan beri yapıyormuş gibi bunu, ekmeği almaya çıkışına. Suyu bizim gibi kullanmayı öğrenişini izlerdim. Elini yıkar, sonra leğende biriken suyu tuvalete dökerdi. Sebzeleri yıkadığı suyu, muhakkak yerleri silerken kullanırdı.

Sokakları ezberleyişini izledim, kampın dar labirentlerinde her kayboluşunda daha çok karar veriyordu burada kalmaya. Gövdesi bizim gibi hareket etmeyi öğreniyordu darda. Arapça öğrenmesini izlerdim. Ağzıyla sessiz sessiz tekrar ede ede her sözcüğü. Gözlerini daha çok açınca daha çok emebileceğini sanarak sesleri. Örgütlerin, liderlerin adlarını ezberleyişine baktım, aklında tutmaya çalışarak her duyduğunu... İnsan niye kendini en yaralayacak yere gider, niye kalır orada, annenin yüzüne baka baka anladım.

Annene bakarak kendimi anladım. Hıristiyan Filistinlilere verilen Lübnan kimliğini neden reddettiğimi, Hamra'daki evden Kamp'a niye taşındığımı, niye yaranın tam ortasına oturduğumu, gidebilecekken, her seferinde niye gitmediğimi... Herkes "halkımı" tedavi etmek için geri geldiğimi sanıyor. Halbuki tıpkı annen gibi ben de tedavi olmaya geldim. Kimilerimiz böyle, yaranın tam ortasında tedavi olabiliyor.

Yara çünkü Filipina, en canlı yeridir gövdenin. Hareket oradadır. Can, tam yaradadır. Biz, yani kimilerimiz, kan gibiyiz. Yaranın olduğu yere doğru akıyoruz. Başka türlü akmayı bilmiyoruz.

Bizim için hayat orada. Dünyanın canı neresinden yanıyorsa başkent orası.

Sana bu kampla ilgili hiçbir ayrıntıyı anlatmamaya yemin ettim bu mektubu yazmaya başladığımda. Çünkü biliyorum, yerin üzerinden geçen dar su borularını, hastanenin altında kamptakilerle birlikte yaptığımız ameliyat odasını, tekerlekli jeneratörümüzü, "Öğrenci Müfrezesi"nin lideri, sevgili yiğit dostum Ali'yi, AK-47'leri, M-16'ları, RPG'leri, Şatila'nın "Biraz çekilir misin, ateş edeceğim de!" dedirten darlığını ve kalabalığını, yaralılara uyguladığım, Güney Lübnan'da, İtalyan doktor, şahane insan Giannou'dan öğrendiğim "penisilin, anti-tetanoz ve analjezik" sırasını kampta yetiştirdiğim hemşirelere nasıl ezberlettiğimi, komandolar ile Falanjistler arasında ne zaman bir çatışma olsa iki tarafın da suçladığı "bilinmeyen üçüncü taraf" meselesini, kardeşlerinin AK-47'sine fazladan bir şarjör daha takmayı öğretirken ellerini kaybeden Reem'i... Bütün bunlardan bahsedebilmek için sana upuzun, karmakarışık hikâyeler anlatmam gerek. Oysa o hikâyelerin yıllar sonra anlatılacak tarihte bir yeri olmayacak.

Sanırım insanlar yıllar sonra, yine tıpkı bugünkü gibi anlatacaklar her şeyi. Liderlerin isimleri ve Birleşmiş Milletler kararları, uçak ve bomba modelleriyle Kahire ve Bağdat Paktları, liderlerin buluşmaları ve peşlerinden gidenler birbirlerini boğazlarken her buluşmada gülüşmeleri... İnsanlar, başlarından geçenleri anlatmamak için kendi başlarından geçmemiş bir sürü şeyi anlatacaklar. Hikâyeleri açık yaralar gibi karıncalanarak tarihin içinde yaşıyor olacak. Tarih, o hikâyeleri tedavi etmeye çalışacak durmadan. İyileşmeyen hikâyeler, tarih adlı gövdenin yine en canlı yeri olarak kalacak. Kan oraya akacak.

İnsanlar Filipina, zannediyorlar ki tarihi halklar ayakta tutuyor. Ezberledikleri tarihler ve almaya yemin edip kuşaktan kuşa-

ğa geçirdikleri intikam yeminleri... Oysa halkları ve insanları, görüp, bilip, belki de hiç kimseye anlatmadıkları o küçük hikâyeler ayakta tutar.

Filipina, bunu bilmiyorlar. Savaşın başından beri, yani tam altı yıldır, Beyrut'tan gitmeye çalışan insanları görüyorum. Bazıları buradan gitmekten başka bir şey düşünemez hale geldi zaman içinde. Çoğu da gitti. Bazen ne geliyor aklıma biliyor musun? Savaşa bakarak düşünüyorum bunu:

Dayanamayanlar, zarif ruhlar gittiğine göre geride kalanlar, bizler yani, kaba ruhlar mıyız acaba? Dünya tarihi hep böyleydiyse benim tatlı kıbbem, belki de biz türümüzün en kötü örnekleriyiz. Yani en zarif olanlar evrim sürecinde yok olup gittiyse, belki de biz, şimdi yaşamakta olanlar, türümüzün en vahşi, en kaba temsilcileriyiz. Ama biz, kaba vahşiler, bir şeyi biliyoruz Filipina: O gidenler, kalanlardan daha çok acı çekecekler. Kalplerinde bir Beyrut kalacak ve hep kanayacak. Çünkü yarım kalmış bir hikâyeden daha çok kanayan hiçbir şey yoktur.

Gidenler bizim gibi olmayacak, Filipina. Belki sonunda hikâyelerimizi onlar anlatacak, kim bilir? Çünkü hep öyle olur. Yaşayanlar anlatmaz, gidenler daha dilli olur. Yaşamak çünkü bize en çok susmayı öğretir. Birlikte yaşamak, birlikte susmayı öğretir. Susup, sonra acı bir şaka yapmayı. Ve biz burada tarihi böyle anarız. Şaka yaparak...

Ve annen dedi ki "Balık tutalım istiyorum." Saçı başı dağınık yataktan kalktı ve böyle dedi:

"Balık tutmalıyız!"

Biz de Filipina, savaşın tam ortasından, bütün bu tarihin içinden, "Fakhani hükümetimiz"in (liderlerimizin Şatila dışında, Tarık El-Cedidi Caddesi'nde kurdukları merkeze böyle deriz biz) kontrol noktalarından, oltalarımızla komandolara selam verip geçtik.

Hamra'ya kadar yürüdük, sonra Korniş'e indik, denize. Al-Manara'nın, yani deniz fenerinin önünden geçtik. Annen şöyle demişti:

"Karaya vurmuş bir katil balinaya benziyor... Dikine duran bir balina!"

Sonra Variller'e geldik. Her şey çok normaldi Filipina, ölebilirdik. "Güvenlik durumunu" bile sormadım o gün ki biz, hava ve yol durumu gibi her gün "güvenlik durumunu" almalıyız. Kamptaki, şehirdeki dedikoduları iyice dinleyip, aralarından en güvenilirlerini harmanlayıp, tamamen zamanla edinilen içgüdüsel bir filtreyle olabilecekleri hesaplamalıyız. Ama biz oltalarımızla o kadar komiktik ki ve o kadar normal; yürüdük ve gittik. Kim bilir, belki de âşık olanları koruyan bir şey var yeryüzünde. Denizin içine yerleştirilip içi betonla doldurulmuş iki varilden birinin üzerine ben, birine o çıktı. Bütün bir gün orada öylece durduk. Annen iki balık tuttu, ben bir. Bütün bir gün annen yüzüme bile bakmadı. Sadece denize baktı, hiç kıpırdamadan. Ve sonra oltalarımızı alıp kampa geri döndük. Bu kadar, başka bir şey olmadı.

Ama kadınlar böyle, kafalarının içinde en tehlikeli planları ne zaman yaptıklarını bilemiyorsun. Yatağa yattığımızda, tıpkı sabah nasıl, "Balık tutmalıyız," dediyse, aynı gözlerle söyledi:

"Çocuk yapmalıyız!"

Öylece karar verdik sana ve sanırım o gece başardım seni annenin karnına koymayı Filipina. Yani başardık diyelim. Öyle olduğunu sanıyorum, çünkü o geceden sonra annen daha da beter korkusuz biri olup çıktı.

Galiba hamilelik başka bir dünya Filipina. Hamile kadınlar ya da belki bazıları, kendilerine bir şey olmayacağını düşünüyorlar. Annen sadece geceleri uzaktan silah sesleri duyduğunda karnını tutmamı istiyordu. Korkmuyordu ama senin kulaklarını kapamaya çalışır gibiydi.

Sadece bir gece, yaralıları getirdiklerinde hastaneye ağlamaya başladı. On beş yaşında bir çocuktu ve her zamanki gibi yaralıyı getirirken acele ettikleri ve doğru taşımadıkları için çocuğun boynundaki diskler yanlış duruyordu. Annen ağlamaya başladı. Sargı bezlerini düşürdü. O gece ona, "Ülkene git," dedim ilk kez, "burası daha da kötü olacak. Bu savaş bitmeyecek. Git."

"Benim evim sensin," dedi. Daha çok ağladı.

Öğreniyordu. Bizim gibi sabahları ekmek için kalkmayı, suyu iki kez kullanmayı, AK-47'lere ekstra donanım takılırken elde patlayabileceğini ve buradaki insanların tek evinin diğer insanlar olduğunu. Savaş öyle bir yer Filipina, insanların tek evi diğer insanlar. Birini kaybedince bu yüzden sadece birini kaybetmezsin, evin de gider.

Bu savaştan gidenler Filipina, evlerini kaybettiler. Bu yüzden gitmedim ben. Annen de bu yüzden kaldı. Birlikte yaşanan hikâyeler, insanları birbirinin evi yapar.

...

13

Bazıları evlerin saklandıkları yerinde bir gün onlara ihtiyaç duyulmayacağından hiç emin olunmadan ama hep bu umutla unutulsalar da, Beyrut'taki hemen her evde bulunan silahlar, o pazar günü temizlenecek, yağlanacak ve çalışıp çalışmadıkları kontrol edilecekti. Fakat Jetawi Yokuşu'ndaki apartmanın en üst katında yaşayan Zeynab Hanım, silah gerektirecek günleri düşünmek için pek ihtiyar, hayatına yeni giren, silahtan ziyade vicdani hesaplaşmalar gerektiren bazı sorun ve çelişkiler için ise pek acemiydi.

'Tabii canım, Arapça öğrenmek onun da hakkı.'

Zeynab Hanım, Marwan'a "Ekmek Ağacı" için bağırmaktan bitkin, her pazar Muallim Naci'nin erkenden eve bıraktığı çiğ ciğerin yanında yemek için çiğ kuyruk yağını hazırlayıp, nane yapraklarını teker teker, ağır ağır yıkarken kendi kendini ikna etmişti: Filipina istiyorsa Arapça öğrenebilirdi.

'Haftada bir ders. Pazarları tabii. Zaten ben evde de onunla... Yani konuşmuyor muyuz biz hiç? Konuşuyoruz canım!'

Gün boyunca evin içinde ne kadar uzun süreler boyunca konuşmadığını fark etti sonra. Evi ihtiyarların evine benzemişti işte. Tek tek katlanıp çekmeceye yerleştirilmiş naylon torbalar, bayatlamasına rağmen atılmayan *kaek*'ler,* kavanozların dibinde labnelerden kalan ve atılmayan zeytinyağları, küfü her seferinde üstünden sıyrılıp yenmeye devam edilen incir reçeli, artık eskisi kadar yenmediği için yapışıp taşlaşan toz zahter... Lokmalar ağzından aşağıya doğru nasıl ağır ve seyrek geçiyorsa sözler de artık gırtlağından yukarı doğru o kadar nadir ve yavaş çıkıyordu.

'*Speed Queen*'i bir an önce... Evet evet, bu hafta Nâsır'a söylemeli de tamirciye bıraksın. Bu sefer çekemem tamircinin, "Bu arabanın markası neydi Zeynab Hanım?" afra tafrasını... Evet evet, en iyisi Nâsır götürsün.'

Koltuğuna gömüldüğünde, sadece kafasından bir sinirle fışkırmış gibi duran, dipleri beyaz, uçları simsiyah saçlarının göründüğü antika arabasının markası niye bu kadar merak ediliyordu *yani*? 'Arkasında *Speed Queen* yazıyor ya işte!' Bunu her söylediğinde bütün tamirci çıraklarının gülüşmesini hatırladı. Neydi insanların derdi bu arabayla! Zaten kullandığı da yoktu. Durup düşündü. *Speed Queen*'i Âşrafiyya'dan en son ne zaman çıkarmıştı?.. Nanelere karşı, taze, yeşil gülümsedi.

'Modka Café direnişi!'

Saçlarının siniri yumuşadı. Hamra'daki açılışı protesto eden -neydi Modka'nın yerine açılan çokuluslu çaput zincirinin adı? Varo... Vora... Vero Moda!- genç çocuklar ne kadar şaşırmışlardı. "Ne var yani! Ben gelemez miyim? Çekil bakayım *habibi*! Sen doğmadan evvel biz Modka Café'de eylem örgütlüyorduk."

Sanki Lübnan toprağını savunur gibi Vero Moda mıntıkasını koruyan polisler her şeyden çok ona ve bir türlü ilerlemeyip trafiği tıkayan *Speed Queen*'e sinir olmuşlardı. Güldü içinden. Bir kahraman gibi konuşmuştu çocuklarla, parmağı havada:

---

* Sokakta satılan, içine peynir ve zahter sürülerek yenen, susamlı bir hamurişi.

"Artık dünyayı değiştirmek için küçük şeyler yapabiliyorsak bunun tek nedeni dünyanın küçülmüş olmasıdır *habibi*! Bizim değil!"

Speed Queen'i, *Fedayin** Beyrut'a nasıl aslanlar gibi girdiyse öyle sokmuştu Hamra'ya. Islıklar ve bağırış çağırış! Küfürler arasında bir sigara yakıp kolu camın dışında, eliyle "*Şuu habibi?*" işareti yaparak en havalısından, tekrar Âşrafiyya'ya dönmüştü. Sessizliğe... Hâdi Bey'in Modka Café'yi de, *Fedayin*'i de, kendini de, Beyrut'u da hatırlamayan sessizliğine...

'Bu tembel Marwan kapılardan torbaları topluyor mu acaba?.. Acaba Filipina'ya... Yok canım. Marwan namuslu çocuktur. Ayrıca zaten ne yapsın Allah'ın gariban Filipinlisiyle. Zaten kızcağız minnacık bir... Neyse canım, kız akıllı da bir şeye benziyor. O ne yapsın çulsuz Suriyeli Marwan'la? Suriye işgali varken neyse de şimdi artık bütün apoletleri söküldü Marwan Efendi'nin...'

Düşündüğü şeyden utanıp yeni bir nane tutamının yapraklarını tek tek ayıklamaya başladı.

'Pazarları ne yaptığı beni ilgilendirmez zaten. Yok canım, istiyorsa öğrensin Arapça. Zaten daha *ta marbuta*'ya** gelmeden yılar, bırakır.'

Kafasında küçük bir hesap yaptı. Bütün apartmandan aldığı cüzi kiraları topladı, içinden Filipina'ya vereceği 200 doları çıkardı. Geriye kalandan kendince Arapça dersinin tutması gereken miktarı çıkarmaya çalışıyordu ki...

'Neyse canım, vereceğiz artık neyse parası. *Khalas!*'

Nanelere sinirlenmiş gibiydi:

---

* Filistin Kurtuluş Örgütü gerillalarına verilen Arapça isim.

** Arapçada, dişil isimlerin sonuna konan, "a" veya "e" sesi verdiren, kullanım yerleri ve kuralları Arap alfabesindeki en zor harf.

'Ne alakası var bunların naneyle! Kokmuyorlar bile. Bekaa'dakiler olsa...'

Sadece kısacık bir an için çocukluk günlerinin Bekaa Vadisi'ndeki nane bahçesinin kokusuna takılıp sonra babasının içtiği haşhaşlı nargilenin kokusuna, oradan da annesinin ellerinin zeytinyağı kokusuna dolaşıp geri geldi. Nanelere sinirlenmemişti. Sinirlendiği şeyi kendi kendine bile söylemedi, sadece bir pazar önce, Jimeyzi'deki o âna geri döndü.

***

"*Bonjour habibi!*"

Beyrut'a geldikleri için "*bonjour*"layan Körfez Arabı aile Paul Café'ye yayılarak, gürültüyle ve o kaba aksanlarıyla oturdular. Şişman, genç baba, zenginlerin sabırsızlığıyla garsonlara seslenip duruyordu:

"*Habibi, bonjour!*"

Yan masadalardı ve Zeynab Hanım'ın, onu Jetawi'den Jimeyzi'ye yürüyerek getiren Filipina'dan başka aklındakini söyleyecek kimsesi yoktu:

"Bu garsonların asabı, onlara giydirdikleri bu şapşal beyaz takkeler yüzünden bozuk. O yüzden çalışmak istemiyorlar. Beyrut erkeğine beyaz takke! Ne bu? Kolonyalizmin sorunu bu Filipina *habibti*; gittiklerinde bile geride beyaz takkelerini bırakıyorlar!"

Esprisine gülünmeyince, neşesi yüzünde sıkıntıyla söndü. Kahvesine geri dönecekti ki yan masaya takıldı. Gece mavisi, daracık elbiseli annenin karşısındaki azman oğlan çocuğunun yanındaki sandalyede, karaya çalan derisiyle incecik bir kadın vardı. Sri Lankalı hizmetçi. Sandalyeye küçük gelen, oturup sustukça daha da küçülen bir leke gibi. Zeynab Hanım kahvesine dönüp onlara bakmamak istedi ama durmadan gözü Sri Lankalıya takılıyordu. Ona hiç sormadan ısmarladıkları, önünde neredeyse kendi boyundaymış gibi dikilen *frape*'den korkmuş gibiydi. Ne yapması gerektiğini anlamak için, saçlarıyla oynayıp duran, oğlana *frape*'yi höpürdetmemesini bağıra çağıra söyleyen anneye bakıyordu Sri Lankalı kadın. Hepsinden daha küçüktü. O kadar zayıftı ki bütün aile sanki onu yiyerek semirmişti.

Zeynab Hanım Filipina'ya baktı... Kendini sandalyede biraz aşağıya çekti. Garsona seslendi:

"*Habibi*, bakar mısın!.. Bir şey yeseydin Filipina... *Habibi*, bize menüyü getir!"

Sri Lankalı masada değil gibiydi, başka bir dünyada oturuyordu, başka bir dünyaya bakıyordu. Sanki düğmesine basılıp durdurulmuş bir oyuncak gibiydi, şu anda çalışmıyordu. Sıkıntıdaydı. Çalışmadığı için yersiz gibiydi, gerekçesiz. Tıpkı Al-Manara'da gördüğü Filipinli, Etiyopyalı, Sri Lankalı kadınlar gibiydi. Anneler nargilelerini içerken çocukları oyun bahçesinde oynatan hizmetçi kadınları hatırladı. Çocuklar ellerinden kaçıp oyuncaklara gittiğinde iki kolları anlamsız iki yana düşer, kollarını kavuşturup önlerinde, gerekçesiz kaldıkları için sanki bomboş bir âlemin içindelermiş gibi korkarlardı. Etraflarına bakar, ne yapacaklarını bilemezlerdi. Zeynab Hanım bunları hatırladığına şaşırdı. Filipina'yla daha çok konuşmak istedi.

"Filipina *habibti*, yemek istemiyorsan dondurma ye. Yok, ye ye sen! Bi' dondurma ye canım! Bakar mısın *habibi*, sen buraya şöyle havalısından, meyvalı filan bir kup getir. Bana da bir Türk kahvesi, *vasat*. *Yalla*!"

Yan masadaki aile Beyrut'taki Paul Café'de bir fotoğraf çektirmeleri gerektiğine karar verdi. Oğlanın cep telefonunu Sri Lankalıya verdiler. Sri Lankalı ayağa kalktı. Café'de ayakta olmaktan rahatsız, sanki herkes ona bakacakmış gibi korkarak...

"Eee... Filipina *habibti*, sen neden Arapça öğrenmek istiyorsun, anlat bakalım."

Filipina mırıltılar halinde bir şeyler söylerken, Zeynab Hanım hiç bakmamak istemesine rağmen kendini yan masadan alamıyordu. Bütün aile geniş geniş gülümsedi, kadın şişirilmiş -neydi onun adı? *Batox*!- dudaklarına zarif bir biçim vermek için uzun uzun dudaklarını titretti. Ve nihayet bütün aile yeterince rahat, doğal, neşeli göründüklerinde, "*Yalla!*" dedi baba, "Çek bakalım!" O kadar çok gülümsediler ki, Sri Lankalı da gülümsemeye başladı onlara bakarken. Çekti. Başıyla çektiğini işaret ettiğinde bütün ailenin yüzleri, sanki kasları boşalmış gibi, eski, sıkıntılı ve şikâyetçi hallerine dönmüş ama Sri Lankalının yüzü gülümser halde kalmıştı. Tek gülümseyenin kendisi olduğunu hemen anlayıp, telefonu genç azmanı oğlana verip, düğmesine basılıp kapatılmış oyuncak oturuşuna hızla geri döndü. Zeynab Hanım bu sahneyi izleyip öfkelenirken Filipina'nın söylediklerinin bir kelimesini bile duymamıştı.

"Neyse ne *habibti*, Arapça öğrenmek istiyorsun, öğreneceksin! Parasını da ben ödeyeceğim! *Khalas!*"

Zeynab Hanım, sesinin fazla çıktığını Filipina'nın açılan gözlerinden anladı.

"*Habibi*, bakar mısın, sigara var mı sizde?"

Garson sigara getirdi ve Zeynab Hanım saçları diken diken, garsonun getirdiği Lucky Strike'ın filtresini, tıpkı eski filtresiz Lucky Strike'lar gibi kırıp, buruşuk dudaklarının arasına kıstırdı:

"Pazarları da serbestsin! Gez dolaş! Gençsin, keyfini çıkar!"

***

Lavaboya, yıkadığından daha fazla nane düşürmüştü aklından geçenler yüzünden.

'Canım, ihtiyacım olmasa ben Filipinli mi alırım? Hem zaten iyi para veriyorum. Hem ben zaten ona iyi...'

Televizyondan gelen acayip müzik sesinin arasında kapının gıcırtısını duydu. Başını kaldırıp dolabın camındaki yarım yansımasına bakarak sesleri dinledi. Ayakkabıların giyilişini, askıdan ceketin alınışını... Camdaki yarım yüzüne bakarak öylece durdu, Hâdi Bey kapıdan çıkıp gitmemiş gibi yaptı. Böyle yaptığını kendisine bile söylemedi. Naneden bir tutam daha alıp, daha da ağır, daha da tane tane yıkamaya devam etti. Yorgundu.

14

"Sana gerçeği söyleyeyim mi Tunç?"

Magdalen Köprüsü'nün altında, melankolik bir şehir planlamacısının intihar etmeden önce şehre bıraktığı küçük bir not gibi duran, kurumuş nehir yatağının sonsuza uzanan çimenliğine bakan bankta, bütün gün oturup hazırladığı konuşmayı yapmayı giderek daha saçma buluyordu Deniz. Ne zaman saçma bir şey söyleyecek olsa, sesi kendine uzaktan gelirdi. Ya da sesini dinlemeye başladığı için saçmalaşırdı söyleyecekleri. Tunç, başını ağır ağır kaldırdı biradan, gözkapaklarını sonradan, bir tembel alayla:

"Gerçeği? Nihayet anlayacağız bu sapsız kızgın tava halini demek. Buyrun?"

Bears Pub'da, müşterilerin hep birlikte oynadığı *quiz* oyununun gürültüsü, insan nefesi ve bira buğusundan oluşan, battaniye hissi veren bir sıkışıklık vardı. Futbol oyuncularının, eski pop yıldızlarının ünlü şarkılarının isimlerinin gelip geçtiği *quiz* sayesinde herkes birbiriyle konuşabiliyor, hiçbir şey anlatmadan bütün gece sürecek bir toplu konuşmanın sesleri, hep birlikte yükselip alçalıyordu. Blackberry telefonlarına sarılıp soruların cevaplarını internette arayanlar da dahil, herkes tatlı tatlı sosyalleşiyordu.

"Bütün bu hayat için, bu güvenlik ve güvence için neleri kurban ettiğimizi düşünüyorum. İkimizin... Benim kurban ettiklerimi... Düşünüyorum... Biri olmak için neleri veriyoruz... Bir hikâyemiz yok ve olmaması için elimizden geleni yapıyoruz. Yerimizden hiç kıpırdamıyoruz ki her şey olması gerektiği gibi olabilsin."

Tunç, şaşırtıcı bir hızda, Deniz'in konuşmasının ağırlığını hafifletecek gergin bir aceleyle konuşmaya başladı:

"Bak o zaman ben de sana bir şey söyleyeyim Deniz Hanım..."

"Buyrun dinliyorum..."

"..." Dinlediğine inanmaz baktı Deniz'e.

"Yok hayır, hakikaten dinliyorum."

"Bak Deniz, en başından beri istediğin buydu. Gelip bu Oxford kulesinde yaşamayı, dünyanın geri kalanına bulaşmamayı, düşünmeyi ve yazmayı, sadece bunları yapmayı sen istedin. Doğru muyum?"

"Doğrudur *sir*!"

"Peki şimdi nedir bu alaycı vaziyetler!"

"Bu gece açık konuşuyoruz yani."

"Mümkünse!"

"O zaman söyleyeyim Tunç. Ben artık bu tarafsızlık meselesinden sıkıldım. Hayatta bir taraf tutmamaktan sıkıldım. Herkesin biri olmasından... Senin İsviçre'de büyümüş gibi davranmadan... Böyle kibar kibar, akıllı akıllı... Yani... Genel olarak..."

"Sıkıldın yani. Genel!"

"O kadar basit değil."

Sesi çapaklandı Deniz'in, birasının belini eliyle sardı iyice:

"Bütün bu insanlar gibi biz de başımıza bir şey gelmesin diye yaşıyoruz. Onca uçak ama kimse gerçekten bir yere gitmiyor. Yani... Tunç, biz hiçbir yere gitmiyoruz, anlamıyor musun?"

"Ayrılalım mı diyorsun yani?"

"Ben...' Yok ben 'gitmek,' derken... Yani insanlar yerinden kıpırdamıyor. Kimse gitmiyor. Uzakta başka bir dünya... Sanki bize... Bana daha ait bir dünya var da... Gerçek anlamda gitmiyor yani kimse, hiçbir yere. Her şey gitmeyelim diye kurgulanmış sanki. Facebook, Google Maps. Ne bileyim *think-tank*'ler..."

"Yine başladık... Nedir senin benim işimle..."

"Senin işin meselesi değil. Benim içim, kırık dökük şeyleri özlüyor."

"Neyleri dedin?"

"Boş ver. Yani her şey çok sağlam, çok güvenli, çok sabit... Her şey sağlam, her şey sabit ve biz... Biz... Bir bebeğe bile cesaret edemedik Tunç. Sence de bunda bir yanlışlık yok mu?"

Birbirlerinin yüzünde asılı kaldılar.

"Çok özür dileriz, konuştuğunuz dil... Türkçe mi?"

Deniz'in yüzü dev bir çorap kaçığına dönüşürken, Tunç ani bir mimik manevrasıyla dönüp cevap verdi yan masada oturan ihtiyar çifte:

"Tebrik ederim. Genellikle İbranice zannederler."

Deniz, Tunç'un sesine, ağzına, her an duruma uygun bir espriye hazırlıklı gözlerine, uzaktan, giderek daha uzaklardan baktı. İhtiyar kadın lafa karıştı:

"İbraniler sessiz harfleri size göre daha baskın söylüyorlar. Siz seslileri fazla vurguladığınız için fark anlaşılabiliyor. Bir de tabii..."

Kadın önündeki peçeteyi uzattı. Peçetenin üzerinde dağılmış mürekkeple birkaç kelime yazılıydı. Deniz İngilizce transkripsiyonla yazılmış kelimelere baktı:

"sıkıldım... güvence... biri... bebeğe..."

Deniz, bir çocuğun bağladığı fazla düğümlü bağcık fiyonku gibi; Tunç, net bir biçimde; kadın ve adam birbirlerinin tamı tamına aynı, herkes gülümsedi:

"Biz transkripsiyon hocasıyız ikimiz."

Karı-kocaların o ürkütücü aynılaşmasının sonucu, ikisi de tek ve ortak bir yüze evrilmişti. Ne kadın ne erkek, ne güzel ne çirkin, ne iyi ne kötü, pembe-beyaz, ihtiyar tek bir yüz. Şimdi o yüz, aynı şaşkın nezaketle, hiçbir şey söylemeden Deniz ve Tunç'un işlerine dair yapacakları açıklamaları bekliyordu. Oxford, büyük ve kesintisiz bir kokteyldi, herkes birbiriyle bu "uzmanlık alanı" değiştokuşunu yapmalıydı. Tunç anlatmaya başladığında, Deniz gözleri tehlikeli bir ifadesizlikle donmuş, Tunç'u kendi kendine anlatıyordu:

... Temelde bir bok yapmıyor kendisi, evet evet! Doğrusu son iki yıldır böyle. Oxford onu havaya mı soktu, yoksa zaten böyle biriydi de ben mi kendimi kandırdım, bilmiyorum. Tanrı bilir hangi sermayedarlar tarafından yönlendirilen sevgili *think-tank*'ine raporlar yazıyor, sürekli olarak rapor yazıyor kendisi. Ne raporu olduğunu bilemiyoruz ama her rapordan sonra manasız miktarlarda paramız oluyor. Ve kendimizi bir Paris'te, bir Berlin'de, bir Petersburg'da buluyoruz. Doğrusu Neva Nehri üzerinde feribotla gezerken havyarın tadı güzel. Ama yerken, Doğu Avrupa'daki renkli devrimlerden sonra kaç kişinin işsiz kaldığını ve kaç eski sendikacının, "Benim istediğim bu değildi," diyerek bunalıma girdiğini düşünmeden edemiyorum.

Tunç, küçük bir adam. Küçük adamların bu güdük sisteme yaptığı küçük katkıyı yapıyor. Günahları da kendi gibi küçük, büyük günahlar arasında görünmüyor. Yani o da diğerleri gibi, "hiçbir suçu yok." Yani o da diğerleri gibi: Karar vermiyor ama daha kötü kararlar vermelerini engellemek için orada!

Evet, Madrid'de yarı bohem hayatımızın üzerine iki kadeh parlatmak hoş oluyor ama, "Yoksulluk bir seçimdir," diyen mısır gevreği heriflerle oturup gülüştüğü aklıma sevişirken gelirse diye ödüm kopuyor. Son zamanlarda da geliyor üstelik. Her gün kendine ve bana, kötü olan hiçbir şeyde payı olmadığını, sadece rapor yazdığını söylüyor. Tarafsız yani, sadece bilgi veriyor. Ama biliyorum, içinde bir şey onu rahatsız ettikçe kendini daha masum buluyor. Bir gün o kadar berbatlaşacak ki masumiyet ısrarı, böyle bir huzursuzlukla doğduğunu zannedecek.

Biz hep yolculuklara çıkıyoruz ama hiçbir yere gitmiyoruz aslında. Çok uçağa bindik bugüne kadar ve hiç kıpırdamadık yerimizden. Tunç bunu yapıyor işte: Yerinden kıpırdamadan, hiçbir yeri kirlenmeden dünyayı geziyor ve hiç suçu olmadan cinayetler işliyor.

Hatta hiç unutmuyorum, bir keresinde bir konferans görüşme yapmışlardı. Bir ülkenin kaderiyle ilgili ne söyleyeceklerine ve giderek o ülkenin kaderine karar vereceklerdi. Bakanlardan ilk ismiyle bahsediyorlardı. "Oradaki adamımız... Yani nasıl bir herif ki?" Tunç dedi ki: "Ayın elemanı!" Güldüler hep birlikte. Sonra ne kadar para almalı bu halk, onu konuştular. Dünya Bankası'ndan ve IMF'den. Hangi bankaya ne kadar önerilmeli? Bu halk, uluslararası finans kurumlarından ne kadar yardım almayı hak ediyor, pazarlık başladı. Milyon dolarlar. Milyar dolarlar. Sonra içlerinden biri sıkıldı sanırım, İspanya'da önceki gün yediği kötü bir omletten bahsetmeye başladı, başka biri, hafta sonu İtalya'ya gidip tuttuğu balığın boyundan. Hep güldüler. Sonra yeniden milyon dolarlara dönüldü ve yine gülündü. Oyun oynuyor gibiydiler. Tunç dedi ki bittikten sonra: "Oyun olmasa, herkes bunu bir oyun gibi yaşamasa, hep birlikte kafayı yerdik." Yani bu kafayı yememiş halleri. Sağlıklı halleri bu. Gülüyorlar ve omletle balık arasında halkların kaderi hakkında verilecek kararların cümlesini kuruyorlar. Nasıl yatıyorum ben bu adamla? Bir insan dünyayı komodinin üzerine bırakabilir mi sevişirken?

Öyle olmuyor. İnsan nasıl yaşıyorsa öyle sevişiyor. Halkların kaderlerine omletle balık arasında karar veriyorsan öyle öpüşüyorsun, öyle tutuyorsun diğerini. İnsan vicdansızlarla nasıl sevişir, çok güzel bile olsa ağzının tadı? Her şey bir oyunsa üstelik, ben de onun oyununda bir parçaysam...

Bizim oynadığımız oyun şu:

Birlikte küçük sabunlar biriktiriyoruz. Dünyanın çeşitli yerlerinden küçük sabunlar ve hiç kullanılmayan küçük otel şampuanları. Onları banyomuza diziyoruz ki gelenler tuvalete girdiğinde dünyanın hangi otellerine gittiğimizi görebilsinler. Tertemiz! Biz durmadan sabun biriktiriyoruz. İkimizin sabunları var. Hiç yola çıkılmadan bitiveren yolculukların küçük, köpüklü işaretleri olarak banyomuzda üreyip duruyorlar. Sabunsuz olan yerlere gitmiyoruz. Sanırım sabunsuz yerlerle ilgili raporları Tunç'tan daha önemli adamlar yazıyor. Biz bir gün tam punduna getirilebildiği takdirde çocuklar yaparsak, onlara bu sabuncuklarımızı göstermeyi düşünüyoruz. Tek bir hedefimiz var: Başımıza bir şey gelmeden yaşamak! Biz, ikimiz, tarafsız ve temiz olarak...

"Ben mi? Ben İslam ve yoksulluk politikaları çalışıyorum."

Masadaki üç çift göz, Deniz'in en az Tunç kadar etraflı bir açıklama yapmasını bekleyerek durdu. Suskunluk karşılıklı baş sallayarak, "Ya, işte böyle" gülümsemesiyle sonlandırıldığında iki ihtiyar, Deniz ve Tunç'a, masanın ortasına bakarak fısıldadılar:

"Biz tuvalete gidiyoruz. Çantalarımıza göz kulak olur musunuz?"

Deniz ve Tunç iki ihtiyara anlamaz bakarken, hınzır gülümsemeleri ve daha da tuhaflaşan aynılaşmış yüzleriyle tuvalete gittiler.

"Yok artık," dedi Tunç:

"Viagra diyeceğim ama... Allahım yarabbim? İğrenç kızım. Tuvalette. Öffff!"

İki ihtiyarın sevişmesi, üstelik bunu baştan söyleyip bar tuvaletine gitmeleri, ikisini daha tam olarak tiksindirmeden, bu tiksintinin altını esprilerle yeterince çizememişken, çift geri geldi. İkisinin de yanakları mutluluktan pembe pembe, oturdular. Adam sanki ergen bir oğlan gibi masanın altını gösterdi. Masanın altında bir şey tutuyor ve Deniz ile Tunç'un aşağıya bakmasını istiyordu. Önce Tunç baktı, sanki biraz önce tiksinmemiş gibi, bir yaramazlığa katılma gülümsemesiyle.

"Yaptık," dedik ihtiyar adam.

Tunç, Deniz'e, "Bak," dedi. İhtiyar, masanın altında, elinde tuttuğu küçük yağdanlığı sallıyordu:

"İki haftadır bunu yapmanın peşindeydik."

Kadın, adamın omzunun üzerinden, kız çocuğu gibi oturduğu yerde sessizce zıplaya zıplaya konuştu:

"Sonunda bu pub'ın gıcırdayan kapısını da yağladık. Böylece Oxford'da yağlamadığımız pub kapısı kalmadı."

Tunç, sanki baştan beri oyunun içindeymiş gibi kahkaha attı. Deniz gülümsemeye çalışırken, ihtiyar kadın özellikle ona bakarak konuştu neşeyle:

"Ne yapalım? Dünyayı değiştirmeye bir yerinden başlamak lazım."

Ha ha ha ho ho ho ho... Pub'daki birileri olmuşlardı. Küçük bir kahkaha akıntısı olarak barın tamamını kaplayan *quiz* kahkahası nehrine katılmışlardı. O kadar çok gülüyorlardı ki, Tunç Deniz'in gözünün arkasından geçmekte olanları göremezdi.

"Tunç... Tunç... Evet evet, çok komik, haklısın... Baksana, ben... Tunç! Ben gidiyorum."

"Ha? Ya bu ihtiyarlar ne manyakmış ya! Nereye gidiyorsun güzelim? Paris'e mi?"

"Hıı," dedi Deniz, yüzünde gerçek olmayacak kadar pürüzsüz bir gülme çizgisiyle, "Paris'e!"

Gecenin geri kalanında o kadar çok güldüler ki ihtiyar çiftle beraber, Tunç yine hiçbir şey olmamış gibi yapılacağını sandı.

Oxford'un bütün pub'larının, lokantalarının kapılarının gıcırtısı tek tek konuşuldu, tek tek gülündü. Deniz yerinden kalktığında, Tunç onun tuvalete gittiğini zannetti, oysa o dışarıya çıkmış, kapının önünde duran Arap çocuklardan bir sigara istiyordu. Verdiler, yaktılar. Yağmur başladı. Saçak altında sadece esmer insanlardan oluşan, hepsi üşüyen küçük bir kalabalık vardı. Latin Amerikalı birkaç öğrenci, Deniz'in Filistin gösterisinden yüzlerini tanıdığı Arap öğrencilere Hizbullah ve Hamas'ın son durumunu soruyordu. Hepsinin sigara içerken, konuşurken, ciddiyetle birbirlerini dinlerken çeneleri aynı şiddette takırdıyordu. Buradan çok uzaktaki memleketlerinin dertlerini anlatmak için içerideki ılık kamusal kahkahayı terk edip üşüyen Doğulu erkekler, Amerikalı bir öğrenciyle konuşurken sanki Beyaz Saray'a görüş bildiriyormuş ve halklarının kaderi o anda söyleyeceklerine bağlıymış gibi dikkatli ve özenlilerdi.

Yağmur hızlanınca içlerinden biri dumanı karanlıkta çoğalta çoğalta üfleyerek bağırdı:

"Ne biçim bahar bu!"

Ortadoğulu aksanını abarttığı bir İngilizceyle, "Tuhaf bir bahar," dedi Deniz. Ya hepsi birden dudağının kenarına takılmış efkâr kıvrımından yapmaya çalıştığı komikliği bulup çıkarmıştı ya da Deniz öyle sandı. Saçağın altında kimse kimseye "ne çalıştığını" sormadı. Amerikalı olmayan herkes efkârlandı.

19 Ağustos, 1982, Şatila

... Ve annen portakal ağaçları dikmeye karar verdi Filipina. Nedenini sorma, bilmiyorum. Filistinli Kadınlar Birliği lideri Reem'i nasıl bu işe ikna ettiği konusunda da hiçbir fikrim yok. Zaten ne zaman ikisi bir araya gelse tuhaf şeyler olurdu. Uzaktan izleyenler ikisinin kavga ettiğini sanırdı, ikisi de birbirlerine buz gibi bir şeyler söylerler ve ayrıldıklarında bizim hayatımızda, bazen de kampta bir şey değişirdi. Bir keresinde aniden ortalığı yasemin basmıştı. Nasıl yaptıklarını bilmiyorum, hakikaten. Bir keresinde de evi kireçle boyama kararı almıştı. Evimizin sadece tek cephesinin boyalı olmasının nedeni budur. Kireç bulmuşlardı, ama sanırım, su meselesine gelince Reem bile çaresiz kalmıştı.

Tatlı kıbbem,

Aylardan nisandı. Beyrut portakal çiçeği kokuyordu. Koku o kadar güçlüydü ki kampa kadar geliyordu. Ve annen -hakikaten o dönemde aklını yitirmişti sanırım- bana bile haber vermeden kamptan çıkıp tek başına bu portakal ağaçlarını görmeye gitmiş. Döndüğünde ona ne kadar kızdığım da umurunda değildi, onu ne kadar merak ettiğim de. Son derece kararlı bir biçimde şöyle söyledi:

"Portakal ağaçları dikmemiz gerekiyor!"

"Niye gerekiyormuş habibti?" diye bağırdım, "Burada insanlar için bile yer yok, ne ağacı?!"

"Portakal ağacı dikmeliyiz," dedi, "Çünkü bir çocuk doğuracağım ve karnım büyürken güzel bir şeye bakmak istiyorum."

Ellerini beline koymuş, öyle sinirli konuşuyordu ki kalbini kırmamak için olay yerinden uzaklaşmaya, kliniğe gitmeye karar verdim. Ertesi günlerde bu portakal ağacı konusu hiç açılmadı. Sandım ki vazgeçildi, unutuldu. Meğer annen sinsi planını yürürlüğe koymuş ve her zamanki yiğit yoldaşı Reem'le şu şahane planı yapmışlar: Akşam bastırınca iki komandoyla yola çıkılacak, onlar korumalık yaparken genç portakal fideleri tespit edilip sökülecek, kampa getirilecek. Bu plana komandoların, üstelik bana hiçbir şey söylemeden dahil olmalarının tek sebebi Reem'di tabii ki.

Bunu yaptılar Filipina, ellerinde üç fideyle döndüklerinde ben annenin Abu Nacilerde olduğunu sanıyordum. Ve sanırım ilk ve son kez annene o gece bağırdım:

"Deli misin kadın! Kendini de, bebeği de öldüreceksin!"

Ve o da bana ilk ve son kez bağırdı:

"Evet, delirdim. Beni burası delirtti! Ve buna katlanacaksın Doktor Hamza! Yoksa khalas, çocuk benim karnımda. İkimiz de gideriz. Şimdi yerinden kalkacaksın ve bu fideleri beraber dikeceğiz!"

Ağlamak umurunda değildi, ağlıyordu yani. Ama o ağlamıyormuş gibi yaptık ve fidelerden birini bizim evin önüne, ötekini Abu Nacilerin evinin yanındaki boşluğa, üçüncüsü de kampın girişine diktik.

Eve dönerken elimi tuttu ve şöyle dedi:

"Ben çocuklara İngilizce öğretmeye karar verdim. Kampta, dışarı çıkmadan yani. Haberin olsun!"

Ama ne o gece, ne de sonrasında, İngilizce karşılığında çocuklardan silahları takıp çıkarmayı, tamir etmeyi, nişan almayı ve savaşla ilgili diğer şeyleri öğreneceğini söylemedi. Evet sevgili Filipina, annen birkaç hafta içinde kendini Leyla Halid zannetmeye başlamıştı! Yani eğer etrafta bir uçak bulsaydı kaçırabilirdi. Sadece bir ay sonra, karnı büyümeye başladığında AK-47'yi ezbere biliyordu. Bomba ve silah seslerini ayırt etmeyi ne zaman öğrendi bilmiyorum ama bir gece öylece söyleyiverdi:

"Bir Abu Abdo!"

Yani tatlı kızım, annen sadece bomba seslerini tanımıyor, artık onların lakaplarını da biliyordu!.. Çocuklar da bu sırada yılın İngilizce hit parçalarını söyleyebiliyorlardı. Görmeliydin Filipina, derse silahlarıyla gelen çocuklar vardı. Annen onlara ne selamlaşmayı, ne de saati sormayı öğretiyordu. Sadece hikâyelerini İngilizce nasıl anlatacaklarını belletiyordu. Ve bir de yürüyüş meselesi!

Söylemiştim sana, bu kamp küçücük bir yer ve insanın bacaklarını küçültüyor. Her yer uzak gelmeye başlıyor burada yaşamaya başlayınca. Bu yüzden annen çocukları kampın bir ucundan öteki ucuna durmadan yürütüyor ve şarkı söyletiyordu. Bilmiyorum annen mi tamamen delirmişti, yoksa çocuklar mı kendilerine yeni bir oyuncak buldukları için bu kadar neşeliydiler. Bazen camın önünden geçerlerdi:

"Honey I'm still free / Take a chance on me / Gonna do my very best / It ain't no lie / If you put me to the test / If you let me try..."

'Dünyayı değiştirmek böyle bir şey,' diye düşünmüştüm o günlerde. Her ne kadar "emperyalizmin şarkılarını" söyleme ve söyletme konusunda kamptaki fraksiyonlardan belirli rahatsızlık mesajları aldıysam da, annene bakarak dünya nasıl değiştirilir, bunu *öğrendim. Değiştirirken değişmeyi, kaybolmayı ve yok olmayı göze alacaksın Filipina, annenden öğrendiğim bu. Yardım ettiğin insanların sana yardım etmesine izin vereceksin. Eşitleneceksin yani. Tamı tamına, sonuna kadar eşitleneceksin. O zaman değişiyor insanlar. Yeni bir biçim alıyorlar.*

Sen doğduğun günlerde, yani 1981'in Mayıs ayında, bizim evin önündeki portakal ağacı çiçek açtı. Ve annenin yatağına her sabah portakal çiçekleri koydum. Sen yani, doğduğunda hep portakal çiçeği kokuyordun. O portakal ağacını bizden İsrail savaş uçakları aldı sonra. Annen portakal çiçekleriyle birlikte gitti. Sonra anlatacağım. Şimdi anlatmam gereken başka bir şey var.

...

15

O, bu pazar burada değil.

O biri de değil ama sanki bizden biri. Bizimle yaşıyor, apartmanımızda ama aslında yok gibi. Hepimiz bir araya gelsek söyleyemeyiz tam nerede olduğunu. Sanki sadece hepimizin toplamı gibi. Birbirimizle olan hesaplarımızın toplamı. Kavgamızın ve sonra bitirmeden uykuya yatırdığımız kavgamızın hepsi. Kuyusuna günahlarımızı ve kahkahalarımızı attığımız biri gibi. Adını pek sık anmayız. Çünkü hepimiz biliyoruz neden bahsettiğimizi. Her şeyin sebebi o çünkü.

Kurşun yaraları vardı başından beri. Yağmur yağdığında zamanın tozu akardı yarasından, kurum gibi. Ama gözü alışınca insanın, yaraları görmezsin. Biz görmezdik. Bizim gözümüz böyle alıştı. Zaten hepimiz biraz ona benzemiştik sonunda. Acıyan yerlerimizi birbirine dayayarak susturmayı ondan öğrenmiştik.

Bırakıp gitsen, çok seven bir kadını terk etmek gibi bir çentik bırakır sende. Geri dönsen, "Ben seni hiç çağırmadım ki," diyen bir erkek, zalim.

Ne zaman inansan aldatan, ne zaman silahlarını kuşansan seni zırhınla, savaşsız kalmış bir asker gibi güneşinin altında yalnız bırakan bir hali vardı.

İtip kakardı insanı. Ancak yediği dayakları affede affede büyümeyi öğrenmiş bir çocuksan seversin onu. Çünkü nefret etmeyi de bilmelisin eğer onu seveceksen. Bunu bilmeyenler gelir geçer. Anlatamadıklarını hep bildikleri, yine de durmadan anlattıkları bir hikâyeyi alıp ondan, giderler.

Niye ona gelip duruyorlar, biliyor musun? Çünkü her seferinde gençliklerini geri veriyor onlara. Onda öyle bir şey var. Kim tanısa öyle der. Demeyebilirler belki, ama döne döne ona gelmelerinin sebebi bu. Anlattıkları yüzünden. Her gün yeniden anlatabildiği yeni hikâyeler yüzünden. Sonrasını merak ediyorsun ya, o seni çocuk yapıyor bir bakıma. Soysuz sopsuz, hesap vereceği evi olmayan bir çocuk. Hep yarın var, dün yok onda. O yüzden sen de dünün olmadığı bir yaşında donup kalıyorsun onunla olunca.

Durmadan konuşur. Çok konuşur. Üstelik elini kolunu çok oynatır konuşurken. Kaşlarını çatar, aldırma. Sanırsın ki hep kavga ediyor. Sen de kızarsan işte o çok fena. Başa çıkamazsın, gazabının sonu yoktur. Gülümseyeceksin. Ne zaman ki sinirlendi, gülümseyeceksin ve diyeceksin ki uygun bir dille:

"Yapma *haji, haram*!"

Dökülür kızgınlığı. Nasılsa en iyi o bilmiyor mu bu gece kimsenin eve gidemeyebileceğini, yani değmeyeceğini. Sırtını okşayacaksın, çünkü ancak sevildiğini bilince yumuşar. Öyle tuhaf bir huyu var. Sana bile saldırsa, bilirse yine de onun için orda olduğunu, ağlar bile suçluluktan. Oğlan çocuğu gibi işte, tıpkı kendi hırçınlığına hayret eden ama zulmüne hükmedemeyen oğlan çocukları gibi.

Sesleri çok iyi taklit eder ve her sesi ayırt eder. Böyle bir özelliği var. Çünkü dinleyerek yaşıyor aslında. Seslere göre karar veriyor. Kuşların sesini biliyor, bütün silah seslerini ve insan seslerini. Arap alfabesinin ince ses ayrımlarıyla terbiye edilmiş bir kulağı var onun. Bir de bu sesleri iyi ezberlemezse hayatta kalamayacağını biliyor. Yani orman gibi yaşıyor biraz. Seslere göre karar veriyor tehlikenin ne kadar yakında olduğuna, kimin başına bir şey geleceğini sesleri dinleyerek anlıyor.

Bak, keyfetmeyi pek iyi bilir. Arak'ını koy önüne, biraz kıbbe ve biraz nane. Sonuna kadar gider. Senin sonuna kadar... Onunla bir gece geçir, gör kendini. Nasıl dener seni! İşlemeyeceğin bütün günahları su içer gibi işlersin, nefes alır gibi, bilmeden. Sabahından korkma, zaten onu yanında bulamazsın. Bu yüzden yeniden denemek istersin. O gece bir daha olsun, "Belki bu sefer yanımda tutarım," dersin, hınçla ve aşkla. Yok, olmaz. Sahtekârların kralıdır, tavlayamazsın.

Anlattırır. Demeyeceğin ne varsa dedirtir sana. Ağzından karnın dökülür, karnının dibinde ne tuttuysan. Bu yüzden yenilirsin her seferinde zaten. O hikâyeler anlatır ama sana hep kendini anlattırır. Onda laf bitmez ama sen bitersin. Dibini gördün mü anla ki artık sen onunla birliktesin. Git, başkalarına git, denе. Yok, olmaz. Döner gelirsin. Dibini gördün ya, kendinin esiri olursun. O yine sana anlatsın istersin, kendi dibini unutmak için artık, dinlersin. Artık ancak onun hikâyeleri unutturur sana kendinde gördüğünü. Onun için hep daha güzel olmak istersin, hep seni beğenmeyeceğinden korkarak. Bu, diri tutar seni.

Çok "yani," der. Yerli yersiz. Neden dersen, anlaşılmayacağını sanır, ondan. "Yani"leri kendi cümlesini kazıp söylediklerinin içinden tamı tamına meselenin kalbini çıkarmak içindir. Hikâyesi çok karışık olduğu için ve sen bütün bunlar yaşanırken orada olmadığın için, hep anlamadığını düşünür. Dene anlatmayı yeniden o hikâyeleri, simleri dökülür, beceremezsin.

Bir de durmadan, "Unuttum," der, "Bilmiyorum." Her şeyi hatırlıyor aslında alçak! Unuttuğu tek bir şey yok. Sadece kimsenin o kadar zamanı yok, bunu biliyor. Bu yüzden demez diyeceğini. Her şeyi hatırlıyor da, niye anlatsın? Neye yarayacak? "Hem hikâye bitmedi ki!" Böyle der.

Kokusu pek bahis konusu olur. Sadece insan gibi kokar oysa. İnsandan başka hiçbir şey kokmaz. Çünkü hepimize benzer. Ama hep bizden daha güzeldir. Bizden başka kimsesi yok ama hiçbirimizi sallamaz. Öyle on dokuz yaşında bir oğlan çocuğu gibidir, omuz atar geçer. Ama sorsan hepimizden ihtiyar.

Onda güzel olan ne diye sorsan, kimse söyleyemez. Ben söyleyeyim. Senden habersiz bir şey yaptığını sanırsın hep. Müptelası olduğu budur herkesin. O seni bulana kadar onu bulamayacağın için, oturup ne yapıyor olduğunu düşünürsün. Merak edersin, öfkelenirsin ve o seni bulduğunda şaşarsın kendine, nasıl hiç kızmamış gibi onu yeniden sevdiğine. Onun yanında zayıfsın işte, bu halini seviyorsun. Ağzına tükürüşünü seviyorsun, seni böyle aşılayışını, kendine benzetmesini.

Bir gün öyledir, bir gün böyle. Kafasının tası atmışsa, derhal kendine bir sığınak bulacaksın, yerin altına kaç. Keyfi yerindeyse çık beraber Korniş'e, denize karşı nargilesini sanki biraz önce ortalığı kurşunlayan kendi değilmiş gibi tüttürür. Ve pek haş-

haşlıdır. Başka türlü katlanamıyor kendine muhakkak. Uyuyamıyor başka türlü.

Esmer, zayıfça, sıcak ve kıvırcık. Baksan bir şeye benzetemezsin. Ta ki sana bakacak. Gözünün içine. Seni çok seviyormuş gibi, kimsenin sevmediği gibi. Hep seni beklemiş gibi, her şeyi anlatacakmış gibi, her şeyini verecekmiş gibi, sonrası yokmuş gibi, umrunda değilmiş gibi, dertli dertli bakacak sana... "İçimde böyle bir yer mi varmış?" dersin, oralarına kadar değer. Çözülmeni bekler. Görmek için nasıl soyunduğunu. Koltukaltlarına kadar sevmek için seni. Oralarına kadar ısırabilmek için. Bırakma kendini. O gözler bir daha öyle bakmaz çünkü. Kendi bir daha isteyene kadar. O da sadece yeniden soyunurken görmek için seni, o kadar. O zamana kadar senin işin, toplamak kendini. Böyle işte. Çözül ve sar kendini, yeniden çözül ve yeniden sar sonra. İnsanı öyle fena yapar. Hiç bitmesin istersin.

Niye? Çünkü insanda öyle bir yer var. İnsan kaybolmak ister çünkü. Bakma sen söylediklerine, insan kendini feda etmek ister. Bir acıda, bir sevinçte, bir kavgada, bir hikâyede erimek ister. Başka türlü katlanamaz aslında kendine. O yeri, bir tek o biliyor, o alçak ömür hırsızı!

Aslında paramparça. Cam kırığı dolu içi. Bazen kaleydeskop gibi görünmesi ondan. Bak bak, doyama. Ama o renkli resimleri yaratan, birbirine çarpa çarpa, canları yana yana bölünen cam kırıkları. Her kırılmada o da kanar. Kanayan bir kaleydeskop aslına bakarsan. Çünkü ne zaman cam parçaları çarpsa birbirine, canı sıyrılır onun da.

Fakat niye bilinmez, her seferinde sanki hiçbir şey olmamış gibi camdan dünyalar kurar kendine. Sanki hiç kırılmayacak gibi yeniden. Başka türlü unutamıyor herhalde. Ve unutmak zorunda hatırlayabilmek için kendinin ne olduğunu. Sorularınla yorma onu, aklında tuttuklarını unutmaya çalışıyor.

Çok sigara içiyor. Bırakamadı bir türlü. Ölümle ilgili hiçbir şeyi ciddiye almadığı için, diyorlar, ama değil. Aslında sadece ellerini nereye koyacağını bilmiyor. Ellerini bıraksa, dinlense biraz, dursa yani, düşer. O yüzden hareket ediyor. Durmadan. Dizlerini sallıyor otururken, yürüse karmakarışık saçlarıyla oynuyor, parmaklarına doluyor durmadan, karıştırıyor. Çünkü çözülse, kopar.

Çok tanıyanı var, ama kimsesi yok, bakma. Fena halde öksüz o. Belki çok iyi biri olabilirdi başka bir yerde olsaydı, başka bir zamanda. Öyle bir hayali vardı sanki herkesin. Ama böyle oldu. Sanki herkes biraz o ihtimali seviyor. Bir gün durulacağı ihtimalini, bunun onu öldüreceğini bile bile... Herkes onda kendi yaşadığını seviyor. Sor, herkes söyleyecektir. Hayatlarının en önemli dönemecini onunla aldıklarını anlatırlar. Çünkü herkesten ve her şeyden koparır seni. Kendinle bırakır. Ne istediğini bir tek o zaman bilirsin, sana kendini itiraf ettirir.

Aramızda bir yerde oturuyor. Bizimle yaşıyor gibi ama... Sorsan kimse gösteremez yerini. Efkârlı bir yerimiz var. Ne zaman ansak onun adını, ne zaman "Beyrut," desek, oramız sızlıyor. Şimdi dön başa yeniden oku onu. Çünkü o biri bile değil ama aramızda en çok o yaşıyor.

16

Deniz, Londra treninde, gidilen yöne sırtını vermişti.

Bütün ağaçlar, kırlar, Tunç, tanıdığı insanlar, kitaplar, gülümsemeler, Bayan Trablousi ve Oxford'da geçirilmiş bütün zaman, trenin camlarından kayarak daralıp, vagonun son penceresindeki perspektif kuyusu tarafından emilerek yok oluyordu. Görüntüler yutuldukça Deniz diriliyor, küçük bavulunda sadece lastiği gevşemiş toplam dört pamuklu don, çeşitli otellerden alınmış küçük şampuan şişeleri ve tezinin yazılmış bölümlerini taşıyor olmasını giderek daha mantıklı buluyordu.

Son istasyon Paddington'da indiğinde, Paris trenine daha saatler vardı. Saint James Parkı'na vardığında, paninisini yemeye başladığında, üzerinde "Doğal hayat! Lütfen beslemeyiniz," yazan tellerle çevrili yapay göldeki balık kalabalığına daldığında ise zaman sonsuz gibiydi. Birden gümbürdedi gökyüzü. Bombalar atılıyor, uçaklar geçiyor ve makineli tüfek sesleri takırdıyordu:

"İngiliz Hava Kuvvetleri'nin teröre karşı açılan savaşta verdiği kahraman mücadele..."

Gürültüyle kaçışan balıklar, mikrofondaki erkek sesiyle birlikte durakladı:

"Philip, dostum, daha kaç kere söyleyebilirim ki! Uçakların seslerini biraz kıs dostum! Siktiğimin uçakları deprem gibi..."

Dev bir portatif çadırda, tam Deniz'in sırtının gerisinde, askeri bir törenin provaları yapılıyordu. Mikrofondaki adam gırtlağını temizledikçe park çınlıyordu:

"Pilotlarımızın kahramanca verdikleri..."

Hoparlörler gürültü kusmaya başladığında, balıklar Deniz'i de kendileriyle birlikte gölün öteki yanına çağırır, gelmediğine öfkelenir gibi baktılar. Paniniyi onlara vermediği için mi bu kadar nefret ediyorlardı ondan, yoksa kendileriyle birlikte gölün içinde olmayışına mı? Öyle fenaydı bakışları. Esmer, boz bulanık, sessiz bir öfke.

"Moronlar! İbne moronlaaar!"

Yan bankta oturan ihtiyar adam, asabi tükürük damlalarını buruşuk dudaklarıyla bir hışım toparlayıp gocuğunun içine sığındı. İngiliz kırmızısı, bol kılcal damarlı burnunu gocuğuna gömdüğünde, kendinden büyük çocuklara sinirlenmiş bir oğlan çocuğu gibi, ellerini ceplerine yerleştirdi. Deniz'in gülümseme tereddütü ağzında gerildi. İhtiyarın siniri törene mi, yoksa "teröristlere" mi belli olmadığı için, balıklara bakmaya devam etti.

"Philip! Hey sana söylüyorum! Tam burada bomba sesi lazım bize. Ne dersin? Dramatik olur diyorum! Evet evet, tam buraya. Ama biraz da müzik."

Kısa bir takır tukurdan sonra, yeterli miktarda savaş uçağı sesi, kâfi derecede müzik ve kısıldıkça tatlı bir yağmurun tıkırtısına dönüşen bomba gürültüsü ayarlandı ve mikrofonik cümle yeniden akmaya başladı:

"... ve biz bugün burada Kraliyet Hava Kuvvetleri'nin Afganistan ve Irak'taki çokuluslu güç içindeki müstesna başarılarını..."

Her seferinde bitmek üzere olduğunu sandıkları gösteri, eserlerini kusursuzlaştırmaya kararlı olan Philip ve mikrofonik arkadaşı tarafından yeniden başlatılıyor, uçaklar yeniden uçuyor, bombalar yeniden atılıyor, sesler yeniden alçalıp yeniden yükseliyordu. İhtiyar, bakışlarıyla Deniz'den bir onay bekleyerek yeniden birkaç küfür tısladı. Öfkesinin teröristlere değil, "moronlara" olduğu böylece anlaşıldı. Deniz'in gülümsemesi netleştiğinde, iki bank arasındaki belirsiz ve asabi politik dayanışma zarifçe kesinleştirildi.

Ses her yükseldiğinde yapay gölün içindeki balıklar dağılıyor, sesler kesildiğinde, neredeyse evcil köpekler gibi, sudan çıkacak kadar arsız, gözlerini dikip Deniz'e bakıyorlardı. Paniniyi göle atacak mı? Atmayacaksa onları orada bekletmeye nasıl cüret eder!

O kadar korkunç ve kocamandı ki aç gözleri, sanki kısa bir süre öncesine kadar insanlarmış ama bir lanetle bu yapay göle kapatılmışlar gibi görünüyorlardı. Ürkütücü bir bulanıklık içinde suyun yüzeyine hızla yaklaşıp Deniz'in gözünün ta içine bakıyor sonra gözleriyle geri dönecekleri tehdidini savurarak kıvırıp gövdelerini dönüyorlardı suyun dibine. Hatta içlerinden biri, panini için yeterinden fazla sabrettiğini düşünmüş olacak, kuyruğunu suyun dışına çıkartıp yüzeye çarptırarak bir küfür bile savurdu. Yapay gölden bir-iki damla su, Deniz'in pantolonuna sıçradı, bir bakıma kızgın balıklar ona tükürüyordu. Öfkeli, dev bir balgam gibiydi yeşil su. Deniz o balıklardan biriydi. Dışarıda olmaya, bu ihanete nasıl cesaret ederdi? Nihayet elindeki paniniyi çantasına soktu. Sadece bir paniniyle bu nefret dolu açlığı doyuramazdı.

"Kendi kendilerine askercilik oynuyor hıyarlar!" diye bağırdı ihtiyar. Pusetteki bebekleriyle arkalarından geçen çift, ihtiyarın oturduğu bankın etrafından geniş bir yay çizdi. İhtiyar iç cebinden sigara paketini çıkardı, Deniz'e uzattı:

"Savaş tiyatrosu yapması güzel oluyor tabii!"

İhtiyarın yüzü konuştukça coşuyordu:

"Orospu çocukları, genç bayan, bunlar orospu çocukları! Özür dilerim ama şu anda bunu birine söylemek zorundayım: Savaşta altınıza sıçmadan önce bağırsaklarınızdan gelen ses bile bu saçmalıktan daha yüksek çıkar."

Yan yana, ittifaklarının mührünü basar gibi çektiler nefesleri sigaralarından:

"Zaten artık kahramanlıkla ne ilgisi var ki savaşın! Her şeyi paralı askerlere yaptırıyorlar. Lanet Amerikalılar! Lanet güreşlerine çevirdiler savaşı. Patlamalar çatlamalar, ama gerçek bir şey olmuyor. Bizi de bu bokun içine soktular. Kahrolası Ortadoğu bokunun içindeyiz artık. Güney, hanımefendi, Güney çok tehlikeli."

Balıklar suyun yüzüne yaklaştılar yine. Uğursuz bakışlarını Deniz'e diktiler. Adama hiç bakmıyorlardı bile. Sanki adam zaten yabancıydı ama Deniz kendilerindendi de bir yolunu bulup dışarı çıkmıştı. Deniz'in ihtiyara nasıl cevap vereceğini duymak ister gibi gözlerini kıstılar.

"Bu çok tehlikeli bir savaş küçükhanım. Çünkü bir tarafta kaybedecek hiçbir şeyi kalmamış insanlar, diğer tarafta da bizim bu maskaralar var."

Yarım bir nefes duraklayıp devam etti:

"Siz nerelisiniz sahi?"

"Oxfo... Yani... İstanbul."

"Hımm..."

İhtiyar, başını uzaklaştırıp, söyleyeceklerini kaldırabilir mi diye Deniz'in yüzünü-gözünü tartar gibi baktı:

"Tam ortadasınız yani. Tam ortası! Berbat! İstanbul, küçükhanım, çok üzgünüm söylemek zorundayım, berbat bir yer."

"Bence de," dedi Deniz.

İhtiyar rahatlayıp devam etti:

"O zaman ne demek istediğimi anlayacaksınız. Bu maymunlar ne yaptıklarının farkında değiller. Hanımefendi, tüm kalbimle inanıyorum bu söylediklerime, bu herifler çoluk çocuk buraya gelecekler, bu parklara filan yerleşecekler. Dükkânları yağmalayacaklar, ekmeklerimizi ele geçirecekler. Ve size yemin ediyorum, eğer ben o gün buralarda olursam, beni öldürmelerine izin vereceğim. Birincisi, zaten manasızca uzun yaşadım, ikincisi bu maskaraların günahlarından ben de sorumluyum. Yakında göreceksiniz, bu olacak, bir duvar inşa edecekler. Ha ha ha..."

Bir keşif heyecanıyla Deniz'in yüzüne baktı:

"Muhtemelen de İstanbul'dan geçecek bu duvar. Açlıktan delirmiş, Allah'la kafayı bozmuş sakallı, pis herifler bu tarafa geçemesin diye. Ama yararı yok, geçecekler. Erkek olsaydınız anlardınız küçükhanım. Kavganın tek bir kuralı vardır: Öfkesi daha büyük olan, eninde sonunda kazanır."

Balıklar bir anda çoğaldılar kıyıda. Sanki unutuldukları bu ıssız gölde nihayet adlarını biri anmış, nihayet bir kurtuluş umudu doğmuş ve böylece üzerlerindeki lanet kalkacakmış gibi üşüştüler Deniz'le adamın ayaklarının dibinde. O kadar çoktular ki nefes alamıyorlardı. Kendilerinden boğulur gibiydiler. Ağızları suda halkacıklar oluşturuyor, sanki aralarından kimileri, gelip geçenlere işaret vermeye çalışıyordu. Ağır ağır uzaklaşıp, tedirgin edici bir beraberlikle ve hızla yeniden suyun bittiği yere geliyorlardı. Sanki birazdan yeterince öfkelenecekler ve ayaklar büyüyecekti gövdelerinden, sudan çıkıp yürüyecekler, parkı istila edecekler, ekmekleri ele geçireceklerdi.

"Kaç yaşındasınız küçükhanım? Kusura bakmayın. Demek istediğim, sanırım oğlumla aynı yaşlardasınız."

İlk kez baktılar birbirlerine, bir an için gözlerini birbirlerinin gözlerinin içinde gördüler.

"O şimdi Irak'ta."

Adamın yüzü öfkeli bir dinçlikten darmadağın bir ihtiyarlığa devrildi:

"İnsanların yaralarına pansuman yaparak teselli buluyor."

"Yani tam olarak?"

Dirseğini bankın arkalığına, elini alnına dayadı Deniz. Keder, ihtiyar adamı biraz kadın, Deniz'i biraz kız kardeş yapmıştı.

Sigarasını ağzının kenarına taktı. Sanki kendi yaptığı bir resmi gösterir gibi gururla siyah gocuğunun iç cebinden bir polaroid fotoğraf çıkardı. Zamanın sarı kanseri daha şimdiden fotoğrafın kenarlarını yemeye başlamıştı.

Aniden yeniden başladı arkadaki prova. Savaş, mikrofon yuvarlanınca, ikisinin sırtında bir gürültü olarak yeniden patladı. Bomba düşmüş gibi irkildiler, fotoğraftaki genç adam da titredi böylece.

"Hayır Philip, hayır! Sinevizyon görüntüsü törenin başından itibaren akacak. Neden anlamıyorsun? Her şeyin hep birlikte olması lazım. Müzik, konuşma, sesler ve askerleri gösteren film! Of, Tanrım!"

Adamın gürültüyle boşalan yüzü fotoğrafa eğilince yine hikâyelerle doldu. Kalbinin bir lokmasını verir gibi Deniz'e uzattı fotoğrafı.

Sarı, kıvırcık saçlı, yirmilerinin sonunda bir çocuk, şortunun içinden bir çırpı gibi uzayan bacaklarıyla dünyanın merkezinde duruyor gibi, bir cipin önünde duruyor. Bir eli belinde, bir eli zafer işareti yapıyor. Boynunda kirli bir kefiye var. Yanakları kabuk kabuk Avrupalı yanığı olmuş ve gülmeye çalışıyor. Yüzünde, daha ilk bakışta, üstelik sadece silik bir polaroidden bile anlaşılıyor bu, hayatında ilk kez gerçeğin çekirdeğini görmüş bir insanın kırılmış yanakları var. Çarpılmış yüzü. Yorgunluktan değil, başka bir şey olmuş ona. Fotoğraftaki kendi sınırını görmüş bir insanın yüzü.

"Çok yakışıklı," dedi Deniz, "Ama sanırım çok yorgun."

"Adı Maxim. Sınır Tanımayan Doktorlar'la birlikte Bağdat'ta şimdi... Savaşmadan savaşı öğreniyor."

İhtiyarın iç geçirmesi arkadaki prova gürültüsünün içinde eridi. Mikrofondan artık uçak gürültüleri değil, gülüşmeler duyuluyor, belli ki prova nihayet bitiyordu. *Rocky* filminin müziği *Eye of the Tiger* başlayınca, mikrofondaki adam iyiden iyiye bastı kahkahayı:

"Ha ha ha! Hadi Philip, bırak dalgayı da bitirelim şu işi!"

"İbneler" küfrü kırık dökük çıktı ihtiyarın ağzından bu kez, bağıramadı:

"Maxim enayisi de böyle şeylere öfkelenip gitti işte. Buradakilerin ibneliğine... Ama biliyorsunuz, artık dünyanın bu tarafında erkekler, erkek gibi eğitilmiyor. Bu maskaraları erkek olmamak üzere yetiştiriyorlar. Kadınlar bu yüzden mutsuz. Bu söylediğimi ciddiye alın. Avrupa'daki kadınlar, etrafta erkek olmadığı için mutsuz."

Deniz, bu tespitlere yorum yapmamayı seçip fotoğrafa geri döndü:

"Ben oğlunuzun çok önemli bir şey yaptığını düşünüyorum bayım. Savaşmaktansa..."

"Özür dilerim küçükhanım ama anlamıyorsunuz. Bizim bu sarışın oğlanlar ibne gibi kurşun yarası sararken, o sakallı herifler savaşıp erkek oluyorlar. Onların kadınları bu yüzden mutlu. Söylüyorum size. Kara çarşafları var, muhtemelen çöl sıcağında bok gibi kokuyorlar ama mutlular. Kabul edin ne olursunuz; kadınlar avcılarla birlikte olmak ister. Her neyse! Kabul edin ya da etmeyin bu böyledir. Hiçbir kadın bir çiftçiye âşık olmaz. Ve bizim ibnelerin hepsi uysal çiftçilere benziyor."

Prova tamamen bitti. Geri dönüp baktı ikisi de. O gürültünün içinden, muhtemelen biri Philip, diğeri mikrofonik arkadaşı olan üç kişi çıktı:

"Siktiğimin Oz büyücüleri," dedi ihtiyar, gerisini getirmedi.

Deniz, ağızlarını suyun dışına çıkarıp toprağa dayayan balıkları ihtiyara gösterdi:

"Siktiğimin arsız balıkları," dedi ihtiyar:

"Yakında onlardan korunmak için silahlanmamız gerekecek."

Deniz, ayağa kalkıp, çantasından çıkardığı paniniyi hızla parçalayıp suya attığında ekmeği değil, birbirlerini yediler, müthiş bir çırpınma oldu gölde. İçlerinden biri kıpırdamadan durdu. Açlığından daha büyük bir öfkesi var gibiydi. Deniz geri dönüp baktığında ihtiyar yoktu.

Bavulunu Saint James Parkı'nda unuttuğunu Paris trenine binerken fark etti. Kız kardeşine yazdığı mektubu istasyondaki posta kutusuna attığında artık hiçbir şeysiz, hiç kimsesiz ve yola çıkmaya hazırdı.

21 Ağustos, 1982, Şatila

Filipinam, tatlı kıbbem,

Bir kadının boynu, en uzun cümlesidir. Sessiz, beyaz, uzayıp giden ama hep konuşan bir cümle. Annenin boynunun tarihini yazabilirim. Elinde kalaşnikofla ağırlıktan ve acıdan titrediği o geceki boynunu, ilk kez bana doğru uzadığı ânı, bir sabah boynunun beyazlığıyla bana bir söz verdiğini, benden bir tek söz istediğini... Annenin boynunun günlüğünü tutmalıydım belki de.

Annen bir tek hayata aşeriyordu hamileliği ilerledikçe. Ben de onunla birlikte arsızlaşıyordum, savaşı ittire ittire dışımıza atıyorduk her seferinde. Yaşayarak saldırıyorduk ölüme. Bu da bizim intifadamız! İki kişilik bir intifada. Tabii seni de sayarsak üç. Sen de küçük bir intifada idin annenin karnının içinde.

Annen denize gitmek istedi. "Yok hayır, Korniş'e değil. Uzağa." Abu Naci'nin arabasını aldım. Bagajı el bombası yediğinden beri bir karanfil gibi açık, parça pinçik, yaprak yaprak. Aslında yarım bir araba ama her nasılsa gidiyor. Biz de gittik. Yola çıkar çıkmaz sorular sormaya başladı annen. Benimle ilgili sorular. Çocukluğumla ilgili. Bir şey bilmek istiyor gibi değildi. Sanırım sadece sesimi dinleyip yüzüme bakıyordu. Çok âşıktı bana, yanaklarıma değiyordu gözleri. Bu yüzden daha yakışıklı oluyordum anlattıkça.

Küçükken nasıl "fırri" kuşlarının peşine düştüğümü,

... Ne bileyim *fırri*'nin İngilizcesini... Hem zaten o kadar basiretsiz bir kuştur ki İngilizceye layık olmayabilir...

Nasıl kurbağa "tuttuğumu,"

... Tutulur tabii, bilmiyor musun? Oltanın iğnesine ekmeği yapıştırırsın ve yaprakların üzerine bırakırsın. Kurbağa ona atlar ve ağzı iğneye takıldığında zıplar. Zıpladığında bir arkadaşının koşup onu düştüğü yerde yakalaması, boğazını kesmesi gerekir...

Okuldayken nasıl dayak yediğimi ve nasıl pusu kurulacağını,

... Orospu çocukları! Nasıl hep birlikte çullandılar üstüme. Çok şık bir dayaktı fakat. Adam gibi yedim ve adam gibi çıktım, eve geldim...

Mayıs başıydı. Portakal çiçekleri artık geçiyordu. Beyrut'tan çıkar çıkmaz o baygın koku ikimizi de esrar içmiş gibi güldürmüştü. Başka bir ülkede gibiydik. Lübnan'ın kendini hayal ettiği halindeydik. Sadece gülüyordu ve ben durmadan komik şeyler anlatıyordum:

"Biliyor musun? Şu adam... Çok merak ediyorum o adamı?"

"Hangi adamı?"

Gülüp dönüp baktım. Bir kadının gözünden sevgi bu kadar dışarı uğrayabilir ancak. Elini tuttum.

"Şu tuhaf adamı. Yıl kaçtı, hatırlamıyorum. Galiba 1975. Savaşın başladığı zaman. Orada burada bombalar patlıyor, çatışmalar filan. Neyse... Bu adam, durmadan *Daily Star* gazetesine ilan veriyordu. 'Hamra'da köpeğimi kaybettim. Kurt köpeği. Bulanlar, lütfen işte şu telefon numarasını arasınlar,' falan filan. Yine patlamalar, çatlamalar. Birkaç gün sonra tekrar: 'Hamra'da köpeğimi kaybettim. Kurt köpeği. Adı Fahd ve adına cevap verebilir.' Savaş yine sürüyor, adam bu sefer şöyle bir ilan verdi: 'Hamra'da köpeğimi kaybettim. Kurt köpeği. Adı Fahd ve adına cevap verebilir. Bir kulağı sarkık, bir kulağı yukarıdadır.' Niye bilmiyorum, bu adam beni çok güldürüyor her aklıma geldiğinde."

"Çocuk gibisin anlatırken," dedi annen, "Daha anlatmadan anlatacağın şeye hayret ediyorsun. Gözlerin kocaman oluyor."

Elini sıktım. O an o kadar güzeldi ki kaybetmemek için herhangi bir anmış gibi yapıp yola baktım. Annen bana bakıyordu, tadını çıkardım. Sonra muz tarlalarından geçerken komik bir şey daha geldi aklıma. Bildiğim bütün güzel şeyler içimden dışarı çıkıyordu çünkü:

"Biliyor musun, muzlar büyürken ses çıkarırlar."

"Nasıl? Ne sesi?"

"Ses işte. Muzlar bir elin birbirine yapışık parmakları gibidir önce. Sonra o parmaklar büyüyüp birbirlerinden ayrılırken ses çıkarırlar. Eğer ağustos ayında bir gece bir muz tarlasına girersen, başka bir gürültü yoksa eğer o sesleri duyarsın..."

"Nasıl bir ses?"

"Çuk çuk çuk..."

"Dalga geçiyorsun benimle."

"Niye dalga geçeyim habibti? Muz sesleri bir Lübnan gerçeğidir!"

"Beni kandırmaya çalışıyorsun."

"Allah Allah! Niye inanmıyorsun yahu!"

"İspatla o zaman!"

"Nasıl ispatlayayım şimdi? Ağustosta olur o sesler."

"O zaman bana göstereceksin."

"Peki bakalım hanımefendi. O zaman sana söz. Bebek doğunca bir ağustos akşamı seni buraya getireceğim ve duyacaksın. Tamam mı?"

Çocuklar gibi sözleştik, dudaklarımızı sıkı sıkı kapatıp sözlerimizi mühürleyerek. Sonraki günlerde kampta birilerine sorduğunu duydum bu muz sesleri meselesini. Soruyu duyan, eğlence çıktığını anlıyor derhal, dalgasını geçiyor:

"Abu Abdo'ya benzer. Duramazsın sesten!"

"Yok canım, bildiğin AK-47 gibidir!"

"Yani hem Abu Abdo gibidir, hem AK-47 gibi. Tam anlamak için iyi dinlemen gerek!"

Sanırım hormonları da sebep oldu, taktı kafasına muz seslerini. Bu yüzden bana üç kez söz verdirdi:

"Gideceğiz bak, ağustosta!"

"Tamam habibti, gideceğiz. Söz!"

Zaman geçti ve sen doğdun. Seni ben doğurttum. Bunu bir tek şey için yaptım Filipina. O tek gözyaşını görebilmek için. Kadınlar doğurduklarında, her şey çıktığında içlerinden, bir tek gözyaşı dökerler. O gözyaşı gözün içinde gülerek çoğalır. İyi bakmalısın, kaçırabilirsin yoksa. Çünkü bir kez gözden kurtuldu mu hızla yana kayar ve saçların içinde kaybolur. O gözyaşını öpüp içmek istedim. Mucizevi sevincin etten taşan suyunu içmek istedim. Ve yaptım bunu. Elimde seni tutarken, bunu yaptım.

Sonra annenin boynu, anne kokmaya başladı. Sen gelir gelmez boynunun kokusu değişti annenin. Bir de ayakta duruşu. Tam anlatamam nasıl bir şey olduğunu ama ağırlık merkezini bulmuş gibi duruyordu. İki ayağıyla basıyordu dünyaya artık. Kadınlar çocuk doğurunca böyle bir şey oluyor. Tamamlanmak gibi değil. Dengelerini buluyorlar ve yerleşiyorlar dünyaya. Belki biraz senin de annen oluyorlar artık, o yüzden böyle sağlam gibi görünüyorlar erkeklerin gözüne.

Dudakların kıpkırmızıydı. Doğar doğmaz daha. Çocukların en çok ellerine hayret eder insanlar. Oysa senin dudaklarındı en acayip yerin. Birçok "maşallah" aldın, kundaklanıp elden ele dolaştın. Abu Naci çatısından saydırdı senin için. Ağladın. Önceleri sesin pek çıkmıyordu ama sonra canımıza okumaya başladın. Adını annen koydu, memleketini özlediği için. Gözlerini ben koydum yüzüne: Toprak rengi, çünkü Filistin!

Annen çok yorulmuştu, bunalmıştı. Bir gün dışarı çıkmak istedi. Kızına doğru dürüst bir giysi almaya karar vermişti. Aslında yürümek istiyordu biraz. Kamptan çıktı, Tarık El-Cedidi'ye gidecekti, "Fakhani Hükümeti"nin oradan bebek giysileri bulacaktı. Gitti.

Getirdiklerinde boynu parçalanmıştı. İsrail uçakları 17 Temmuz 1981 günü anneni öldürdü. En çok boynunu tutmak isterdim. Ama gömülüp ağlayabileceğim bir boynu bile kalmamıştı. Annen boynundan vurulduğu için bu kadar sessizdi.

...

Nasıl biliyor musun Filipina? Büyüyünce güneşe bak, anlayacaksın. Işığın izi kalır gözde; kendi kadar, kendi biçiminde. Bir kör leke bırakır neye baksan. Annen benim gözümde bir ışık lekesi gibidir. Gözlerimi kapatınca o leke zonkluyor göz karanlığımda. Açınca, her bir kıpırtısında gözümün, oraya buraya, gördüğüm şeylerin üzerinde hercai, kara-mor bir damga olarak beliriyor. Geçmesin istiyorum. Baktığım her şeyde kara-mor bir yara gibi açılsın istiyorum. Yoksa o da bu savaşta kaybettiğimiz her şey gibi, hiç olmamış gibi olacak. Annen bende bir ışık lekesidir tatlı kıbbem, çıkmaz.

Filipina,

Ben annene, onca zaman sadece bir tek söz verdim. Sadece bir tane. Onu ağustosta muz tarlalarına götürecektim. Muz seslerini dinleyecekti. Çuk çuk çuk çuk... Nasıl sevineceğini, hayret edeceğini düşündükçe... Seni bu yüzden gönderiyorum Filipina. Çünkü bu savaş bir tek söz bile verdirtmiyor insana. Sana bir hayat bile söz veremeyeceğim için gidiyorsun. Değil ki muz sesleri. Belki bir gün.. Kim bilir... Ağustosta bir gece, büyüdüğünde...

Bunu hiç unutma Filipina. Sen bir savaşın ortasında, Lübnan'da doğdun. Senin Beyrutun portakal çiçeği kokuyordu, bir duvarı beyaz kireçle boyanmıştı, binalar debke yapar gibi ve insanlar hiç yıkılmayacak binalar gibi birbirine tutunmuştu. Senin Lübnanında sadece muz sesleri vardı.

Hoşça kal,

Baban Dr. Hamza
Şatila Kampı, Beyrut

2. KİTAP

BİZ

1

2006'nın Haziran sonunda o sabah Beyrut'ta her şey rayında gidiyordu. Hükümet, Suriye'nin Lübnan sınırı içinde askeri üsler kurduğunu, bunun savaş gerekçesi olduğunu iddia ediyor, İlerici Sosyalist Parti'nin ve aslında Dürzilerin lideri Walid Jumblat, Suriye Müslüman Kardeşler temsilcilerini *Mukhtara*'da rezidansında kabul ediyor, 14 Mart koalisyonu Falanjistlerin lideri Samir Jaja'nın evinde Hizbullah liderliğindeki muhalefetle güven tazeliyor, Nasrallah bir resepsiyonda İran'ın Lübnan için sadece iyi şeyler istediğini tıpkı Hariri'nin Suudi Arabistan için söylediği gibi açıklıyor, Birleşmiş Milletler, 1559 sayılı kararıyla Hizbullah'ın silahsızlandırılması baskısını sürdürüyor, Başkan Lahud'un Suriye'yi desteklediği için dönemi bitmeden başkanlık koltuğundan edilmesi için siyasi ittifaklar yapılıyor, Filistin Kurtuluş Örgütü'nün 1982'de İsrail'in Lübnan'ı işgalinden sonra ilk defa Beyrut'ta açılan temsilciliğini HAMAS protesto ediyor, kamu çalışanlarının sözleşmeli personele dönüştürülmesi yasası yüzünden gösteriler düzenleniyor, sonra yine Hizbullah'ın silahsızlandırılması tartışması yüzünden yıllardır iki yakası bir araya getirilemeyen *Ulusal Güvenlik Stratejisi* ve "demokratikleşme" kavramının, Ortadoğu'da Amerika'nın kucağına oturma anlamına gelmesinin bölgede yarattığı demokrasi karşıtlığı tartışılıyordu. Güney Lübnan'ın İsrail sınırındaki gerginliğini herkes izliyor, herkes her zamanki gibi savaş bekliyor ve herkes aynı anda o yaz, yani bu yaz, Beyrut'ta turizmin patlayacağına kesin gözüyle bakıyordu. O derece ki Ivana Trump Suudilerle birlikte La Residence Madam Trump kulesinin dikileceği haberini veriyor, Hotel Phoenicia Körfez Araplarının rezervasyon talebine oda yetiştiremiyordu. Ve lekelerden oluşan Beyrut, hiç vakti olmadığı için adamakıllı yıkanmaya, her zamanki gibi saplantılı bir biçimde kâğıt mendiller kullanıyordu.

Bu sırada korna çalmazlarsa yok olacaklarına iman etmiş, korna çaldıkları taktirde, birinin hiç aklında yokken taksiye binmek isteyebileceği fikri sabitiyle yaşayan taksiciler, kimisine *serviysen,** kimisine *servis*** tarifesine göre aldıkları yolcularla Hamra Caddesi'nden geçiyordu.

Aynı esnada, dünyanın başka yerlerinde, muhakkak bütün bunlardan çok daha mühim hadiseler oluyordu ve fakat taksicilerin önünde durup, tanıdık var mı diye baktıkları kahvelere gelen ihtiyarlar, ellerinde çoktan okudukları gazeteleriyle, politika tartışacakları arkadaşlarını, ahbaplarını beklerken, her zamanki gibi sadece Beyrut'ta olanları konuşuyorlardı. *Ortadoğu'nun laneti gereği, dışarıdan gelen kimse bu durumu anlayamaz, içeridekiler de o anda orada olmakta olanlardan daha mühim bir şey olduğuna inanamazlardı.* Herkesin sözü hazırdı ve konuşma öğlen saatlerine kadar bitmeyecekti. Huzursuz ihtiyarlar, birikmiş sözleri sanki bağırsaklarını bozmuş gibi, konuşmak için sabahın ilk saatlerinden beri kıpırdanıp duruyorlardı.

O sabah da Beyrut'ta kahvelerdeki herkes elleriyle konuşuyordu. Konuşmaya başlar başlamaz eller havaya kalkıyor, yaşlandıkça tüyleri beyazlamış ve köseleleşmiş, esmerliği ılıklaşmış eller, her bir sözcüğe havada biçim veriyordu. Parmaklar bitişiyor,

---

* Dolmuş. Dolmuş ücreti anlamına da gelir.

** İki dolmuş ücreti.

ayrılıyor, kıvrılıyor, soru sormak için duruyor, kendi cevabını verirken ikna sürecine bir okşama hareketiyle eşlik ediyor ve nihayet cümleye ara verildiğinde yumuşacık hareketlerle masaya iniyordu. Bir el inince, bu kez masanın karşı tarafındaki el kıpırdanmaya başlıyor, bir şüpheyle masadan kalkıp avucu yukarı dönük, havada birkaç daire çizerek sorusunu ortaya koyuyor, baş ve işaretparmakları birleşerek bir meseleyi açıklığa kavuşturuyor, en sonunda öteki ellerin üzerine konarak nihai bir cümleyi masaya bırakıyordu. İki çift el karşılıklı susarken, ellerden biri sigara paketine yöneliyor, iki dal sigaranın tekini karşıya uzatıp karşıdaki eli söze böylece, güzelce davet ediyordu. Eller, ancak masaya üniformalı genç kız garsonlar yaklaşınca meşguliyetlerinden vazgeçiyor, fincanların masaya konmasını bekliyor ve sonra içlerinden biri, ihtiyar ılığını kızın elinin üzerine yatırıyordu. Garson kız, artık yaşları yüzünden tehditkâr olmayan erkeklerin esprili iltifatlarına kıkırdarken, ihtiyar eller taze bir kadın elinin birkaç saniyeliğine tadını çıkarıyordu.

Her sabah *Baabda*'dan, Hükümet Sarayı'ndan özel bir görevli gelip gelişmelere dair kahvelerin görüşünü almadığı için, bütün gazetelerdeki bütün meseleler tükendiğinde, ihtiyar eller masaların üzerinde kavuşuyor, hep birlikte sessiz bir saygıyla Hamra'dan geçen güzel kalçaları ve çıkması muhtemel bir trafik kavgasını kolluyorlardı. Her sabah, o gün de çıkmayan savaşın garantisi hep birlikte idrak edildikten sonra sıkıntıyla bulmacalara dalınıyordu.

Beyrut genel olarak böyle bir yerdi ve gerisini Beyrut'tan olmayan bir okurun tam olarak anlamasına imkân olmadığı gibi, hikâyenin takibi açısından gerek de yoktu. Beyrut'ta yaşayan okur ise zaten genel olarak neden bahsedildiğini biliyor.

İşte o pazar sabahı, bulmaca faslına geçildiğinde Filipina Hamra'daki Horse Nose Lokantası'nın önünden geçiyordu. Hiçbir gazetede ve romanda, hiçbir televizyon dizisinde ve belgeselde kendisinden bahsedilmeyen Filipina, şehirde ne konuşulduğunu, eğer biri bir ihtimal üç haftadır Arapça derslerinde öğrendiği kelimelerden birini söylemezse anlayamazdı. Fakat Beyrut'tan haberi olmayan ve Beyrut'un da kendisinden habersiz olduğu Filipina'nın başına o sabah Âşrafiyya Mahallesi'nde Beyrut'un kaderiyle ilgili tarihi değiştirecek şu olay gelmişti...

***

Henüz hiç ses olmadığı için şehirde kalp çarpıntılı bir gürültü gibi duyuluyordu iki güvercinin kanat çırpması. Bu, kız apartmana geldiğinden beri böyleydi. Marwan güvercinlerin sevişen sesini duyuyor, sevişmeseler bile duyuyor, her sabah güvercinler ne zaman uyanırsa o zaman uyanıyordu. Şifalı bir şeymiş gibi yakıyordu ilk sigarasını ve ıslak saçlarının verdiği tazelik hissini rüzgârda çoğaltmak için binanın önüne çıkıyordu. Kendini özgür bir adammış gibi hissediyordu. Sanki bu şehirden daha güçlüymüş gibi. Bu pazar sabahı da merdivenleri ağır ağır çıkıyordu şimdi.

Ama tam şimdi, Filipina'yı gördü. Görür görmez aklından geçtiğine hayret ettiği bir cümle geçti aklından:

'Yüzünden tertemiz sular akıyor gibi...'

Belki başka bir zaman olsa durup öylece izlerdi, ama şimdi güçlü bir adamdı.

"*Hamemeh!*"

Filipina dönünce:

"Arapça öğreniyorsun değil mi? Adları bu."

"*Sabah el-hayr*!" dedi Filipina, yeni öğrendiği dili tereddütle kısılmış sesiyle konuşan herkes gibi neredeyse fısıltıyla. Kelimeleri kendi söylemeye başladığında dilin sırı çatlıyor, dışarıdan duyulan müziği dağılıyor, sesler artık büyülü bir muamma olmaktan çıkıyor, kelimelere ve kurallara dönüşüyordu Arapça. Şaşıyordu buna her seferinde Filipina.

"*Sabah-n nur*! Marwan ben, apartmana bakıyorum."

Sessizlik. Ama bu sabah Marwan güçlü bir adamdı, su gibi akan, kaybedecek bir şeyi olmayan, karnının bir yerinde her şeyi doğru yaptığını hisseden, saçları ıslak bir adam:

"Benim de vardı güvercinlerim. Küçükken."

Filipina dönüp gerçekten dinlemeye başladığının, dikkatle açılan gözlerinin bir adamı ne kadar muktedir hissettirdiğinin farkında değildi:

"Geri, eve dönsünler diye kanatlarını kırarsın. *Yani* birazcık."

"Peki niye bıraktın kuşları?"

Sevinçten yanakları seyirdi Marwan'ın:

"Çünkü kuşbazlara kız vermezler!.. Bekârım ben."

Sessizlik. Durursa yuvarlanacağı bir yokuşu hızla tırmandı sesi Marwan'ın:

"Bir de, dediğine inanılmaz kuşbazların."

"Niye ki?"

Düzlüğe çıktı Marwan'ın sesi, rahat nefes aldı:

"Kuş için yalan söyleyen her şey için yalan söyler. Öyle derler *yani*. Bizim oralarda... Suriyeliyim ben... Mahkemede şahit diye bile kabul edilmezdi kuşbazlar."

Filipina güldü, Marwan'ın karnında bir çiçek, gerçekleşmiş iyi bir kehanet gibi açtı. Nefes aldılar.

"*Yani* şimdi şöyle, güvercinlerin varsa bütün işin başkalarının güvercinlerini aldatıp kendi güvercinlerine katmaktır. Güvercinleri gönderirsin, onlar başka çatılardan güvercinleri çağırır, aldatıp sana getirirler."

"Nasıl aldatıyorlar ki?"

"İnsanlar gibi."

Başka türlü bir sessizlik. Filipina, Marwan'ın yüzüne o yüzün ardında daha güzel bir şeyler varmış gibi baktı. Böylece artık, Marwan'ın yüzünün ardında daha güzel bir şey vardı.

***

Kimse bu hikâyeyi yazmak için orada değildi. Yazması gereken ve bahsi geçen apartmanda yaşayan şahıs, başka bir şehirde olduğu için, Filipina Ortadoğu'daki tüm diğer roman kahramanları gibi hikâyesini tek başına, göze görünmeden, sanki hiç var olmamış gibi yaşamak zorundaydı. Bu hikâye Beyrut'ta, Beyrut gibi her seferinde kendisine "*Maaleş!*"* deyip, yıkılıp, kırılıp, dökülüp, yeniden kurulan bütün şehirlerdeki bütün hikâyeler gibi, kendi kendine oluyor, kimse tarafından yazılmıyordu.

Böyle olması son derece sağlıklı bir durumdu, zira eğer o anda Âşrafiyya'da, Filipina'nın daha sonra yine tarihi değiştiren bir şey yaşayacağı, şu anda geçmekte olduğu Hamra Caddesi'nde, bir yazar ya da gazeteci, yani olup biteni anlatacak birisi olsaydı, muhakkak ki bu hikâyeyi değil, Beyrut'un akıllara ziyan binbir karmaşasını, birbirinden enteresan ayrıntılara bulanmış hayatını anlatır, sizin de bu hikâyeyi bilme şansınızı tamamen yok ederdi. Oysa, Filipina'nın ve Âşrafiyya Mahallesi'ndeki Jetawi Hastanesi'nin yanından inen yokuştaki binada yaşayanların başına o yaz bazı pek mühim hadiseler geldi. Dediğimiz gibi, bu hadiseyi hakkıyla yazabilecek ve yazmak isteyen tek şahıs, o sırada bambaşka şeyler yaşıyor, kendince onun da hayatı bir roman kıvamını alıyordu. Kendisi, çok büyük olasılıkla, yaşamayı yazmaktan daha çok sevdiğinin henüz farkında olmayan bir yazardı.

* Boş ver.

2

"İşte böyle bir kitap yazmayı düşünüyorum."

Sigaralı sesi giderek içine kaçarken yatağın ortasında bağdaş kurmuş, tırnağıyla çarşafa çizdiği dairelerin kumaş tırnağından kurtulduğu anda yok oluşuna bakıyordu. Anlattığı şeyden yılıverip kaldırdı başını ve gözkapaklarını:

"Ya da buna benzer bir şey işte."

Deniz, yatakta yüzükoyun uzanmış, çarşafta çizilen dairelerin kumaşın üzerinde kalıcı kesikler, ipliklerin arasında delikler oluşturmasını izliyordu.

Paris'te birbirini ısırıp öylece kalmış, biri ağzını açıp bırakırsa hep birlikte dişleriyle birbirine tutunmaktan vazgeçip başka yerlere dağılacak gibi duran binalara ve biraz da caddeye bakan, yüksek tavanlı, ucuz halıfleks ve ucuz oda esansı kokan, vakit onun vaktiyken payete ve taftaya alışmış, ancak nicedir naylon ve patiskaya düşmüş bir otelin en kötü odasındaydılar. Bir yatağın ortasında, kendi uzunluğunca sürmüş bir sevişmenin ardından çok daha uzun sürmüş bir konuşmanın tam ortasındaki sessizliğin içindeydiler. İkisi de tam ortalarında duran küçük tahta kutuya bakıyordu. İçinde küçük taşlar. Küçük taşların üzerinde yeşil mürekkeple Arapça yazılmış isimler...

Deniz, parmak uçlarıyla ikisinin arasında duran küçük tahta kutudaki taşlarla oynamaya başladı. Birini eline aldı ve çarşaftaki dairenin içine koyarken, eli yanağında, sordu:

"Bu kim?"
"O, Doktor Hamza'nın taşı."
"Peki ona ne oluyor?"
"O mu?"
Esmer bir parmak, taşın ve Deniz'in parmağının üzerinde durup sallanmaya başladı. Taş söylüyormuş, o tekrar ediyormuş gibi konuştu:
"O, Filipina'yı Manila'ya gönderdikten sonra ölüyor. Şatila Katliamı'nda."
"Yapma ya!"
Deniz'in masalın sonunun değişmesini isteyen çocuk yüzü ikisini de güldürdü. Yanağına uzanan ılık avuç bir dokunuşta bütün endişeyi alacakmış gibiydi:
"Saçma değil mi?"
Deniz, gözlerini dünyada kötü şeylerin olduğunu hiç bilmeyen bir kız çocuğu gibi açtı:
"Ne saçma?"
"Yani böyle, Beyrut'tan buraya bir kutu taş taşımak. Hepsinin üzerinde yazılacak kitabın kahramanlarının isimleri olması filan... Ne bileyim? Yani!"
İngilizce cümlelerin arasına, Ortadoğu'dan dilaltında saklanıp getirilmiş tohumlar gibi düşen, iki eli iki yana açılmış gibi tınlayan bu "yani"ye Deniz yine iki eli iki yana açılarak onaylayan bir 'yani' ile cevap verdi:
"Yani!"
Güldüler:
"*Yaniii*... Unutmamak için yapıyorum. İsimleri değil de... *Yani*..."
'Yani' bolluğuna gülüp dindiler:
"*Yani*, biliyorsun işte. Allah'ın belası memleketimde taşlar insanlardan daha uzun sürüyor. O yüzden, ne bileyim en başından beri bu taşları yanımdan ayırmadım. Ne bileyim, öyle işte. Unutmamamı sağlıyorlar. *Yani* nereden geldiğimi."

Deniz, taşları tek tek alıp çarşafın üzerindeki hayali dairenin içine doldurdu.

Marwan... Nâsır... Ayşe... Zeynab Hanım... Hâdi Bey... Jan... Setanik... Wissam... Filipina...

"Allah bilir siz de oynuyordunuz bu oyunu. Dokuz taş. Bilir misin?" diye sordu Deniz.

"Yok artık!" dedi hayretine sevinmiş ses, "Tabii ki biliyorum."

Giderek silikleşen seslerle çocuk oyunlarının nasıl olup da ülkeleri aşabildiğini konuştular, çocukların gizli bir uluslararası örgüt olduğunu, Deniz taşları bir öyle bir böyle yatağın üzerine dizerken sordu:

"Peki kitabın adı ne olacak?"

Sorunun cevabı olarak bir kahkaha patladı.

"Ne?!" diye sordu Deniz, direten bir kız çocuğu gibi bu kez.

"Nefret edeceksin!"

"Söylesene!"

Kahkahasını dudaklarında düğümleyip durdurup söyledi sonunda:

"Muz Sesleri!"

Deniz gülmeye başladığında, karşısında bu kahkahanın bitmesini gülümseyerek bekleyen ve Deniz'in yüzünün ötesine, orada duran çok daha güzel bir şey varmış gibi bakan bir yüz vardı.

"Söylemiştim. Herkes komik buluyor."

"Niye peki? *Yani* anladım da niye olduğunu, *yani* mektuplardan dolayı. Ama *yani* hakikaten neden?"

"O daha da saçma."

"Söyle işte."

"Bunu söylerken utanıyorum. Çünkü çok zavallı bir şey."

Deniz gözlerini açıp, iki ılık dizi tutup gülerek bağırdı:

"Söyleeee!"

Başı öne eğildi, alaycılığıyla orantısız bir keder yerleşti sesine:

"Çünkü Allah'ın belası Beyrut'ta sadece muz seslerinin duyulduğu bir gün istiyorum. Birine söz verebilmek istiyorum. Kendime söz verebilmek istiyorum. Çünkü... İçinde yuvarlanıp gittiğimiz bu gürültü bitsin ve duralım istiyorum. Biraz duralım. Anladın mı?"

Deniz, eline dayalı yüzünü aşağı yukarı salladı sadece. Sorularının hepsini yuttuğunda geriye sadece beceriksiz bir tanesi kalmıştı:

"Niye Beyrut peki?"

"Çünkü Deniz Hanımcığım, biz Ortadoğululara kendimizinkinden başka hikâyeleri anlatmamız için izin vermiyorlar. Bir Batılı gidip Allah'ın siktir ettiği bir memleketi anlatabilir, bir Amerikalı gidip Beyrut'u yazabilir ama bir Afganistanlının, İranlının, ne bileyim işte, bizim gibi bahtı bulanık insanların kendilerinkinden başka hikâye anlatmasına izin vermiyorlar."

"Bırak şimdi onu. Hakikaten neden Beyrut gibi imkânsız bir yeri yazmaya çalışıyorsun?"

"Çünkü... İmkânsız olduğu için herhalde. Ya da ne bileyim... Beyrut, hep daha iyi bir şey olabileceğinin hayalidir. Toz gezegenin içinden bir Paris çıkabileceği hayali. Adam yerine konulacağımızın hayali. Normal bir hayatımız olabileceği yanılgısı, serabı hatta. Durmadan cam binalar yaptıklarını biliyor musun? Beyrut, imkânsıza her seferinde yeniden inanmaktır. Ve ben bu aptallığa inanıyorum. Çünkü bunu göze almazsan hikâyeler seni terk eder. Beyrut, her zaman aptal olmayı göze alır. *Yani*!"

Sustular biraz. İkisi de, içinde çok uzun süre kalmak istemedikleri, eğer kalırlarsa kendilerini beceriksiz hissedecekleri türden bir sessizlikten geri dönmek için bir cümle, bir şaka aradı. Deniz, Filipina'nın taşını seçip sadece taşa bakarak konuştu:

"Tam da Filipina'ya benziyor."

"Biliyordum."

"Saçmalama, neresi benziyor?"

"Sana ne! Benziyor işte..."

Güldüler. Deniz beyaz çarşafların arasında doğruldu. Göğüslerini kapatıp bağdaş kurdu. Taşları kutuya koydu tek tek. Elinde bir tek "Filipina" kalmıştı.

"Peki ona ne olacak? Yani en sonunda?"

Başka bir şey sorduğunu ikisi de biliyordu. İkisiyle ilgili bir şey...

Toprak rengi kol, komodinin üzerine uzandı. İki tane *Lucky Strike* aldı, ikisini de aynı anda yaktı. Birini Deniz'e verdi. Gözlerinin içinde sanki gerçek olan ve gerçek olmayan hikâyelerden, söylenmemiş çok güzel ve çok acı sözlerden, yapılmamış çok komik şakalardan ve çok can yakıcı alaylardan bir tekinsiz ışık döndü. Sigaradan uzun bir nefes çekip, uzun uzun verip gülümseyerek dumanın arkasından, "Herhalde," dedi, "sevgili Deniz Hanım, sana ne olacaksa, ona da aynısı olacak."

İkisi de çok hınzır bir sır biliyormuş gibi bakarak birbirlerine, gülümseyip sustular. "*Yani?*" diye sordu Deniz.

Bir gülüşe yenilmemek için, önce diğeri başlasın kahkahaya diye direnirken ikisi de, "*Yani*!" dedi dumanda ezilen ses. İkisi de başını gülümseyerek sallarken, "*Yani!*" dedi Deniz. Sevişmeye başladıklarında hâlâ gülüyorlardı.

Yani'lerin onları bu kadar güldürmesi, bu esmer adamın Paris'te bir otel odasında, bir yatağın ortasında, yazmaya başladığı "Muz Sesleri" adlı kitabını iki sevişme arasında anlatması ve Deniz'in "başına ne geleceğini" bu dünyada sadece ona sormak istediğini fark etmesi için önce birçok şeyin olması, otel komodininin üzerinde duran, şimdi uyuyan bu belalı gövdeye ait yaka kartındaki "B" harfinin açıklığa kavuşması gerekiyordu.

3

Yazarımızın o günlerde Beyrut'ta olmaması gerçekleşmekte olan hikâye açısından son derece isabetli olduğu gibi, kendisinin de başını bir sürü dertten kurtaracaktı. Zira halletmesi gereken birkaç çok ciddi sorunu olacaktı. Çünkü şehirde rayında giden sadece siyasi vaziyet değildi. Sokaktaki hayat da son derece sıradandı.

Şehrin temizliğinin de özelleştirilmesi sebebiyle, sırtında *Sukleen* yazılı yeşil tulumlar ve ensesi kapalı kasketler giyen, çoğu Suriyeli olan işçiler, ellerindeki dev cımbızlarla sonsuz sayıdaki izmariti bu şehrin asla temizlenemeyeceği kesin gerçekliği sebebiyle son derece bıkkın toplarken, anorak eşofmanlarıyla başörtülü kadınlar bir yandan tespih çekerek hışır hışır sahilde yürürken, Al-Rawda Café'de çenesi bol dövmeli yaşlı kadın, alın çizgisi falına bakıyordu. Kimse, hep birbirleriyle arkadaşlık ediyormuş gibi görünen botokslu kadınların sonsuz bir hayret ânında takılı kalmış yüzlerinden eski kırışıklıklarının yasını tuttuklarını bilemezdi. Albümlerden kesilip çıkarıldıkları için ağır ağır yürüyen ihtiyar hanımefendiler "bonjour'laşırken", Jimeyzi'de kırmızı ayakkabılar giyen ve bir zamanlar Beyrut'un en güzel kadını olan Colette, tombul purosunu dişleriyle hâlâ sıkıyor ama artık iskambil falına bakamıyordu. "*Boya! Boya!*" diye bağırarak her gün aynı sokakları gezen, yeni terlemiş bıyıklarını henüz tıraş etmediği için iyice çirkinleşen çocuk, turistlerin terlik giymesine küfrederken, bütün dünyaya yetebilecek kadar çok inşaat gürültüsü üretebilen Beyrut'ta, bu sesleri Ortadoğu'nun müziği olarak dinlemekten her nedense sıkılmayan turistlerden biri, genç bir kız, dükkânın önünde Kuran yapraklarını yakan ve külleri uçmasın diye eliyle rüzgâra engel olmaya çalışan bir tezgâhtar kadın görüyordu. Turist kız, "Ne yapıyor?" diye sorunca, bu soruda en az iki gecelik temiz seks imkânını derhal gören Prag Café'nin garsonu olan cin gibi bir Sünni genç, "Sen Müslümanların nasıl kafa bulduğunu sanıyorsun?" diye lafa başlıyor, kızın koltukaltlarını ağdalamadığını görüp, kaç zamandır kimseyle yatmadığını düşünüyor ve lafına şöyle devam ediyordu:

"Kuran külü çekerek!"

Turist kız, eğer Kuran yaprakları zedelenmişse yakılması gerektiğini öğrendiğinde eriyip giderken, şehre âşık olurken filan, yaklaşık 1 saat 45 dakika sonra, para vermediği için yüzüne tüküren dilencinin salyası ağzına kaçınca temizlenmek için şişe suyu almaya vakit bulamayacağını bilmiyordu. *Chicklets* satan orta yaşlı, manikürlü pedikürlü kadın, *Nasib il-Vatani** satan çocuklar ve Hamra'da Akil Bros dükkânının tam karşısında, hep alçak bir taburede oturup elindeki tomarla parayla döviz alışverişi yapan, kelleştikçe kalan saçlarını daha koyu siyaha boyayan, beyaz ayakkabılı adam, daha satış yapacakları insanlar sokağa çıkmadan köşelerini tutuyordu. Sri Lankalı iki genç kız uzun saçlarını kesmek isteyen "madam'larından" şikâyet ederek ve uzun saçlarına bakan adamlardan gizlice hoşlanarak yürüyorlardı. Gazetecilerin önünde, yıldızların adını unutmuş astronomlar gibi manşetleri okuyan adamlar, haberin gazetenin katlanmış diğer yarısında kalan sonunu çok iyi bilmelerine rağmen, parmak uçlarındaki gözleriyle ceplerinde binlik banknotlar arıyorlardı. *Manuşi*'lerin üzerine bıkkın eller tarafından zahter sü-

---

* Milli Piyango.

rülüyor, Abu Hassan Lokantası'nın önüne hiçbir zaman yeterince yıkanmayacak marul, turp ve nane kasalarla indiriliyor, manikürcü kızlar ojeleri yedi yüz ellinci kez, bu kez açıktan koyuya doğru diziyor, erkek berberleri plastik çiçeklerin tozunu almayan çıraklarına kızıyordu.

Café Younes'da oturan orta yaşlı adamlar, herkesin oyuncak sandığı ama oyuncak olmayan bir silahı birbirlerinin kafasına dayayarak şakalaşıyor, lüks otellerde aksansız İngilizce ve Fransızcalarıyla çalışacak olan genç adamlar ve kadınlar dolmuşlarda trafiğe son derece Arapça küfrediyordu. İnsanlarla arabalar arasında onur, gurur, kadınlık, erkeklik, uzlaşma, öfke ve el hareketli bu dilden kurulu, durmalı-geçmeli-frenli-gazlı, sonsuz gürültülü müzakere başlıyordu. Gücün timsali cipler, yapay göllerde, kalabalıktan boğulmak üzere olan dev alabalıklar gibi trafikte sıkışıyor, fışkırmış memeler ve kıllı bileklerdeki altın künyeler şoför mahallinde sinirle titriyordu. O anda, kendini alışveriş merkezlerine güçbela atmış, çocuklarıyla muhakkak İngilizce ya da Fransızca konuşan anneler, Arapçayı sadece çimdikleyen, çırmaklayan tehditli terbiye anları için kullanıyorlardı.

Üstelik bununla da kalmıyor, şehrin duvarlarına afişler asılıp afişler yırtılırken, havai fişek provaları, bu şehre hiçbir patlama sesi savaşı hatırlatamazmış gibi gündüzden başlıyordu. Sonsuz sayıdaki dükkânın önünde sonsuz sayıdaki konuşkan genç adam, plastik, küçük kahverengi bardaklarında iki yudumluk kahveleriyle en az üç sigara içmeyi başarıyor, şehirdeki her şey gibi temizlik de özelleştirildiği için, sırtında *Sukleen* yazılı yeşil tulumlar ve ensesi kapalı kasketler giyen, çoğu Suriyeli olan işçiler, ellerindeki dev cımbızlarla, işte bu ve benzeri izmaritleri topluyorlardı.

Elbette yukarıda sözü geçenlerden çoğu hafta içi günler için geçerlidir. Pazar günleri, şehirde sadece şehrin mülksüzlerinin alışveriş edeceği dükkânlar, sadece onların gideceği yerler açık olacaktı. Pazar günleri, Sri Lankalı hizmetçilere Sri Lanka'daki başka kadınların yaptığı taklit bijuteri, Filipinli hizmetçilere Filipin imalatı taklit penyeler ve Etiyopyalı kadınlara Çin malı taklit kot satılacaktı. Bütün bu kadınlar, yaşamak için daha çok çalıştıkları evlere dönerken, küçücük paralarıyla aldıkları küçücük şeyler için büyük bir suçluluk duyarak, aldıkları şeyleri hanımlarının alışveriş ettiği *Gucci*, *Lancôme* ve *Versace* mağazalarının çok kullanıldığı için yıpranmış torbalarında taşıyarak, gururla Hamra'da yürüyeceklerdi akşamüstleri. Suriyeli inşaat işçileri de yoksul kadınların kurduğu bu Beyrut pazarını, plastik terlikleri ve alındığı anda giyilmiş, temiz, taklit penyeleriyle izleyeceklerdi. Pazar, Beyrut'ta şehrin öksüzlerinin günüydü. Onlar, ancak diğer herkes evlerine çekildiğinde şehirde yürüyebilirdi.

Kafası bunun gibi binlerce gerekli gereksiz ayrıntıyla dolu olan yazarımız, Nâsır'ın arabasındaki onlarca pusulanın tarihini, mucidi Zeynab Hanım olan Ekmek Ağacı'nın sırrını, Setanik'in Burj el-Barajneh Kampı'nda başına gelen mühim ve komik olayı, Jan'ın o gece yaşayacağı asap bozucu durumu, Ayşe'yle ilgili o kadar da önemli olmayan ama bir biçimde anlatılması gerektiğine herkesin ikna olmasını ümit ettiğimiz meseleyi, Nâsır'ın yeni tanıştığı Filipina'yı tabii ki Şatila Kampı'na götürmediğini, ama bütün bunlardan önemlisi, Filipina ve Marwan'ın o pazar yaşayacaklarını anlatmak zorunda kalmadığı için son derece şanslı biri sayılabilirdi. Aslına bakılırsa bütün bunları Batılılara anlatmaya kafayı takmasaydı canı bu kadar sıkılmazdı.

Üstelik daha fenası, niye Filipina'yı ve Marwan'ı esas kız ve esas oğlan olarak seçtiğini anlatma zorunluluğuydu. Niyeyse Batılıların içinde paha biçilmez hazineler bulunduğuna inandığı kimlik meselesinden tiksinen yazarımız, tam da bu tiksinme sebebiyle herkesin muhakkak etnik, dini, siyasi bir kimlik sahibi olduğu Beyrut'ta, en kimliksiz iki insanın hikâyesini anlatmak istiyordu. Lanet olası şehirde, hiçbir şeyi olmayanların bile ve en çok onların, tepedekiler emrettiğinde birbirlerinin gözünü çıkarmalarına yarayan kimlikleri vardı! Allah'ın belası Beyrut'ta kimlikten bol bir şey yoktu zaten. Bütün dünyayı, en azından dünyanın bugünkü en ciddi sorunlarını bu iki kimliksiz insan üzerinden anlatabilirse, bilhassa Batı'daki okura, çatışmaların, savaşların, velhasıl toz gezegenindeki karmaşanın kimlikler yüzünden değil, başka bir mesele yüzünden cereyan ettiğini nihayet belletebileceğine tüm kalbiyle olmasa bile, yine de inanıyordu.

Yazarımıza göre mesele, yoksulların haysiyeti meselesiydi ve insanoğlunun peşinden koştuğu şey, ne iktidar ne de başka bir dünya hayaliydi. İnsanlar sadece bir hikâyenin içinde erimek istiyorlardı. İnsan, bize belletilmeye çalışılanın aksine, ancak kendini feda edince mutlu oluyordu ve fakat gelgelelim bu Allah'ın belası konuyu, Allah'ın belası karmaşık Beyrut'ta nasıl anlatacaktı? Bu sıkıntısından anlaşılabileceği üzere o da hemen her Ortadoğulu yazar gibi meselelerini Batı'ya anlatmak istiyordu. Kendisi başka bir şehirde, bir otel odasında, konusunu tam olarak bilmediği bir toplantıya katılmak için hazırlanıp bunlara kafa patlatırken ve artık düşünmekten vazgeçme derecesinde ümitsizliğe kapılmak üzereyken, Filipina'nın başına Hamra Caddesi'nde şöyle bir olay geliyordu...

***

"Sen *Filipino* musun?"

Küçük kız Hamra Caddesi'ndeki Horse Nose'dan dışarı koşup önüne çıkıverince, öyle parmağını yüzüne uzatıp bağıra bağıra sorunca, hiç cevap vermeyebilecekken, "Evet," diye kekeledi Filipina.

Kız eliyle "2" işareti yapıp Arap aksanlı İngilizcesiyle sevinçle bağırdı:

"Benim iki tane *Filipinom* var!"

Filipina'nın dizleri titremeye başladı:

"Tam iki tane!"

Annesi lokantadan dışarı çıkıncaya kadar tekrar etti şarkı olarak:

"Benim... iki... tane... iki ... tane..."

Filipina beyaz elbisesiyle büsbütün albino kesildiğinde, anne, Dolce Gabbana gözlükleri estetikle minnacık kalmış burnundan kayarken küçük kızını çimdikleyerek derhal lokantadan içeri soktu:

"Ne konuşmuştuk Nada? Hani kitapta ne diyordu? Onların ülkelerinde ne vardı? Fil, di mi? *Filipinolara* öyle yapmayacaktın hani?"

"Siktiğimin filleri!"

Filipina kulağına eğilen küfür fısıltısıyla geri döndü. Dudakları bordo rujlu, gözleri renkli lensli, neon mavisi kirpikleriyle bir yüz, ona gülümsüyordu. Yüz, sakızını çiğnerken konuşmaya, bir yandan da Filipina'yı dirseğinden hafifçe iterek olay yerinden uzaklaştırmaya çalışırken devam etti:

"Takma o karıyı! Şu kitap çıktığından beri hep aynı şey! '*Filipinoların* neyi var? Filleri var!' Kadının teki o kitabı yazdığından beri böyle. Benim "madam" da aldı çocuklara. Bizim kültürümüz şöyleymiş böylemiş, Filipinli hizmetçilere kötü davranılmamalı falan filan. Ayyy... Çok sinir oldum. Neyse... Ben Lynette. Sen?"

"Filipina."

Lynette, Filipina'yı Horse Nose'un biraz ilerisindeki Saint Francis Kilisesi'ne doğru yönlendirdi. Horse Nose Lokantası'nın yanındaki fotoğrafçının vitrinini dolduran, tropik fonlar üzerine çekilmiş, gülümseyen Filipinli kadın portreleri artık ikisinin yüzlerine değil, Hamra Caddesi'ne bakıyordu. Filipina'nın canı, bir kiliseden ziyade, gizli bir dünyaya girmek üzere olduğunu bilseydi bu kadar sıkılmazdı.

4

"Demek gösteri maymunu buymuş?"

Fısıltı Deniz'in kulağının arkasına ve ensesine isabet ettiğinde, bir buçuk gündür Paris'te, Arap Enstitüsü'ndeki "Köktendinci Şiddete Karşı Dayanışma: Ilımlılık" toplantısında, aynı sandalyede aynı biçimde yığılmış kalmış omurgası, belkemiğini içeri, kalçasını dışarı doğru kıvıracak şekilde doğruldu. Ses, ses hızında ensesinden karnına indi, göbeği içeri çekildi. Eli saçlarına giderken geri döndüğünde esmer adam çoktan sandalyesinde kaykılmış, alaycı gülümsemesini yüzüne takmış ve elleri kotunun ceplerinde, ayaklarını önünde oturan Deniz'in yanına doğru uzatmıştı. Dünyada önemli olan her şeyi biliyor, gerisini de asla önemsemiyordu. Sanki onunla birlikte olsan hep gülerdin ve ancak hakikaten ciddi olan şeyler dışında her şey büyük bir şaka olurdu senin için, hep gülerdin. Gülümseyerek başını salladı Deniz sadece. Geri, toplantıyı izlemeye döndüğünde başka bir kadındı. Bir kadındı. Yeniden. Çorabının kaçığını eteğiyle örttü.

Gözler ensesinde olmalı şimdi. Orada topuzundan kurtulup düşmüş bir bukle var mı, başını kıpırdattıkça derisinde tökezleye duraklaya hareket eden? Güzel mi ensesi? Ensesini elledi. Ensesi güzel. Olmalı.

"Merhaba, Ziad ben."

Ses, ensesinde olduğundan emin olduğu bukleyi kıpırdattı.

"Bu kız o mu, diye soracaktım? Bahsettikleri şu eski *İhvan** militanı *yani*..."

"*Yani*," dedi Deniz, "gösteri maymunu! Evet!"

Deniz, toplantının başından beri cebinde tuttuğu yaka kartını, belli olmayacak hareketlerle yakasına takmaya ilk kez karar verdiğinde, Ziad arkada, çıkarttığı sesten hiç utanmadan kendi yaka kartıyla oynamaya başlamıştı.

Kesinlikle ensesine bakıyordu. O, ensesine uzun uzun bakacak bir adam gibiydi. Çünkü içeri girişini görmüştü Deniz. İki kotundan muhtemelen daha temiz olanının üzerindeki kaykılmış kazağı, "Umarım bütün bu insanların bana hayran olması için on beş dakikadan fazla harcamam gerekmez" gülümsemesiyle uyum içindeydi. Gizli bir şeyi vardı sanki, ona dokunursan seni ona bağlayacak bir şey. Öyle bir sakin güvenle yürümüştü. Işığı, öyle bir ışık arayanların gözünden kaçacak gibi değildi.

"Şapkası da pek güzelmiş!"

Bunu Deniz'in ensesine o kadar yakından söyledi ki... Kesinlikle ensesine bakıyor. Deniz kızardığı için geri dönmedi.

"... Bazen başımı açıyorum, bazen kapıyorum. Bunu nasıl yapacağıma artık ben karar veriyorum. Bazen başörtüsü kullanıyorum, bazen de böyle şapka takıyorum."

Genç kadın, etrafında daire şeklinde sıralanmış, otuz kadar ülkeden gelen yazar, akademisyen, araştırmacı, gazeteci, sivil toplum örgütü üyesinden oluşan izleyicilerde gözlerini gezdirirken başındaki simli bereyi düzeltti. Kalabalığın elleri, ya çenelerinde, ya yanaklarında ya da dizlerinde birleşmişti. Ortalarına aldıkları bu karmaşık kimliği inceleyen adamlar ve kadınlar, abartılı ve suni ciddiyetlerinin altını ahşap bir sessizlikle çiziyorlardı.

---

* Müslüman Kardeşler örgütünün Arapça, kısa ismi.

Kod adı olarak kendine Fatima'yı seçen, aslen Londra doğumlu olan eski militan, başka ve daha ilginç bir dünyadan geliyor olmaktan, o dünyayı anlatarak yıldızlaşmaktan gururluydu. Hangisinin boynunu daha dik tutmasına neden olduğu belli değildi; bir zaman, başka bir dünyada bir hikâye yaşamak mı, yoksa geri, buraya anlatacak bir hikâye getirmiş olmak mı? Genç kadın, Fransa merkezli bir sivil toplum örgütü tarafından, Kızılderililerden alınan hazine parçalarının İspanya kraliçesine sunulmasından çok da farklı olmayan bir biçimde tanıtılmıştı topluluğa. Ilımlı İslam'ın desteklenmesinin dünya için artık tek çare olduğunda hemfikir topluluk için de bu "vaka" müthiş önem arz ediyor, katılımcılar arasındaki bütün gazeteciler, "Ilımlı Müslümanlar kendilerini radikaller karşısında çok yalnız hissediyor" başlığıyla yazacakları röportajları şimdiden görüyorlardı. Kod adı Fatima, son derece hanımefendi hareketlerle eteklerini düzeltiyor, gözlerindeki bakışı ayarlıyor, burnunu yukarı kaldırıyor, cümlelerin arasında dramatik esler veriyor ve kendisine sunulan tek seçenek olan yıldızlığın keyfini çıkarmaya gayret ediyordu:

"*İhvan* üyesiyken, böyle bir bireysel karar hakkım yoktu. Örgütün içinde birey yoktu zaten. 'Ben' yoktu, 'biz' vardı. Oysa İslam'da zorlama yoktur. İslam hoşgörü dinidir. Çünkü İslam..."

Avusturyalı moderatör, İslam tebliğine geçildiğini fark ettiği anda akışı sorusuyla böldü:

"Peki Fatima, ne istiyorlar? Biz ne yapabiliriz? Müslümanları Avrupa'ya entegre etmek için sence ne yapılmalı? Sonuçta..."

Avusturyalı kadın, topluluğa Fatima'yı dışarıda bırakacak şekilde gülümseyince Fatima'nın şapkasındaki pırıltılar da oyundan atıldı. Genç kadının yüzünden, toplantının başında orada olmayan bir yetimlik geçti.

"Sonuçta biz, sizin de Avrupa'nın parçası olmanızı istiyoruz."

Karşısındaki kadının gülümsemesi uzadıkça, Fatima'nın yüzü eski bir zamana döndü. Kızgın ve o kadar da hanımefendi olmayan bir zamana. Rahatsız edici uzunlukta bir es verdi. Moderatör kadın tehlikeli bir kimyasal reaksiyon başlattığını fark ettiğinde her şey için çok geçti. Fatima başörtüsüyle birlikte terk ettiği sesiyle, üst perdeden konuştu:

"Size soruyorum!"

Moderatör kadın, topluluk içinde kişisel olarak işaret edilen her Avrupalının duyacağı abartılı rahatsızlığını etrafındakilerin gözlerinden medet uman gülümsemeyle örtmeye çalışarken, Fatima devam etti:

"Yok yok, başkalarına değil, size soruyorum. Dünyadaki açlığı önemsiyor musunuz? Eşitsizliği? Adaletsizliği? Bunun için bir şey yapmak istemiyor musunuz? Öfkelenmiyor musunuz? Çok öfkelenmiyor musunuz bazen? Evet. Öfkeleniyorsunuz. İşte o zaman siz de potansiyel bir İslami örgüt üyesisiniz. Aslında hepiniz birer..."

"Peki Fatima, çok ayrıntıya girmeden... Yani ne yapmalı sence buradaki insanlar?"

Aralarında birbirlerinin öfkesine meydan okuyan bir bakışma gidip gelirken, salonda gergin sessizlik lüzumundan fazla uzarken, Ziad çoktan kollarını Deniz'in sandalyesinin arkasına dayamış, güldüğünde verdiği nefesle Deniz'in boynundan aşağıya ılık ılık iniyordu:

"Ne demesini bekliyorlar bu kızcağızın? 'Hepsine bana verdiğiniz şapkalardan verirseniz bu işi çözersiniz tatlı bayan!'"

Deniz ancak kahkahasının tükürüklerini tutabildi. Sesi tahta zeminde çoğalırken, Ziad sandalyesinde kaykılmış, olayla hiç ilgisi yokmuş gibi, "cık cık cık"lıyordu. "Cık cık"lar Deniz'in karnına atılmamış kahkahaların ağrısı olarak iniyor ve güçbela yanından, arkasından, önünden geçtiği her sandalye için gülüşünü bastırmaya çalışarak, avcunun içinde kimlik kartını sıkarak, kendini dışarı atıyordu:

"Özür dilerim... Özür dilerim... Özür dilerim... Pardon... Özür dilerim."

Ziad ise sanki salonun ortasında bir yaya geçidi varmış, kendisi de o geçitten yürüyen biriymiş gibi çıkıyordu kapıdan.

"Ne var?! Doğruyu söylüyorum. O şapka İslami hareketi çözer! O şapkayı kime taksan çözülür, iddia ediyorum!"

Deniz kahkahalarının peşi sıra merdivenlerden aşağıya indi, Ziad peşinden, yine ağır ağır, ağır ağır gülerek.

"Senin ne işin var ki burada?"

Ziad, sanki Deniz'i tanırmış gibi sorunca bu soruyu, ılık ama tedirgin edici bir şaşkınlıkla durdu Deniz. Toparlayıp kendini, omurgasından aşağı inen suyla canlandı:

"Asıl senin ne işin var?"

"Beyrut'ta çeşitli sivil toplum örgütleriyle çalışıyorum ben. Alakam yok yani bu toplantıyla. Yorulmuştum, Parisli arkadaşlar böyle bir tatil uygun gördüler bana. Tatilde sayılırım *yani.*"

"Ben de," dedi Deniz, dediğine şaşarak. Niye dedi ki bunu şimdi?

"Aç mısın?"

Deniz derhal acıktı.

"Şöyle dö la mö la bir şey mi yesek diyorum."

"Yiyelim," dedi Deniz.

Pont de Sully'yi geçip etrafta en berbat yemekleri yapan café'yi bulup, yemeği çok sevdiklerinde, Ziad Deniz'i sekiz, Deniz Ziad'ı Oxford saçmalıklarıyla bir kez güldürmüştü. Masada ikisinin de yaka kartları duruyordu. Kahve sessizliğinde sıra onlara ancak gelmişti:

"Nefret ediyorum bu yaka kartı meselesinden. Herkes, 'hormonsuzdur' damgasıyla satılan domatesler gibi görünüyor bunlarla," dedi Ziad.

"Ben de hiç bilemem, takayım mı takmayayım mı?"

"Ortadoğulusun sen de, ondan. Tahammül edemiyoruz biz öyle şeye."

"Neye?"

"Hikâyemizi anlatmadan birbirimizi tanımaya."

Deniz galiba âşık oldu.

"Peki Mösyö Ziad B. Abu Şaar... Bu 'B.' nedir?"

Ziad kaykıldı, çocuklar gibi, utanırmış gibi yaptı, güldü, camdan dışarı baktı. Deniz sonra birçok kez yapacağı gibi ısrar etmek zorunda kaldı:

"Söylesene..."

"Komik. Saçma *yani*. Boş ver."

"Nasıl *yani* canım? Söylesene işte."

Ziad, sakalıyla oynadı. Deniz'in gözlerine, bu kadının birazdan gülünce ne güzel olacağını düşünür gibi baktı:

"B., *yani* Beyrut."

Deniz'in karnına kalp gibi tıp tıp atan bir tohumcuk düştü.

5

Açıklığa kavuşturulması gereken bazı meseleler var ki pekâlâ hikâyenin akışı içinde eşit parçalar halinde, düzenli bir biçimde anlatılabilirdi. Ama gelin görün ki hiçbiri ne eşit parçalar, ne de düzenli bir biçimde cereyan etmişti. Her şey hep birlikte oluyordu. Her ne kadar dünyanın geri kalanı, Ortadoğu'nun hikâye anlatma biçiminin *Binbir Gece Masalları* gibi bir şey olduğunu sansa da asla öyle bir şey olmadı. Sokak, hayat, insanlar, bu topraklarda hikâyelerini hiçbir zaman öyle anlatmadılar. Öyle anlatabilselerdi, o zaman herkes onların başlarından geçenleri biliyor olurdu ki, kimse bilmiyor. Maalesef açıklığa kavuşturulması gereken meseleler, sadece yaşanabilecek kadar karmaşıktı...

Öncelikle Ayşe, birkaç gün boyunca Dahye'ye gitmeyi düşünüp gitmedi. Birincisi, bu sıcakta Âşrafiyya'dan Dahye'ye gidecek bir taksici bulmak imkânsızdı. Taksiciler açısından olayın sıcakla değil, şehirdeki siyasi, etnik ve dini ayrımlarla ilgisi vardı. Hıristiyan Âşrafiyya'dan Hizbullah'ın hâkim olduğu Şii Dahye'ye gitmek isteyen biri öncelikle Sünni Hamra'ya gitmek zorundaydı. Hamra'dan, Beyrut sayılmayan ama Hamra'ya toplam on dakikalık mesafede bulunan Dahye'ye geçmek ancak bu şekilde mümkün olabilirdi. Yine de Ayşe'nin Dahye'ye gidememesinin nedeni sıcaktı. Çünkü sıcaklar bastırınca tesettüre girmiş olmaktan müthiş sıkıntı duyuyor, hiç dışarı çıkmak istemiyordu. Eğer başı açık birisi, "Bu sıcakta nasıl dayanıyorsun bu başörtüsüne?" diye sorsa, muhakkak her başörtülü gibi o da, "Allah sabrını veriyor," diyecekti ama esasında Allah sabır mabır vermiyordu. Bildiğin, yapış yapış terliyordu insan ve Ayşe terleyince sinirlenen bir kadındı. Asabi pistonları buhar çıkarmaya başlıyor, vagonlarını oflaya puflaya sürükleyen bir lokomotife benziyordu. Dolayısıyla, sinirlerini bozacak bir ziyaret için, Beyrut'un sıcakla iyice kızışmış etnik, siyasi ve dini kimlik gerginliklerinden kurulu raylarına çıkıp pistonlarını yormaya mecali yoktu.

Bu sıcaklarda sinirlendikçe aklında sadece bir tek şey oluyordu: Niye örtündüğü... Kararının gerekçesi, sanılabileceğinin aksine, bir cüce ile ilgiliydi.

Ayşe güzel kadın, kalçalı. Ve Beyrut'ta herkes birbirine bakar. Öyle kaçamak değil, durup şöyle uzun uzun. "Röntgenini alırcasına," Ayşe'nin deyişiyle. Hep sinirlendi buna Ayşe. On üç yaşından beri hep tedirgin. Bakmasınlar istiyor, öyle bakmasınlar, başka türlü baksınlar, kendisi görmesin. Yürüsün sokaklarda ve bakışlar yolunu kesmesin. Kendine hep bir biçim vermeye gayret etti. Öyle bakılmayacak bir şekil. Olmadı. Herkes bakar çünkü Beyrut'ta birbirine. Ve bir gün Hamra'da yürürken aceleyle, yerde bir şey gördü. Şey gibi bir şeydi. Bir cüce kadın, yerde boncuklar satıyordu. Başı örtülü bir cüce kadın. Herkes ona bakıyordu elbette, boncuklara kimse. Çünkü cüceydi, bakılacak bir şey. Bir cüce kadın niye örtünür ki? Allah için mi? Belki ama daha ziyade bakılmaktan sıkıldığı için olmalı. Bir cüce örtünse ona bakmaktan vazgeçer mi insanlar? Hayır elbette. Ama cücede bir tuhaflık... Sanki artık diyor ki, "Bana bakıyorsan bu seninle ilgili, ben kapalıyım, örttüm üstümü." Bir rahatlık, bir özgüven. Boncukları diziyor ağzında iplerin ucunu ıslata incelte. Üstünü örtmüş bir cüce, dünyaya karşı "eyvallahsızlık" olarak. Ayna gibi örtü, kim baksa bakışını geri veriyor eline. Sanki cüce değil kadın, başörtülü bir kadın, öylesine bir rahatlık. O gündü işte, Ayşe örtündü. Üstünü örttü. Görünmemek için. Herkesin çok fazla göründüğü bir çağda görünmemeyi seçtiği için. Bu kadar. Ve fakat bu saçma sırrı anlatamayacağı için kimse bunu bilmedi. Nâsır hariç. O kahkahalarla güldü, arağı döküldü üstüne karısının aslında bir cüceye özendiğini duyunca.

Sıcak bir gündü, Ayşe'nin hiç Dahye'ye gitmek istemeyeceği bir gün.

En önemlisi, Nâsır onun Dahye'ye gitmesini, orada duyduğu hikâyelerle karnını şişirmesini -Ayşe'nin, içine katılmadığı hikâyeleri dinleyince karnı şişerdi-, Dahye'den eve öfke taşımasını istemiyordu. Ayşe'nin o hikâyeler içinde kaybolacağından korkuyordu Nâsır. Çünkü kaybolmanın ne demek olduğunu biliyordu. Eskilikten tanınmaz hale düşmüş Mercedes'inin konsolunda bu yüzden onlarca pusula vardı.

Filipina onun arabasına ilk kez binip, babasının mektuplarında Doktor Hamza'nın ismi dışında Latin harfleriyle yazılmış tek şey olduğu için ismini bildiği Şatila Kampı'na gitmek isteyip, sadece şehirde bir turla yetinmek zorunda kaldığında, Nâsır'ın yollardaki siyasi ve askeri kontrol noktalarında herkesten daha fazla oyalanmasını Arap gevezeliği sanmıştı. Oysa hayatta kalmak için konuşmayı, on sekiz yaşında savaşmaya başladığı Filistin Kurtuluş Örgütü'nün Güney Lübnan karargâhlarında öğrenmişti Nâsır. Şimdi, savaşsız kalmış her şehrin her erkeği gibi o da bunca bilgiyi kullanacak yer bulamıyor, kontrol noktalarında artık kendisine soru sormayan askerlerle konuşmasını lüzumsuz uzatıyordu. Yirmi altı yaşına geldiğinde, sekiz yıl savaştıktan sonra emrine bir müfreze verilmişti. İsrail'e "dört" kez girdiğini, her seferinde her elinin ikişer parmağını kullanıp iki zafer işaretiyle dört diye göstererek anlatırdı Ayşe'ye. İsrail'den dört kere canlı dönen bir "savaş azizi" sayardı kendini. Fakat eğer dördüncü seferinde başını belaya sokmasaydı, belki bugün Filistinli tuzu kuru, politik bir yarı-aziz olarak, eski zaman bıyıklarını çekiştirerek Avrupa şehirlerinden birinde yaşıyor olabilirdi. Ama İsrail'e yaptığı son seferinde yanlış bir noktaya saldırmış, "siktiğimin pusulası kırıldığı" için hayatının bütün yönleri de tepetaklak olmuştu.

Beyrut'a döner dönmez "boktan bir mahkemede" FKÖ tarafından bu yaşamsal hatası için ölüm cezasına çarptırılmıştı. Şimdi Şatila Kampı'nda yaşayan ve kendi yaşıtları gibi camiye gitmeyi inatla reddeden Abu Ghassan ona yardım etmeseydi, kapatıldığı delikten kaçıp Ermenilerin yanına, Güney'deki Anjar Köyü'ne sığınamazdı. İki yıl kendini unutturduktan sonra Beyrut'a, Ermeni mahallesi Burj Hamud'a gelmiş ve sonra da "trafik gerillası" olmuştu. Sonra hiç kaybolmadı Nâsır. Ama kaçarak yaşamak bilgisi bir kere yapıştı mı ete, izi çıkmaz. Nâsır her kontrol noktasında gerekli gereksiz yalan söylemek ihtiyacıyla doluyordu. Peşinde kimse kalmamıştı ama kaçmak istiyordu. Kimse bunu bilmiyordu. Ayşe bile.

Kaçarak yaşamanın ne olduğunu Nâsır kadar Jan da bilirdi. Beyrut Çağdaş Sanat Galerisi'nin kapısından girdiğinde asabının o kadar bozulmasının nedeni bu yapışkan bilgiydi.

Galeri, Başkan Hariri'nin öldürülmesinden sonra çekilmiş fotoğraflardan, videolardan bir enstelasyon sergiliyordu. Sanatçımız, 2005'in Mart ayında, destekçilerinin Suriye'nin öldürdüğüne kesin inandığı, suikaste kurban giden Hariri için yapılan gösterileri, Beyrut'ta olay sonrası yaşanan siyasi gerginliği ve ayrışmayı anlatmak için kullanıyordu. Hiçbir açıklama yoktu ama sergiyi gören her Beyrutlu bilirdi ki olaydan sonra ülke kesin bir biçimde ikiye bölünmüş, Batı yanlısı, liberal üst-orta ve orta sınıf Lübnan bayrağını kendilerine simge yaparak, sürmekte olan Suriye işgalinin bitmesini 14 Mart'ta yaptıkları gösterilerle istemiş, Suriye'den destek alan Hizbullah ise 8 Mart'ta aynı yerde, yani Şehitler Meydanı'nda bir gösteri düzenleyerek karşı bir siyasi kamp oluşturmuştu. 14 Martçılar Hizbullah'ın başlarını durmadan İsrail'le belaya soktuğunu düşünüyor, 8 Martçılar ise genel olarak zenginlerin ülkeyi İsrail'e, Amerikan yanlısı muktedirlere satabileceğine inanıyordu. Peki bu durumun Jan'la ne ilgisi vardı ki?

Şimdi niye midesi bulanıyor fotoğraflara bakarken? Niye aniden kusacak gibi?.. Koşarak... "Tuvalet şu tarafta mı?" Ağzına dolan kusmuğu klozete boşalttıktan sonra bileceğiz biz. O zaten biliyor. Hatırlıyor. O gecelerden birinde, gösteriler sürerken, her iki taraf da destekçilerinin bir buçuk milyon kişi olduğunu söyleyip, diğer tarafı televizyon kameralarını *zoom-in/zoom-out* yaptırarak çokmuş gibi göstermekle suçlarken, geç bir saatte, Suriyelilere karşı Hıristiyan mahallelerinde yükselen öfke sadece bir gazete haberi olmaktan çıkmıştı. Hıristiyan Lübnan Kuvvetleri grubundan motorla gelen üç genç, Jetawi Hastanesi'ne varmadan önceki karanlık dönemeçte Marwan'ı dövüyordu. Jan arabasının arka camına yapıştırdığı Lübnan bayrağıyla, Suriye karşıtı 14 Martçıların gösterisinden dönüyordu. Suriye bu ülkeden artık gitmeliydi ama Marwan kalmalıydı. Fakat şimdi, burada bu gençleri durdurmak...

Marwan arabayı gördü. Yerde kafasını korumaya çalışan dirsekleri arasından Jan'ın gözlerini buldu gözleri. Sırtına tekmeleri yedikçe sarsılıyordu görüntü ama gözleri Jan'ın gözlerinden ayrılmıyordu. Direksiyonda kaldı Jan. Korktu. Marwan'ı değil, bir Suriyeliyi kurtarmaktan korktu. Uzadıkça uzadı korkusu. Marwan artık ses çıkarmamaya başladığında müstereddit oldu tekmeler. Giderek birbirine bakmaya başladı dövenler. Tek bir kişiyi birlikte dövenler birbirine bakmaya başladığında kendilerine gelmeye başlarlar. Jan tereddütü gördüğünde açtı kapısını, yavaş. Marwan bu yavaşlığı gördü. Jan onun gördüğünü gördü. Yavaş yavaş yürüdü olay yerine. Dövenler gülerek vazgeçtiler dövmekten, korkarak. Jan'ın ayakkabıları Marwan'ın yüzünün önünde durduğunda gitmişlerdi. Eğildi Jan, yüzü Marwan'ın yüzünün önünde. Güldü Marwan. Kötü güldü. Jan'da bir gülme tereddütü, ağzı açıldı. O zaman tam ağzının ortasına Marwan, kan tükürdü.

İşte Jan, o akşam sanatçımızın Beyrut toplumunda var olan sınıfsal, etnik, dinsel, kimliksel ve siyasi temsilsel krizi anlatmaya çalıştığı çalışmasına bakarken bu yüzden kustu. Ağzında kan tadı vardı.

Ağzında meni tadı vardı. Marwan'ınki... Çok sarhoş olunan, çok haşhaş içilen bir gecede, iki erkek arasındaki sarılmanın nerede başka bir şeye dönüştüğünü, iki erkek de düşünmek istemezse, ertesi sabah içlerinden birinin hiç hatırlamak istemeyeceği şeyler olabilir. Ertesi sabah bir başkası kendini ve aşkın ne olduğunu anlayabilir. İkisine olan buydu. Marwan kendine, Jan siyasetine, sınıfına, Suriye'ye olan nefretine ve hayatı boyunca sürdürdüğü yalanına ihanet etmişti. Çok kustu. Dolayısıyla şöyle söyleyebiliriz: Marwan'la Jan arasında olup bitenler, Beyrut'taki siyasi hadiselerle son derece ilişkiliydi.

Olması gerektiği gibi olmayan sadece Jan değildi. Ermeni palyaço Setanik de kimlik meselesi bakımından "benim diyen" akademisyenin iflahını kesebilirdi.

Hikâyenin başladığı sabah kapılarına vuran arkadaşları Wissam'la ikisini kampa götürmeye gelmişti. Burj el-Barajneh Mülteci Kampı'nda Filistinli çocuklar için yaptıkları gösteride başlarına gelen şu olay Setanik'in durumu açıklayabilirdi...

"İtalyanlara anlatmaya çalışman büyük hata tatlım! Adamlar, 'Eyvah! Teröristlerin ortasına düştük,' diye öyle bir gözlerini belerttiler ki dünya üzerindeki en iyi palyaço makyajı bile onları bu kadar acayip gösteremezdi."

Elleri belinde, Wissam'ın lafının bitmesini bekleyen Setanik, kafasından dev yeşil peruğunu çıkarıp sinirle karavanın içindeki kostüm yığının üzerine fırlattı. Kırmızı puanlı, şapşal yaka ceketinin iç cebinden bir paket sigara çıkardı ve ilk nefesi burnundan vermeye kalkınca kırmızı plastik burnunun içi dumanla dolup gözlerini yaşarttı:

"Off! Bu burna o kadar alıştım ki sigara içerken çıkarmayı unutuyorum. Lanet olsun! Ayrıca Wissam *habibi*, sen niye bu kadar neşelendin ki bu olaydan?"

Wissam'ın kafasındaki bir saksı dolusu plastik çiçek, gülerken sallandı:

"Kızım, ben Filistinliyim. Anlaşılmama doktorasını doğuştan veriyorlar bize. Ama senin gibi bir manyağın Hizbullah'ın meşruiyetini İtalyanlara anlatırkenki trajedisini izlemek, benim için bile yeni ufuklar açtı. Tebrik ederim!"

Palyaço ağzının kırmızı boyalı yayvanlığı Wissam'ı olduğundan daha alaycı; bir telaşla lastiğiyle birlikte tepesine kaldırdığı kırmızı burnu Setanik'i olduğundan daha çaresiz gösteriyordu:

"Herif anlamıyor ki! Terör örgütüymüş. Ye bakalım tepene İsrail bombalarını, görürüm senin terör örgütünü."

"Sen dua et de, adam senin ismini ona buna Hizbullahçı diye verip başını belaya sokmasın Avrupa'da."

"Ha, Avrupa da büyük palyaço Setanik'in politik eğilimlerini merak ediyordu!"

Boğuluyor gibi yakasını çekiştirdi:

"Off! Bu memleketin en sıcak yeri mülteci kampları mıdır, nedir?"

Setanik ceketinin yakalarını açtı, palyaço postallarını çıkarıp ayağıyla kenara itti ve Wissam'ın yanına, sıcak karavanın içindeki kostüm yığının üzerine attı kendini, sırtüstü uzandı:

"Cigaralık var mı?"

Wissam kafasındaki saksının içinden bir cigaralık çıkardı, yaktı ve daha ilk nefeste yine kendi kendine güldü:

"Bilhassa bayıldığım şeyi söylüyorum: 'Siz hiç *Hizib* tanıdınız mı?' Bu ne demek şimdi! Adam niye Hizbullah üyesi tanısın?"

Setanik yorgun güldü:

"Off! Ne bileyim? Bu Avrupalıları bir kere olsun Beyrut'a, hayır hayır, Dahye'ye getirmek istiyorum. Sana söylüyorum. Birleşmiş Milletler şöyle bir uygulama başlatmalı: İnsan Değişim Programı! Çok konuşanları alacaksın, derhal savaş alanına! Iraklıları, Bekaa'dakileri, Gazzelileri de göndereceksin Lozan'a, Stockholm'e."

"Setanik şekerim, ben güçbela katliamlardan sıyırmış Filistinlilerimin Stockholm ellerinde sıkıntıdan ölmesine onay veremem. Kusura bakma! Bizimkiler iki günde sıkıntıdan geberirler orada."

Ot derhal etkisini gösterdi ve kostümlerin arasında sağa sola yuvarlanarak, karınlarını tutarak gülmeye başladılar. İlk Setanik durdu:

"Gerçekten. Anlamalarını istiyorum. Yani Direniş'i, Filistinli çocuklara gösteri yapmaya gelen palyaçolar anlamayacak da kim anlayacak? Anlamaları lazım. Biz anlatmayacağız da kim anlatacak?"

Wissam yeni bir gülme sarsıntısına kapıldı:

"Evet güzelim, bu hırsla 'Hizbullah'ın Direnişçi Palyaço Birlikleri' başkumandanı olarak görüyorum seni."

Aklında oluşan fotoğraflar çoğaldıkça nefesi tutula tutula gülüyordu Wissam:

"Evet evet! Nasrallah ve sen, sahnedesiniz. Dahye'deki... Neydi o futbol sahasının adı? Ha evet, Maalab Arrai'nin tam ortasındasınız ve Nasrallah kalabalığın içinden seni çağırıyor: 'Direniş'in muhterem dostu, kardeşimiz Setanik'in dünya palyaçolar platformunda gösterdiği gayret...' Alkışlar filan. Sen de kırmızı burnunla..."

Setanik, Wissam'ın hayalinde çizdiği görüntüleri gördü ve gülme krizine tutuldu. Kahkahadan nefesi tutulurken kesik kesik cümle kurmaya çalışıyordu:

"Yalnız... Yalnız bir sorun... Yalnız bir sorun var."

"Bir tane mi!"

Karşılıklı kahkahalar arasında gözleri yaşararak kostümlerin üzerinde iki büklüm gülerken konuştular:

"Bir sorun var, o da şu: Şiiler gülmeyi pek sevmiyor. Baksana, belki güleni de, güldüreni de sevmiyorlardır. Benimkisi, *habibi*, karşılıksız bir aşk. Anladın mı?"

Wissam, Setanik'i sözlü olarak durduramadığı için omuzundan tuttu ve kendi kahkahasına sancılı bir ara verip burnundan kükreyerek konuştu:

"Bunu hepimiz biliyoruz, Setanik şekerim. Evinin duvarındaki Nasrallah posterlerini başka türlü nasıl açıklayabiliriz ki! Of Allahım, popstar posteri asan kızlar gibi!"

Bu kez omuzdan tutmak suretiyle araya girme sırası Setanik'teydi:

"Ve fakat Hizbullah'ın Lübnan'a uyum çabaları sırasında beni kullanabilecekleri kesin. Neşeli Hizbullah Kanadı... Offf! Karnım ağrıdı ya! Neşeli Hizbullah Ordusu'nun bir neferi olabilirim yani."

Wissam yanaklarını tutuyor ve kendini durdurmaya çalışırken gözleri dolu dolu konuşuyordu:

"Evet evet. 'Alternatif Aşura!' Artık kendilerini zincirle dövmediklerine göre biraz daha ileri gidip... Ah! Yanaklarım ağrıdı, konuşamıyorum. Aşura'yı "light"laştırdıklarına göre çocuklara şehitliğin faziletlerini anlattıkları o acayiplikler yerine palyaço gösterileri düzenleyebilirsin. Bak işte şekerim, bu Hizbullah'ın imajını hakikaten değiştirir!"

Kendilerinden geçmek üzerelerdi ki karavanın kapısı telaşlı bir palyaço tarafından açıldı:

"Hey Wissam! Bana bak! Hazırlanın. İtalyan herif sıcaktan mı, içtiği sudan mı ne anlamadım, bayıldı. Sahneye yeniden siz çıkacaksınız."

Wissam ve Setanik bir an gözlerini açıp, birbirlerine bakıp, önü alınamayacak yeni bir kahkaha krizine girdiler. Wissam gülmekten ezilen, boğulan, kısılan sesiyle mıyırdadı:

"Setanik, yavrum, seni kesinlikle Nasrallah'a tavsiye etmeliyiz. Yarım saatlik konuşmayla İtalyan palyaçoyu bayıltabildiğine göre, Beyaz Saray'daki palyaçolara bir nutuk çeksen Hizbullah'ı terörist listesinden çıkarırlar. Ne dersin tatlım?"

Setanik'in durdurmaya çalıştığı kahkahası burnundan sümük olarak fışkırdı:

"Tamam yeter, Wissam! Gidip adamı ayıltmalıyız. Sonra Hizbullah'ın üstüne kalır bu 'palyaço vahşeti'! Ayrıca..."

Wissam, artık neye güldüğünü de unutmuş, debelenmeye devam etti kostümlerin üstünde.

"Ayrıca *habibi*, ben ciddiyim. Hizbullah üyesi olacağım."

Wissam, kahkahasının kalan yarısını aniden yuttu:

"Setanik! Gerçekten mi?!"

Hizbullah'a ancak Şiilerin üye olabileceğini bilen hiç kimsenin ciddiye almayacağı ve bir palyaço olması itibarıyla zaten pek iler tutar yanı olmayan bu genç Ermeni kadının sözlerinden çok kalbinin ciddiye alınması gerektiğini onu tanıyan herkes bilirdi. Zeynab Hanım'ın ve "Ekmek Ağacı"nın sırrını bilen tek insan olmasının nedeni de buydu. Olay şöyle gerçekleşmişti...

Her sabah dallarına ekmek torbaları asılan portakal ağacının adı zaman içinde "Ekmek Ağacı"na dönüşmüş, insanlar sokaktaki bir evin ya da dükkânın yerini tarif ederken "Ekmek Ağacı'nın yanında" ya da "Ekmek Ağacı'nın tam karşısında" gibi cümleler kurmaya alışmışlardı. Zeynab Hanım, durgun evinin içine vuran güneşte dumanı kıvrıla kıvrıla çoğalan sigarasıyla, gün boyunca ara sıra pencereden gizlice ekmeklerin durumunu kontrol ederdi. Torbaların kaçı gitmiş, kaçı kalmış, sayardı. "Yoksullar kaplumbağalar gibi," demişti bir kez, "hareket ettiklerini hiç görmezsin. Hep sen bakmazken ekmeklerini alıp ortadan yok olurlar." Yoksullardan böyle tuhaf bir alayla bahsetmesine rağmen, pencereden endişeyle ekmekleri ve ekmekleri alanları izlemesine bir türlü anlam veremediği için, bir gün asabı bozuk yüzüne aldırmadan sormuştu Setanik:

"Zeynab Hanım, niye ekmekleri insanlara doğrudan vermiyorsunuz?"

Saçları kadar korkunç kaşlarının altından bakıp, "Onlara dokunmak istemiyorum," diye tıslamıştı takma dişlerinin arasından. Setanik'in bir anda tiksindiği bu Zeynab Hanım, aynı günün gecesinde vakit geceyarısını çoktan geçtikten sonra, Setanik'in kapısında, kendi yaptığı bir şişe vişne likörüyle belirmiş ve "Konuşmak zorundayız," demişti. Sadece kendisi konuştuğu için Zeynab Hanım'ın ağzından aynen aktarıyoruz:

"... Batı'da yoksullar zenginlerden nefret edebilir. Ama Doğu'da yoksullar kendilerini zenginlerin küçük kardeşi zannederler. Öfkelenseler bile söylemezler. Yoksullar Batı'da söyler, Doğu'da kendi kendilerine söylenirler.

"Ben, benden nefret hakkı olmayanın minnetini istemiyorum. Tiksiniyorum çünkü. Herkesi onurlu bir yoksullukta eşitleme hayalimizden geriye bu kaldı. Bu zavallığımızdan tiksiniyorum. Bu yüzden dokunmak istemiyorum onlara.

"Bir kez dokundum ve pişmanım. Kendi evimle onlarınki arasında melez bir hayat kurmuştum. 90'lardaydı. Sovyetler yıkılmıştı ve dünyayı kurtaramayacağım için Âşrafiyya Mahallesi'nin yoksullarını kurtarıyordum. Değiştirmeyi başaramadıkları dünyaya küsmeyi hakları sayan arkadaşlarımı da örgütlüyordum bazen. Yeni yoksulları beğenmiyorlardı. Eskisi gibi değildi yoksullar, onlara göre. Oysa eskisi gibi olmayan bizdik. İhtiyarlarken kireçlenmiştik. Eskiden, onları kurtarmaya çalışırken onların da bizi yoksulluğun şiiriyle beslediklerini unuttuğumuz için, yeni yoksulların tıpkı eskisi gibi olduğunu göremiyorduk. Onlara bunları anlatamayacağıma göre sadece paralarını alıyordum. Birinin çocuğu için burs parası, ötekinin hastası için doktor parası, berikinin sakat kardeşi için tekerlekli sandalye parası, daha ötekinin kışın ısınması için kömür... Para ve mallarla büyük bir kampanyaya dönüşmüştüm tek başıma. Sonra bir gün, dünya için tek çözüm olduğuna inanmaya başladığım bu iyilik makinesine yoksul bir kadın çomak soktu."

Zeynab Hanım, vişne likörünün etkisiyle giderek bölük pörçük anlatmaya başladığı, sonlara doğru ise kendi cümlesinin ortasında uyuyakaldığı, Setanik'in bu yüzden kısmen bildiği, Ekmek Ağacı buluşuna yol açan hadise şu şekilde cereyan etmişti:

Sayigh ailesi, şu anda adlarını kendilerinin de hatırlamadığı bir dizi insana rüşvet vererek, Amerikan Üniversitesi'nin yanından inen merdivenlerin bittiği yerde, inşaatların arasındaki, henüz sahibi tarafından geri istenmemiş küçük bir arazide, söktükleri reklam panolarıyla bir ev yapmışlardı. Coca-Cola sağ olsun, Bekaa Vadisi'nden gelen ailenin kıpkırmızı tenekeden bir evi olmuştu Beyrut'ta. Üç küçücük, minnacık çocuk, bitkin bir hayalet gibi kendini oradan oraya atan köpekleriyle oynuyorlardı bahçede. Köpek bu zavallı çocukların tek neşesi olduğunu bilir gibi peygamber sabrı gösteriyor, mıncıklanmaya karşı hiç ses çıkarmıyor, çocukların acı bilmeyen insafının önünde neredeyse baygın yatıyordu. Tenekeler içinde bir asma, bir de zeytin ağacı vardı. Betonun üzerinde inşaatlardan kazılıp alınan, biriktirilen toprakta kısa zamanda bir muz ağacı büyütülmüştü. Evin hanımı, herkesin nicedir anlattığı, nicedir beklediği Zeynab Hanımefendi'nin geldiğini görüp Coca'nın A'sından dışarı çıktığında yüzü umuttan darmadağındı. Hiçbir şeysiz insanlar, umutlanınca ağızları burunları bir tarafa kaçar, kadının yüzü de öyle, umut ve hayal kırıklığı korkusuyla güzelleşti.

"Zeynab Hanım?" diye sordu bağırarak. Zeynab Hanım daha başını "evet," demek için sallar sallamaz, koşup geldi. Karşı karşıya durduklarında tereddüte düştü, sustu, bir anda oldu bütün bunlar ve alıp Zeynab Hanım'ın elini iki elinin arasına, ne yapacağını bilemediğinden oldu muhakkak, öptü.

***

Zeynab Hanım uykulu hıçkırıkları arasında sadece, "Etim kum olsun... Kül... Küf olsun... Dökülsün. Kopsun, koptuğu yerden bir şey büyümesin... Elimden tiksindim. Anladın mı?" diyebildiği için Setanik olayı çok az bir yanılma payıyla tahmin edebilmişti. Zeynab Hanım, yüzü giderek bir ihtiyar erkeğe benzemiş uyurken Setanik ona bakmış, uyandığında uyuduğunu unutmuş ve ayılmış olarak bağırarak şöyle demişti:

"Onların ekmekleri çöplerin yanında. Çöp yiyorlar aslında. Ama onlara bunu anlatamayacak kadar bitkinim. Yaşlandım artık. Hem söyle bana, ihtiyar olmayıp genç olsam ne yapacağım? İnsanların çöpten topladığı ekmeği de elinden almak ister gibiyiz. Solcuları öyle görüyorlar. Onlara diyoruz ki: 'Koy o ekmeği geri. Biz sana daha onurlu, daha eşit ekmek vaat ediyoruz.' Niye inansın? İnsanlık tarihinde bir kere bile eşit dağıtılmış mı bu ekmek? Dağıtanı sağ bırakmışlar mı? Niye bu acayip hayal için yiyebildiği ekmeği bıraksın?

Ne yapıyorlar şimdi? Şu Müslümanlara dikkat et! Hiç "eşitlik," demezler. Onlar "adalet" ister. Ne olduğunu Allah bilir, adalet istiyorlar durmadan. Eşitlik isteyemezler çünkü eşitlik isterlerse ekmek meselesi çıkar ortaya. Dikkat et! Sadece adaletten bahsederler. Niye? Nasıl bir adalet? Kimse söylemiyor bunu. Ama kitapları var! Allah kahretsin ki kitapları var! Allah'ın kitabı! Eskiden bizim de bir kitabımız vardı! Gerçek şudur Setanik: Kitabı olan kazanır!"

Ve bir kahkaha attı Zeynab Hanım, manasız:

"Ha ha ha... Hiç değilse bizim sakallı, onlarınkilerden daha sevimliydi!"

Galiba Marx'tan ve mollalardan bahsediyordu...

Jetawi Hastanesi'nin yanından inen yokuştaki apartmanda bir daha kimseye anlatılmayan, iki kişiden başka kimsenin bilmediği tek sır bu değildi.

Nâsır'ın kendini Marwan'a borçlu hissetmesi aslında epey sıkıntılı bir durumdu. Zira bir insanı herkesin korkulu rüyası olan Suriye gizli servisi *Muhabarat*'tan kurtarmış olmak, hiç değilse işgal bittikten sonra pek de söylenip övünülecek bir şey değildi. Böyle konular ancak Marwan'ın yeraltı dairesinde konuşulabilirdi. Bu yüzden Nâsır gece geç saatte ağzı sigaradan çamur gibi, bundan bir yıl kadar önce Marwan'ın dairesine inmişti, son çare olarak...

***

"Burj Hamud'da biri konuşmuş olmalı. Anasını satayım, bırakmadı peşimi bu mesele."

"Hangi mesele *muallim*?"

"*Haji*, bir kere yönünü kaybettin mi, öldür Allah izin vermiyorlar yolunu bulmana."

Nâsır o gece hikâyesini biraz süsleyerek, ama İsrail'e çalışmadığına Marwan'ı tamamen ikna edecek şekilde anlattı. Kesinlikle pusula kırılmıştı! Ne ki Burj Hamud'da kim konuştuysa *Muhabarat*'a Nâsır'ın bir zamanlar İsrail ajanı olduğunu söylemişti. Mahalleye gelip soruşturduklarını Ayşe görmüştü. Günlerce ağladı Ayşe. Herkes bilirdi ki *Muhabarat*'ın aklına düşen, kısa sürede eline, sonra da bir bilinmeze düşerdi. Nâsır'ın ölüsünü bile bulamayacaktı ve her şey sanki hiçbir şey olmamış gibi olup bitiverecekti. Nâsır da her gün gazetelerde çıkan, "İsrail ajanları yakalandı," haberlerinden biri oluverecekti. Ayşe bu sözleri tekrar ede ede bu kadar çok ağlamasa, belki Nâsır, Marwan'a gitmez veyahut birkaç gece daha sıkıntıyla beklerdi.

"Ne yapacağız *haji*?"

"*Muallim*, sen o işi bana bırak," demişti Marwan, "bazı tanıdıklar var." Yine de Nâsır'ı *Muhabarat*'a çalışmadığına ikna ederek göndermişti. Nâsır'ı bir daha hiç kimse soruşturmadı. Ama o gece Nâsır, Marwan'ın *Muhabarat*'tan olduğunu, Marwan, Nâsır'ın bir gün yolunu şaşırdığını düşünerek uyudu.

İşte bütün bu sırları, bu kitabın yazarı dahil olmak üzere herkes biliyor ama elbette kimse oturup bu meseleleri konuşmuyordu.

Birbirimize sözler verip birbirimizden sözler almamızı engelleyen bir kişi olarak Beyrut'ta tam bunlar olurken, tıpkı yıllardır olduğu gibi, Meclis'teki bütün siyasi gruplar Ulusal Güvenlik Stratejisi'ni belirlemek üzere *Ulusal Görüşme* başlığı altında toplanmaya çalışıyordu. Toplanıyorlar ama hiçbir karar alamadan ve sadece liderlerin birbirleri hakkında "yanlış" konuşmaması üzerinde uzlaşarak ayrılıyorlardı. Herkes herkesin sırrını biliyor ama kimse bunlardan bahsetmiyordu.

Filipina ise Hamra Caddesi'ndeki Saint Francis Kilisesi'nin bahçesine kendi sırlarını biriktirmeye başlamak için giriyordu. Bize kalırsa bütün bu anlatılan sırlardan daha ilginç ve heyecanlı olan hikâyesi başlamak üzereydi.

6

"Dur bi dakka, şu kızı da alalım."

Ziad, toplantıyı ekip çıkacakları gizli maceralarına "gösteri maymununu" aniden böyle ekleyince bir önceki gün Deniz'in karnına düşen neşeli tohumun tıp tıp atışı durdu. Köşede bir sandalyede numarasını beceremediği için cezalandırılmış cambaz çocuklar gibi iki büklüm oturmuş "kod adı Fatima", öğlen dışarıda yemek davetine sevinse bile, bunu gösteremeyecek kadar kendi karanlığına gömülmüştü. Bugün başında şapkası değil, muhtemelen eskiden örttüğü gibi siyah örtüsü vardı. Ziad'ın yumuşacık ve kısık sesli Arapça sorusunu, çantasını derhal alıp ayağa kalkarak cevapladı. Üçü böylece yola koyuldular.

"Ben diyorum ki biraz da turistik faaliyet gerekiyor bize. Yani yemekten önce mesela... Müzeye gidelim."

"Gidelim," dedi 'kod adı Fatima.' Deniz bir şey demedi, ellerini yalnızlıktan cebine soktu. Sadece peşlerinden giden biri gibiydi. Başka seçeneği yokmuş gibi, takıma sadece bir çocuk daha lazım olduğu için alınan, "fasulyeden" gibi...

Kadın, bir adım gerisinde kaldı Ziad'ın. Deniz tam onun yanına ulaşınca başındaki örtüyü açıverdi. Saçlarının topuzunu sonra. Salladı boynunu. Biçimsiz, taranmamış, neredeyse vahşi saçları çıktı ortaya. Deniz bakmalı mı? Hiçbir şey olmamış gibi mi yapmalı? Kadın Deniz'e baktı, saçlarını elleye elleye, "bakabilirsin," demiş oldu.

Saçları görününce kadının, kız kardeş oldular aniden. Aralarında duran, çocukluklarından kalma, konuşmadan birbirine uzun uzun bakma becerisini engelleyen örtü-cam-duvar kalkmış oldu. Gözlerinin çarpıp geri döndüğü, kadınları birbirlerine değil, dönüp kendilerine, kendi gibilere döndüren bir cam duvar... Kendine de şaşırarak Deniz, saçlarına dokundu kadının, kısacık, yine aniden. "Kod adı Fatima" daha önce görünmemiş bir yüzüyle gülümsedi:

"Sıkıldım!"

İki elini iki yana açtı. Örtüden değil, örtüsünün onu saklamaktan ziyade bu toplantı için bir "gösteri maymununa" dönüştürmesinden sıkıldığını söylüyordu. Başka da bir şey konuşulmadı.

"Ben diyorum ki, şimdi öyle alışveriş merkezi gibi Louvre filan, canımız sıkılır. Şöyle küçük bir şeye gidelim. Ortaçağ Müzesi'ni düşünüyorum."

Arkasını dönmeden konuştu Ziad. Kararlı bir kaptan gibi dümeni çevirirken, kadınların arkada kalmaları gerektiğini, sırtındaki sessizlikte neşeli, iyi, güzel bir şeyler olduğunu hissedebiliyordu. Sessizce yürüdüler ve Deniz, kod adı Fatima olan ama eski ismine birkaç metre yan yana yürüdükten sonra geri dönen Rola'nın aynası oldu, saçlarını düzeltti. "Şurası kalkmış, bi' dakka... Yok şurası... Hah, şimdi oldu." Parmakları, kadınları erkeklerden saklamaktan çok, kadınların kardeşliğini ortasından ikiye bölen başörtüsünün yapıştırdığı, kaldırdığı, tülüş tülüş elektriklendirdiği saçlarına dokundukça Deniz, bağlandı Rola'ya. Saçları kolonya gibi, temizlik çiçeği gibi bir şey kokuyordu. Rüzgâr estikçe saçların saklandıkları yerde birikmiş kokusu geliyordu burnuna. Ziad, sesleri duydu ve hiç sesini çıkarmadı.

"Evet burası! Hanımlar, sanıyorum Paris'te en çok görmeniz gereken yer burası. Ortaçağ Müzesi!"

Ziad, ikisini de azar azar huysuzlaşan kız çocuklarını tatlı tatlı idare eden, maharetli bir baba gibi Ortaçağ vitraylarından, tahta ve taş heykellerden, hayret spotlarıyla aydınlatılmış, cam kutularda böyle sergilendiklerini görseler Ortaçağ kadınlarının çok güleceği kapkacaktan geçirerek yukarıya çıkardı.

"İşte burası: 'Hanımefendi ve Boynuzlu At!'"

Bir eli Deniz'in kalçasına eğim verdirecek kadar aşağıda, bir eli Rola'nın sırtının kardeşlik bölgesinde, ikisini de müzedeki bu özel bölmenin karanlığına bırakıverdi. Altıgen bölmenin yüksek ve geniş duvarlarını kaplayan altı dokuma, böylece iki kadını da kavrayıverdi. Sessizlikte küçük bir müzik başlar gibi, her biri ağarmış kırmızı dokuma zemin üzerine ilmek ilmek örülmüş altı tasvir göründü. Bir kadının altı duyusunu anlatan dokumalar birbiri ardına...

"Şimdi şöyle, bu dokumaların kim tarafından, ne zaman yapıldığı bilinmiyor."

Ziad ezberden, elleri cebinde, anlatmaya başladı:

"Dönemlerine göre görülmemiş şeyler. Yani var olmaları mantıksız. Rilke'den George Sand'e kadar herkes haklarında bir şey yazmış ama sırrını çözen yok. Tat, koku, dokunma, duyma, görme... Genç hizmetçisiyle birlikte duran 'Hanımefendi' -ve hakikaten büyülü bir yüzü var, akıl almaz bir yüz- hayvanlarıyla birlikte bu duyuları temsil ediyor. Fakat..."

Deniz, Ziad'ın gürültüsünü duymaz oldu bir süre sonra. Omurgasının içine işleyen hayret, disklerini kaydırarak onu odanın tam ortasındaki banka yığdı, yüzünü ellerinin arasına aldı. "Hanımefendi"yi çevreleyen hayvanlara baktı: aslan, maymun, kuşlar, tavşan, köpekler, sansarlar ve boynuzlu bir at. Bir erkeğin bu dokumaları ona açıklamasına gerek yoktu. Bu "şey", her ne ise, kadınlığı anlatıyordu. Rola, sessizce yanına ilişti. Ziad hâlâ konuşurken:

"... mesele şu ki, altıncısının sırrı bilinmiyor. Bakınız tepesinde ne yazıyor: *Mon soul desir*. Bu, 'ruhumun tutkusu' mu demek, 'tek tutkum' mu demek, yoksa 'tek isteğim' mi? Sanat Tarihçileri emin olamıyor."

Deniz ve Rola, birbirlerine hiçbir şey söylemeden parmaklarıyla dokumalardaki ayrıntıları işaret ederek birbirlerine, "tat"tan, "dokunma"dan, "duyma"dan, "görme"den geçtiler.

"Dokunma"da, "Hanımefendi" bir eliyle atın boynuzunu, bir eliyle bayrağını tutuyordu. Savaşa gidecek gibiydi ve hayvanları sessizce emrini bekliyordu. Yüzü kaybedecek ya da kazanacak gibi görünmüyordu, gitmesi gereken bir savaş vardı ve su gibi duruydu dokuma teni.

"Tat"ta, bütün hayvanları elindeki üzümleri almak için bekliyor ve o bir şahini besliyordu ağır ağır. Beslediği için anne ışığı vardı yüzünde. Etrafındaki çiçekler daha çok, daha çok açmıştı.

"Koku"da, hizmetçisinin sunduğu karanfillerden bir taç yapıyordu, boynu kokunun zarafetiyle bükülmüş biraz. Boynuzlu at, aslan, maymun, hepsi onunla birlikte öğreniyor koklamayı o sırada. Ama "Hanımefendi" sadece karanfillere bakıyor, olduğu yerde, başka yerde değil.

"Görme"de, oturmuş, elinde bir ayna, boynuzlu ata aksini gösteriyor. Kederli yüzü. Görmek iyi değil çünkü biliyor, atın koşması bozulacak kendini gördüğünde. Vahşi kediler, tavşanlar, tilkiler yine etrafında... Belki onlar da kendilerini görsün istiyor, belki de hiç istemiyor hayvanlarının yürüyüşlerini unutmalarını. Bütün bu tasvirler, ağarmış kırmızı zeminin üzerindeki koyu yeşil-koyu lacivert bir adada olup bitiyor. Ötede. Yokyerde. Kadının içinde. Bilmeyecek ne var? Anlaşılmayacak ne var? Hangi sır? Bir kadının kalbi daha ne kadar açıklanabilir!

Rola da, Deniz de bildi. Bildiklerini birbirlerine gösterip ağır ağır, başlarıyla sessizce onaylayıp birbirlerinin hayretini, Ziad'ın yanında durduğu, beşinci dokumadan sonra gelen altıncı dokumaya döndüler kayarak. İkisi de doğruldu yerinde yeni bir hayretle. Bir çadır, aslan bir ucundan, boynuzlu at bir ucundan tutuyor, açmışlar çadırın perdesini. Hizmetçi, "Hanımefendi"nin önünde diz çökmüş, elinde bir sandık, içi mücevher dolu. Kadın mücevherlerini çıkarıp içeri mi giriyor, yoksa dışarı mı çıkıyor mücevherlerini takıp? Hayvanları; köpekler, tavşanlar, kuşlar, maymunlar, keçiler hareketsiz, donup kalmışlar, ne olacağına bakıyorlar.

"Şimdi buradaki mesele şu..."

Ziad'ın sessizliğe uymayan sesini koyu bir sesle kesti Deniz:

"İçeri mi giriyor, dışarı mı çıkıyor? Küsüp kendine kapanmaya mı karar veriyor? Yoksa hayata devam mı ediyor?"

"... Hımm, tabii o da sorulabilir ama..."

İkisi de dinlemediler Ziad'ı, Deniz Rola'ya baktı cevap için. Başka bir soru, örtüsüyle, örtünmekle ilgili bir soru sorduğunu anlatmak için, son derece düzgün duruyor olmalarına rağmen, Rola'nın sırtındaki bir tutam saçın yerini değiştirerek. Rola kederle çatlamış bir gülümseme verdi Deniz'e, 'Yapma,' der gibi. Deniz kendi küçük zalimliğinden utanıp susmuştu ki neredeyse bir öğretmen sevimsizliğiyle sordu Ziad:

"Evet ne diyorsun Rola?"

Bir kere daha bir "gösteri maymunu" gibi hissetmekten mi, yoksa hakikaten cevabı bilmediği için mi, ne Deniz ne Ziad anladı bunu, Rola'nın gözleri doldu.

"Sence Deniz?"

Bu kederli kız kardeşinin yanında mı dursa, adını Ziad'ın sesinden duyunca karnının içinde kıpırdayıp kendini hatırlatan, neşeli tohuma mı yenilse?

"Bence dışarı çıkıyor. Üstelik bu son dokuma değil. Bu ilki. Öteki dokumalarda hep mücevherleri olduğuna göre, tüm cevherlerini takıp dışarı çıkıyor, dokunmak ve tatmak için. Çünkü..."

"Saat kaç?"

Rola hangi ara yüzüne yerleştiğini ne Ziad'ın ne de Deniz'in gördüğü, buz gibi bir yabancılıkla sordu.

Saati söyledi Ziad, daha çok sorar gibi, "Neden?" diye.

"Namaz vakti geliyor. Ben otele dönüyorum. Siz devam edin. Sonra karşılaşırız nasılsa."

Ne cevap bekledi, ne de ikisinden birinin yüzüne baktı. Odanın kapısından çıkarken eli çantasından başörtüsünü çıkarıyordu. Deniz'in aklından kâğıt kesiği gibi bir şey geçti. Kardeşlikleri başlangıçta Allah'la bölünmüştüyse şimdi de ölümlü bir erkek, hatta kendisinin ölümlü zaafı yüzünden dağılmıştı.

Suçlu sessizliğini Ziad neredeyse neşeli bir sesle bozdu:

"Böyle bir sahne yazmayı düşünüyordum."

"Efendim?"

"Bir kitap yazıyorum da... Yani benim beklediğimden daha enteresan olduğunu kabul..."

"Ne diyorsun sen?"

"Enteresan değil miydi sence?"

Deniz çantasını ve omurgasını toparlayıp, içinde hâlâ kıpırdanan tohumu küfürlerle azarlayarak dışarı çıktı. Ziad peşinden...

Akıllı bir adamdı, hiç ses çıkarmadan, nereye yürüdüğü hakkında hiçbir fikri olmayan Deniz'i takip etmeye başladı. Deniz, peşindeki adamı yıldırana kadar sessiz kalmaya, yürümeye devam edecekti. Öyle karar verdi.

Bu kadar hızlı yürüyebildiğine şaşıyordu. Ziad'ın onu takip etmekten vazgeçmemesine. Sinirli bir kadın olabilmesine. Çok sinirli ve bundan utanmayan bir kadın. Savaşa gider gibi. Yürüdükçe göğüs kafesi açıldı, arkasında bir adam olduğunu bilmek onu daha da güçlü yapıyor gibi. Yürüdü, yürüdü, yürüdükçe öfkesini sevdi, ayaklarından, açılan göğüs kafesinden öfkesinin perde perde kalkıp tül gibi havaya dağılmasını, yürüyüşünün ancak öfkesi dinerken yavaşlamasını ve hiç arkasına bakmamasını... Yürüdükçe rüzgâr çoğaldı, gerdanı açıldı, oraya güzel şeyler, güçlü şeyler doluyor gibiydi. İçi hayvanlarla doluyor gibi, herbirinin sesini, kokusunu duyuyor, dokunuyor, görüyor gibi. Büyüyor gibi gövdesi, önüne çıkan şeyleri devirecek sanki. Saçları uçuştukça güzelleşiyor, rüzgâr içinde dolanıyor gibi. 'Dışarı çıkıyordu' diye kendi kendine üç kere tekrar etti, 'Tabii ki...' Yürüdükçe daha çok ikna oldu ölü derisinin soyulduğuna ve nefes aldığına gözeneklerinin. Yürüdükçe...

"Hassiktir!"

Deniz, Ziad'ın sesine döndüğünde yüzünün artık gülüyor olduğunun farkında değildi. Ziad, televizyon satan bir dükkânın önünde, onlarca ekranda aynı haberi gösteren televizyonlara bakıyordu. Ağır ağır yanına yürüdü. Önceki an bitmişti, bu yeni bir andı. Yan yana durup izlediler. Ziad üç kere "Hassiktir!" dedi ve nihayet anlatmaya başladı.

7

Yazarımız ancak yoksullardan ve bahtsızlardan çalan, o çaldığını da gidip kumar masasında çarçur eden bir hırsızın anlayabileceği türden bir suçluluk duygusunu, ne istediğini henüz bilmeyen bir kadının kanına, anlattığı çalıntı hikâyelerle girmeye çalışarak unutmaya çalışadursun, Filipina'nın başına Hamra Caddesi üzerindeki Saint Francis Kilisesi'nde bazı tuhaf olaylar geliyordu.

***

"Burda olmaz! *Yalla! Yalla!*"

Zorlama çatılmış kaşlarıyla bekçi, kilisenin ön bahçesindeki taş bankların üzerinde birbirlerine pedikür yapan Filipinli kadınları kovmaya çalışıyordu.

Bütün bir hafta mavi, siyah, yeşil çöp torbalarının ve üniformalarının ayrılmaz bir parçası olarak sokaklarda dolaştırdıkları yorgun ve asık yüzlerine bir mola vermişti kilisenin bahçesini dolduran Filipinli kadınlar. Mutlu insanlara benzeyen bütün yüzlerini bu pazar günü için biriktirmişlerdi. Bütün kendi hallerini buraya, bu emniyetli kilise bahçesine, birbirlerine saklamışlardı. Bir arada oldukları için güçlüydüler ve o yüzden bekçi, iki elini yana açarken bir pişmanlıkla vazgeçiyordu fazla çatmaktan kaşlarını:

"Ama *habibi*, burada da yapılmaz ki bu iş!"

Sesi insafla kırılıyordu.

Kilisenin kapısından girerken Lynette, ucuz bordo rujunun dudaklarının kenarında biriktirdiği pütür pütür kalıntıları parmaklarıyla sıyırıp alırken, Filipina'nın beyaz eteğiyle bluzüne baktı:

"El Şaddai'den misin?"

"Efendim?"

Lynette Filipina'yı şöyle bir yeniden süzdü baştan aşağıya:

"Sen yeni misin *habibti*?"

"Evet, dört hafta oldu geleli."

Eliyle, "tamam o zaman" gibi bir hareket yaptı Lynette:

"E kızım El Şaddai'den değilsen niye böyle bembeyaz giyindin ki?"

Filipina kendi beyaz eteğiyle bluzuna bakarken, Saint Francis'in bahçesinden, gülüşen, aceleyle biriktirdikleri konuşmaları birbirinin üzerine boca eden kadınların arasından geçtiler. Kilise binasına girdiklerinde, açık arka kapıdan vuran ışığın cilalı gibi parlayan taş zemine düştüğü noktada konuştu Filipina:

"Teşekkür ederim... Beni kurtardığın için. Yani fillerden!"

Güldü ikisi de. Lynette, Filipina'nın saçını düzeltti:

"*Maaleş habibti! Tikrami!*"*

Lynette, Filipina'ya kendinin artık unuttuğunu sandığı bir haline bakar gibi baktı; zamanın geçmekte olduğunu söyleyen zalim bir aynaya bakar gibi.

"Boş ver bunları *habibti*. Bak!"

Kilisenin arkadaki gizli bahçesine açılan kapıyı gösterdi. Kapının ötesinden kadın sesleri damlamaya başladı taş zemine. Yürüdükçe damlalar büyüdü ve sonunda dev bir kuş kafesinden gelen seslere dönüştüğünde gürültü, Filipina ağzının açık kaldığını bilmiyordu:

"*Tfaddali*!** Al sana Beyrut'un bayraksız, lidersiz, silahsız tek cemaati!"

---

* Boş ver güzelim. Rica ederim.

** Buyrun!

Bir bahçe dolusu Filipinli kadın, çoğu otuzun altında, yüzlerceydiler, hep birlikte hareket ederek, durup birbirleriyle konuşup yeniden yürüyerek, bütün alanın döndüğü hissini yaratıyorlardı. En güzel giysilerini giymişler, çoğu bütün bir hafta yapmadan biriktirdiği makyajı bir güne sığıştırmış ve hepsi daha da, daha da neşeli olmaya çalışarak bahçeyi daha da çok, daha da çok dolduruyorlardı. Bahçe duvarlarının kenarına dizilmiş tezgâhlarda Filipin'den getirilmiş sebzeler ve meyvalar, taklit Louis Vuitton'lara, Armani'lere; Versace'lerin yaldızları, pişirilip getirilmiş Filipin yemeklerine, yemekler lastik ayakkabılara, satılık ayakkabılar küçük adımlarla birbiriyle karşılaşıp duran küçük kadınların yürüyen ayakkabılarına karışıyordu. Ön bahçedeki seyrek kalabalıktan kimsenin tahmin edemeyeceği, Beyrut'ta zaten kimsenin tahmin etmeye tenezzül etmeyeceği gezegen, birbirine dokunan, tutan, öpüşen, sarılan kadın gövdelerinin birleşmesiyle oluşuyordu, oluşarak dönüyordu.

"Ester *habibti*! Esteeer!"

Lynette, hep birlikte hareket eden kalabalık çemberine, "Ester" adlı ucundan eklenirken, hiç sormadan Filipina'nın da kolundan çekti. Şimdi onlar da gezegenin içindeydi.

"Bak bu Filipina... Beyaz giydiğine bakma, El Şaddai azizelerinden değil. Yeni burada. Eee, okudun mu kitapları? Dediğim kadar var mıymış?"

Ester çantasından beş tane küçük kitap çıkardı, dudaklarını bükerek:

"*Valla habibti*, bunların hepsi aynı, bilmiyor musun sanki? Filipinli hizmetçi kız ve patron, en iyi ihtimalle patronun yakışıklı, şımarık oğlu."

Filipina, ikisinin elleri arasında gidip gelen, kapaklarında hep dalgalı saçlı kadın ve yakışıklı adam resimlerinin olduğu küçük kitaplara baktı.

"*Precious Hearts* serisi *habibti*! Burada hayatta kalmak istiyorsan bunları sevmek zorundasın. Yoksa düşünmeye başlarsın ve sonunda benim gibi olursun!"

Lynette ve Ester gülmeye başladılar, hafta içi alışkanlıklarıyla ağızlarını kapatarak.

"Hadi al bakalım bir tane. Sen de okuma grubuna katıl!"

Filipina, üzerinde en romantik harflerle, "*Precious Hearts* sunar... Kristine Serisi... Çok satan kitap!!! 20 milyondan fazla sattı!!!" yazan kitabı alıp nezaketen karıştırmaya başladı. Yarı İngilizce yarı Tagalog yazılmış kitabı çantasına koymak için Ester ile Lynette'in konuşmaya dalmalarını bekledi.

"Eee Felly'nin yaş günü nerede?"

"Nerede olabilir sence?"

"Off, yine mi Lamasta?"

"Neresi olacaktı Lynette, Hotel Phoenicia'nın *roof*'unu mu arzu etmiştiniz?"

Güldüler.

"Bak Filipina, her hafta sonu mutlaka birinin yaş günü olur. Yemek yenir, Lamasta'da -ayinden sonra gideceğiz, sen de gelirsin- karaoke yapılır ve dans! Ne dersin? Tabii mümkünse, gelecek pazar El-Şaddai ekip başı gibi gelmezsen iyi olur."

Tekrar güldüler.

"Aaa unutuyordum. El-Şaddai meselesi. Hımmmm... Bak, bak! İki tanesi orada duruyor."

Kilisenin arka bahçesine açılan kapıda, konuşan, gülüşen, şakalaşan, gürültü eden kalabalığa cezalandırılmış çocukların oynayan çocukları ayıplaması gibi bakan iki kadını gösterdi Lynette. İkisi de tıpkı Filipina gibi bembeyaz giyinmişlerdi.

"Gördün mü? İşte bu yüzden seni şey sandım..."

Filipina iki asık yüz arasından gülümseyen, iki kadını omuzlarından tutarak içeri sokan, bembeyaz giysili ihtiyar kadının yüzünü gördü. Beyrut'a geldiğinden beri ilk kez böyle çıktı sesi, heyecandan kısılarak:

"Peki o... O kim?"

"İhtiyar mı? Mary. Otuz yıldır burada."

"Otuz mu?!"

Filipina, bu şehirde ilk kez böyle acele ederek, koşarak içeri giderken, "Ayinde görüşürüz," diye bağırdı Lynette'e. Lynette de ona:

"Gecikme, klimaya yakın yer kapamazsak..."

Sonunu duymadı Filipina. Kilisenin odalarından birinde kaybolmakta olan beyaz eteklerin izini son anda yakaladı. İhtiyar kadın tam kapıyı kapayacaktı ki tuttu kapıyı:

"Bir dakika!"

"Ah *helwi*,* grubun yeni üyesi sensin demek? Giyinip hazır gelmen iyi olmuş. Böylece bugün..."

Filipina, elinin yaptığını sonradan fark etti. Kadının koluna yapışmıştı:

"Bir dakika!"

"Ne oldu *helwi*? İyi misin?"

"Siz... Mary?.. Ben Filipina..."

"Evet *helwi*?"

Odanın içindeki beyaz giysili on kadın, yaşları otuzdan altmış küsura kadar değişmekle birlikte aynı gözlerle baktılar Filipina'ya. Herkes onun ne diyeceğini dinledi. Filipina kadını dışarı çekti, kekeleyerek konuştu:

"Benim annem... Annem benim... Sizin gibi yani, benim annem de buraya otuz yıl önce gelmiş..."

Boğazı çözüldü ve anlattı:

"Siz savaşta burada mıydınız? Annemin adı Michelle. Tanır mıydınız? Belki görmüşsünüzdür. Adı Michelle annemin. Bana benziyormuş yüzü... Gözleri hariç."

İhtiyar kadın Filipina'yı iki kolundan tuttu. Yüzünde çok şuruplu olduğu için iç bayıltan bir gülümseme vardı. Gözleri cam gibiydi. Hiçbir şey görmüyormuş gibi:

---

* Tatlım.

"Evet, ben savaşta buradaydım canım. Michelle mi dedin? Dur bakiim. Çok zaman oldu tabii... Üzgünüm *helwi* ama..."

"Ama savaşı hatırlıyorsunuz, değil mi? Yani burada kaç Filipinli kadın vardı ki zaten o zaman?"

"Bilemem ki *helwi*."

"Ama savaşta buradaydınız? Savaş..."

"Off çok kötü günlerdi..."

Filipina lafın gerisini kadının ağzının içine girip almak istedi:

"O kadar kötüydü ki, her gün saat 2 ile 5 arasında ateşkes yapıldığı için koşturup benzincilerden, okullardan su almak zorunda kalırdık. Çok kötüydü."

Ve bitti.

"Ama Tanrı o günden beri bana yardım etti. Çok çalıştığım için, çok şükrettiğim için..."

İhtiyar kadın başka bir dünyaya geçti. Filipina'nın yüzü anlamsızlık ve hayal kırıklığıyla bozuştu.

"Bir dakika," dedi yeniden, kadının kolunu tuttuğuna inanamıyordu ama bırakamazdı da:

"Yani siz savaşta... Yani başka bir şey görmediniz mi?"

"O zamanki 'madam'ım *helwi*, evden çıkmamızı istemezdi. Su almak dışında tabii. İyi de yapmış, bak bugün yaşıyorum. *Helwi*, adın... Filipina demiştin değil mi? El Şaddai'ye katılmak istemez misin?"

Eliyle odanın içini gösterdi ona. Bir org bütün bu konuşma boyunca olduğu gibi bıkkın bir ritmi kendi kendine çalıyor, kadınlar getirdikleri yiyecekleri masaların üzerine yayıyor, bir yandan *Scrabble* için bir tahta kuruluyor, bir yandan da sanki dışarıda bir hayat yokmuş, hepsi küçük kız çocuklarıymış gibi, hiç acı çekmiyorlarmış gibi gülüşerek birbirlerine birazdan söyleyecekleri ilahilerin sözlerini ezberletiyorlardı. Temizdiler, tertemiz. Yaşamıyor kadar temiz. Güldüklerinde, taş bir binanın içine kilitlenmiş bir kız çocuğunun kahkahası yankılanıyordu.

Filipina, kabuğunun içine çekilen bir salyangoz gibi uzaklaştı kapıdan, kayarak sıyrılıp çıktı. Başına ne geleceğini bildiğinden değil, sadece karnından bir şey bunun, bu beyaz giysilerin, bu kadınların ne annesiyle ne de onunla ilgisi olduğunu söylüyordu, hiç söylemeden. Hayatta kalmaktan, tertemiz kalmaktan başka şeyler istediği bilgisi incecik bir filiz gibi içinde kıpırdıyordu.

"*Habibti*, Kutsal Bakire'ye karşı şakır şakır terleyeceğiz senin yüzünden. Hadi acele etsene!"

"Gidelim," dedi Filipina, Lynette'e ve Ester'e hayretle dudak büktürüp kaş kaldırtacak kararlılıkla. Tören başladığında klima bozuktu ve üzerindeki kutsal giysinin yakaları kendisine çok büyük geldiği için yüzünün yarısı görünmeyen Filipinli bir adam, elinde uzaktan kumandayla, çarmıha gerilmiş alçıdan Yüce İsa'yı bile bunaltacak şekilde, "diit diiit diiit" sesler çıkararak, salondakilerden bağımsız olarak, elektronik bir ibadeti eda etmek zorunda kaldı. Kadınların hepsi yelpazelerini çıkardılar. Sadece Filipinli kadınlardan oluşan cemaat, başları bıkkın, yanlara eğik, bazısının inançla gözleri kapalı, bazısı sakız çiğner gibi, ilahileri söylemeye başladılar. Arada kimileri cep telefonuyla mesaj atıyor, muhtemelen bir erkekten mesaj gelince yanındakine gösteriyordu. El yazısıyla yazılmış ilahinin sözleri tepegözle kilisenin sol duvarına yansıtılmıştı.

"*Şartlara bağlı değil / Kollarımın ve sesimin gücü / Nasıl hissettiğime bağlı değil...*"

El-Şaddai grubunun inançlı üyeleri, cemaatin gittikçe yayılan seslerini toparlamaya, aşka getirmeye çalışıyor, ama yorgunluk bütün sesleri, Tanrı'nınkini bile bastırıyordu:

"*İman ettim, şad olacağım!*"

Gözlerini kapatıp daha çok inanmaya çalışan kadınlardan birinin telefonu çaldı:

"Evet madam. Tamam madam. Tamam madam. Evet madam."

İlahi bağırdıkça bağırıyordu:

"*Şartlara bağlı değil...*"

Ve cep telefonunu kapatınca kadın, eve ne zaman gideceğine ya da ütüyü fişten çekip çekmediğine dair bir sıkıntıyla ilahiye katılıyordu:

"*Şad olacağım!*"

Filipina ilahiyi hiç söylemedi. Tören boyunca El-Şaddai üyelerinin başlarında naylon dantellerle ilahileri sanki zaten ölmüşler de cennettelermiş gibi söylemelerine baktı. Bu kadınlardan hiçbiri annesini tanıyor olamazdı. Annesi onların arasında değildi. İyi ki de...

"Off!.. Hiç bitmeyecek sandım."

Lynette'in göğsünü çiğneyen sıkıntının basıncıyla kilisenin kapısından neredeyse fışkırarak, önlerine gelen bağış sepetine de para atmayı utanmazca reddedip, kilisenin arka kapısının karşısındaki sokağa girdiler.

Girişte bekleyen, dar penyeler ve taşlanmış kotlar giymiş, aç, koyulaşan gözlerle kızları izleyen adamları görünce kerhaneye; dükkânın girişinde sıralanan bilgisayarları ve kulaklıklarıyla "chat" yapan Filipinli kızları gördüğünde internet café'ye; kızarmış balık kokusunu duyunca bir lokantaya; daha da içeriden gelen "karaoke" seslerini duyunca bir diskoteğe geldiklerini sandı Filipina. Lamasta adlı dükkân, hepsiydi.

Alçak tavanları, kirli beyaz floresanları, plastik sandalyeleri ve plastik çiçekleriyle hepsinin toplamıydı. İçeride en seksi giysileri, yapılı saçlarıyla Filipinli kızlar sanki sarhoşmuş gibi gülüyor, oysa sadece Tasco hindistancevizi sularını içerek plastik bardaklarından, dans ediyorlardı plastik ayakkabılarının dengesiz topukları üzerinde.

"Ama ben ona söyledim. Ne yap yap pasaportunu almaya bak dedim. Saf kız! Nerede şimdi?"

Lynette yüzünde kızgınlıkla karışık bir acımayla sorduğu soruya Ester'in yüzündeki daha derin bir acımayla karşılık alınca kendisi cevapladı:

"*Baabda*'da di mi? Ah! Ama ben ona söyledim."

Çığlık çığlığa bağıran ve salonun sonundaki dev ekrandan sözlere baka baka şarkı söyleyen kadın sesleri arasından Filipina ikisinin konuşmasına uzatınca kafasını, Lynette dönüp elini tuttu Filipina'nın:

"Pasaportun nerede? Madam'ında mı? Sakın bak! Sende olsun. Sonra şey olursa..."

Ester, Lynette'in elini tuttu bu kez:

"Korkutma kızı! Boş ver sen!"

"*Baabda* ne?" diye sordu Filipina. "Boş ver," dedi Ester karaokeyle ilgilenmeye çalışırken. Lynette, Filipina'nın kulağına eğildi:

"Hapishane. Filipinli kadınlar var. Berbat bir yer. Pasaportun nerede?"

Filipina büsbütün saf görünmemek için, "Bende," dedi ve önünde dans eden kızları izlerken aklından Zeynab Hanım'ın pasaportunu nereye kitlemiş olabileceğini geçirdi hızla.

"Bak tatlım, eğer giysi miysi bir şeye ihtiyacın olursa Akil Bros'a filan gitme. Bakma herkes oraya gider ama yine de en iyi mallar Sally'dedir."

Lynette yukarı katı gösteren onlarca okla süslenmiş, "Sally yukarıda" yazısını işaret etti.

"Bir derdin olursa önce ben, sonra Sally, o da yoksa Mryan. Beni tanıdığını söylersin."

Dantel bir tayt giymiş, gözlerinde menekşe renkli lensler olan az ilerideki bir genç kadını gösterdi:

"Mryan şuradaki. Sally burada pazarları tezgâh açar, hafta içi Haririlere çalışıyor. Mryan da Hizbullah'tan bir bakanın evinde. Canın *şopav*,* *kuçinta** ya da ne bileyim işte *sapin-sapin** filan

* Filipin'in yerel tatlıları.

isterse sokağın ilerisinde Natasha'nın dükkânı var. Manila Product. Oradan al."

Filipina aklını pasaport, dolap ve anahtardan alıp hızlı hızlı kaydetmeye çalışıyordu Lynette'in verdiği isimleri.

"Şuradakileri görüyor musun?"

Çok dekolte, çok dar giysili üç genç kadını gösterdi:

"Herkes onların '*gala-gala*'* yaptığını sanıyor ama iyi kızlardır. Ben olmazsam onlara takılırsın. Voleybol oynuyorsan iyi. Pazarları voleybol oyna. Buralarda oyalanmaktan iyidir. '*Philball*' diye bir ligi var kızların. Mahallelere göre takımını bulursun. Dolmuşları kilisenin arka bahçesinden kalkar. Gerçi..."

Gülmeye başladı kendi kendine:

"Bizim Gemma evde kendi kendine hayali smaç çalışırken gürültü yapıyor diye işten atıldı geçenlerde ya... Neyse... Bir de bunların sloganları çok matrak: 'Dostluğa ve birliğe hizmet ediyorum.' Hizmet etmeyi bırakamıyorlar yani. Pazar günleri bile... Ha ha ha... Bana bak!"

Filipina'nın kalabalıkta yüzleri, isimleri, olayları kaydetmeye çalışan gözlerini kendine çevirmek için omuzlarından tuttu Lynette ve ciddiyetinin abartılı olduğunun son derece farkında olsa da devam etti:

"El-Şaddai filan... Burada herkes aynı durumdadır. Hepsi eğer sikilmiyorsa ya da dövülmüyorsa 'çok şanslı' olduklarını düşünürler. 'Madam beni çok seviyor.' Saçmalık. Sakın unutma. Sen çalışıyorsun. Bazı madam'lar kendilerine 'Anne' dedirtirler. Sakın! Sakın bak! Sen burada çalışıyorsun ve eve gideceksin. Unutma!.. Anladın mı?"

Durdu. Sözcükleri çiğ eti dişleriyle çekiştirir gibi yırtıyor, boynu gerilerek yana doğru uzuyordu:

"Bana bak kızım, biz bu memleketin ortak günahıyız. Ve *burada kimse günahlarını hatırlamaz ama kimse alacağı intikamı unutmaz*. Çünkü..."

---

* Fahişelik.

Lynette, trenin son vagonu istasyondan ayrılırken bavullarını yere atıp omuzları yığılmış gibi baktı Filipina'ya.

"Lynette sen hangi okulda okudun?"

"Neden *habibti*?"

"Çok akıllısın."

"Bunları bilmek için okula gitmeye gerek yok *habibti*. Sen de öğreneceksin. Ya da belki..."

İkisi öylece, Lynette'in elleri Filipina'nın omuzlarında, kısa bir an için göz göze kaldıklarında arkada kızlar giderek daha çok bağırıyorlardı:

"*I'll survive! I'll survive!*"

Dar penyeli adamlar, nargilelerinin uçlarını dudaklarında ağır ağır gezdirerek onları izliyor, floresanların sinek dolu camları giderek daha çok pisletiyordu ışığı. Filipina pasaportunun nerede olabileceğini bilmiyordu.

"Hadi şimdi biraz eğlen bakalım!"

Lynette onu grubun içinde bağıra bağıra, terleye terleye dans eden Ester ve kızların ortasına attı.

Beyaz elbiseleriyle giderek daha albino Filipina. Gözünü kapattı. Müziği dinlemeye çalıştı.

"*Şartlara bağlı değil... I'll survive! Şad olacağım! I'll survive!*"

Hayır, Zeynab Hanım iyi biri. Ne yapsın ki pasaportu? Niye verdim ki? "Kaybedersin filan, burada güvende olur?" Ama nerede?

"*Nasıl hissettiğime bağlı değil... I'll survive!*"

Gözünü açtıkça salyaları nargile uçlarında uzayan adamları görüyor, kendine baksa beyaz eteğinin pasaportu veren saflığından nefret ediyor, Lynette'in bordo ruju başkalarının rujlarına karışıyor, masaların üzerindeki makarnalar uzadıkça uzuyor. Gözlerini kapasa annesinin ölmemiş olabileceğini düşünüyor, başında naylon bir dantelle onu ilahi söylerken görüyor, göremiyor, ağlamaya başlıyor. Lynette gözyaşlarını mı siliyor, yoksa eline bulaşmış rujunu yanaklarına mı sürüyor? Gözünü açsa kızarmış balıklar ve dünyaları yıkıldığı için gülüşmelerden yeni bir dünya kurmaya çalışan, plastik sandalyelere, tabaklara, pabuçlarına bata çıka eğlenen bütün o kadınlar gözünün içine doluşuyor. Gözünü kapasa başı dönüyor, anneannesinin ölürken, "Beyrut'a gitme. Annen dönemedi, sen de kaybolursun," dediği aklına geliyor. Gözünü açsa...

"Filipina!"

Omzunda asılı beyaz çantayı sıktı Filipina. Hışır hışır kâğıt seslerini duyunca yanağından sıcak bir avuç geçti. Marwan'ın eli, gözünün içinden geçenleri bilir gibi uzandı. Bağırarak şarkı söyleyen kızların arasından geçti Filipina. Marwan önden çıktı. Onun elleri cebinde, ikisinin de başı önündeydi. Marwan, bütün bir pazar günü onu Filipinlilerin gittiği yerlerde aradığını söyleyecek değildi.

8

Ne yağmur yağmıştı, ne de Paris bombalanıyordu. Sadece biraz evvel gördükleri, az önce olanlar, birbirlerinden haberdar oldukları, ama kendi başlarına hareket edebilecekleri bir mesafede durarak susmalarını gerektirdi. Kitapçıya sığındılar. Çünkü...

"Hassiktir!"

Deniz anlayamadı. Televizyon dükkânının vitrinindeki onlarca ekranda aynı görüntüler çoğalıyordu. Büyük bir kapıya beton döken adamlar, sonra kederden ihtiyarlamış, beyaz bıyıklı, yorgunlukla hareli bir adamın yüzü, öfkesi demini almış gözleri, sonra yine aynı büyük kapı, kapının önünde yine beton döken adamlar...

"Ne bu? Ne oluyor?"

"Bağdat! Bağdat kalbine beton döküyor."

Sesini duymadığı görüntüleri anlamaya çalıştı Deniz.

Camın arkasından şu haber geçiyordu:

"... kapılar kapanıyor. Bağdat'taki Irak Ulusal Arkeoloji Müzesi'nin kapılarına beton dökülüyor. 2003'teki işgalden beri eserleri yağmadan kurtarmak için çabalayan Müze Müdürü Donny George, başka çaresi kalmadığını açıkladı. George, kapılar betonla kapatıldıktan sonra ailesiyle birlikte Şam'a gidecek.

Müzeye gelen yetkililerin sadece İslam eserleriyle ilgilendiklerini söyleyen George, yağma konusunda dünyayı uyarmasına rağmen buna engel olamadığını vurguluyor..."

Camın bu tarafında Deniz'in aklına anlam veremediği bir görüntü sızmaya başladı. Göl... Balıklar... Paris trenine binmeden önce Saint James Parkı'nda oturduğu bank... Öfkeli, aç balık gözleri... Ekranda, uzaktan görünen insanların gözleri, o bulanık gölün görüntüsünü akıtıyor aklına damla damla şimdi. Karınları doysa da öfkesi doymayacak insanlar. Bir bulanıklık içinde sadece gözleri görünen. Deniz'in gözleri kendilerinkine benzediği için belki sadece ona görünen. Ekranın içinde onlarla değil, dışında olduğu için sanki onu...

"Bu yüzden örtünüyor işte Ortadoğu. Ne petrol, ne para. Betonla, peçeyle haysiyetini korumaya çalışıyor. Çocuk gibi..."

Ziad ekranlara değil, cama bakıyordu, görüntüler hızla geçtikçe parça parça görünen, bir görünüp bir kaybolan yüzünün yansımasına, belki ona bile değil, hiçbir yere bakarak konuşuyordu. Sanki bir yerden duymakta olduğu sözleri tekrar eder gibi:

"Ve ona haysiyetini geri vermeye söz verenlere çocuklarını veriyor, feda edilmeleri için. Bir çocuk görmüştüm, Afganistan'da, bombalanan evinin önünde ağlıyordu. Anası-babası ölmüş ve elinde yanmış bir Kuran. Kuran'a ağlıyordu. Başka bir şey. Allahlarını yağmalıyorlar. Ama mesele Allah değil. İnsanların kalplerini tarif edecek başka bir sözcüğü kalmadı. Bırakmadılar. İnsanların kalplerini yağmalıyorlar. Onlar da kalplerini kapatıyor. Hikâyelerimizi yağmalıyorlar. Kıra döke Asur tabletlerini nasıl kaçırıyorlarsa, hikâyelerimizi de bizden öyle kıra döke alıyorlar. Sonra geri kalan döküntüleri bize veriyorlar. 'Alın siz busunuz!..' *New York Times Bestseller* listelerine giriyor döküntülerimiz. Döküntülerimizi, Kızılderililere renkli camlar verir gibi bize geri veriyorlar."

Deniz'e döndü. Hayatta bir kere bile gülmemiş gibi baktı:

"İşte bu yüzden yazıyorum. Belki... Bu sefer... Olduğu gibi, okumak istedikleri gibi değil yani, olduğu gibi anlatabilirim diye. Hikâyenin yağmalanmış kısmı. Beni ilgilendiren bu. Onu geri almak istiyorum tarihten. Renkli camlarını iade edip, hikâyelerimizi geri almak istiyorum."

Deniz'in eli Ziad'ın omzuna doğru tereddüt etti. Silkelendi Ziad, kurtuldu. Hiç arkasına bakmadan yürüyenin peşinden gitme sırası Deniz'deydi. Kitapçıya girdiler. Sustular, ayrı tezgâhların önünde.

Hiç tutulacak gibi değildi Ziad, başka biri gibiydi artık.

***

"Bunu söylüyorum işte."

Deniz acele edip bu "barışma" ânını kaçırmamak için hızla gitti Ziad'ın yanına:

"Bak, işte bu."

Ortadoğulu ama yıllardır ülkesinde yaşamayan bir yazarın ülkesiyle ilgili İngilizce yazdığı kitabını gösteriyordu Ziad:

"Bak bakalım nasıl başlıyor?"

Deniz sorunun doğru cevabını ilk sayfada telaşla ararken, Ziad kardeşçe bir öfkeyle yineledi:

"Yok yok... İlk sözcüğü ne, bak bakalım."

"*Ben...*"

"Evet, '*ben!*' Bak bakalım bütün bu çok satan Doğu romanları nasıl başlıyor? Hiç zahmet etme ben söyleyeyim: *Ben!* Hepsi, birinin hikâyesini anlatıyor. Neden?"

Ziad'ın giderek tatlanan, Deniz'e yüzünün bu halinin ne güzel, ne insan gibi, ne yakın olduğunu düşündürten siniri cevap beklemiyordu:

"Çünkü *habibti*, hikâyelerini Batılılara anlatmanın tek yolu bu. Neden?"

Bu küçük söylev karşısında giderek eriyordu Deniz'in içi:

"Çünkü *habibti*, insanlar artık bir hikâye dinlemek istemiyorlar. İnsanlar artık bir sır öğrenmek istiyorlar. Birinin gizli saklı bir şeyini öğrenmek istiyorlar. Gizlice ona bakmak istiyorlar. Sonunda ne olacak? Bu adamın sırrı ne? Peki neden?"

Deniz her an öpebilirdi Ziad'ı ve aksi gibi ilk kez cevap bekliyordu Ziad. Zorla toparlayıp sesini Deniz, "Neden?" dedi:

"Neden olacak? Çünkü artık hikâyelerin içinde kaybolmak istemiyorlar. Çünkü bu onlara ne kadar yoksul bir hayatları olduğunu hatırlatıyor. Bu güvenlik içinde ne kadar zavallı olduklarını... Emniyetin onları ne kadar korkak yaptığını..."

Deniz'in rahmi sızladı.

Konuşurken etrafındakileri gösterdiği için, etraflarındakiler de sıkıntıyla baktıkları kitaplardan başlarını kaldırıp, delirmiş bir Arap daha olduğunu düşünerek, muhtemelen birkaç saniyeliğine ayıpladılar Ziad'ı. Aldırmadı:

"Ne Allah'a inanıyorum, ne de Ortadoğu'yu severim. Bir aptallıklar tarihi nihayetinde! Birbirinin gözünü oyarak körleşmiş toplumlar tarihi. *Tanrı'nın Ortadoğu'da icat edilmiş olması tesadüf olamaz. Çünkü orası günahlardan kurulu. Kimse günahını hatırlamıyor, kimse alacağı intikamı unutmuyor.* Ortadoğu'yu 'ben' diye anlatamazsın. Ama hayır! Hikâyelerimizin, Amerika'daki ev kadınlarının süpermarketlerden alabileceği hale getirilmesi gerekiyor. Yoksa ne? Yoksa hikâyen var olamaz. Sikeyim böyle hikâyeyi!"

'Allahım ne kadar güzel küfrediyor,' diye düşündü Deniz ve küfreden insanları ne kadar özlediğini hatırladı, şöyle içten, dolu dolu, hakkını vererek.

Ziad elindeki kitabı neredeyse atarak koydu yerine:

"Gidelim," dedi, kararlı, müteffikine tam güvenen bir komutan gibi.

Deniz, kendine şaştı. Ziad'ın anlattıklarına dair söyleyebileceği onca şey varken hiçbir şey söylemeyişine, artık pek konuşmamasına sessizce hayret etti. Rahmindeki sızı geçiyor, Oxford'da işlevsiz olan sözsüz gövdesini hatırlıyordu. Ziad, kendisinin de ait olduğu coğrafyadan büyük, koyu bir anakaradan kopmuş bir toprak parçası gibiydi. Onun yanında olmak anakaraya eklenmek gibiydi. Bu yüzden sessizdi. Oxford'daki masasının altındaki kadar sessizdi...

İttifak içinde yürüdüler. Birden değişip Ziad'ın sesi:

"Sandviç alıp parkta oturalım mı?"

"Oturalım."

Lüksemburg Bahçesi'nde, gri-mavi sandalyeleri çekip, havuzda sopalarıyla yelkenlilerini yüzdüren, tekneleri karşı kıyıya ulaşmadığında babalarını hatırlayan çocuklara bakarak sandviçlerini yediler bir süre. Öfkeden neşeye yol arkadaşlığını lokma lokma yuttular.

"... *yani* ben diyorum ki... *Yani*, eğer bir kitap yazılacaksa *yani* bu bütün dünyaya yazılmalı. Değil mi *yani*? Çünkü *yani*..." diye tökezleye tökezleye bitirmeye çalışırken cümlesini Ziad, ellerini iki yana açıp güldü Deniz:

"Amma çok *yani* dedin be Ziad!"

"*Yani*..." dedi Ziad, şaka olsun diye değil, ne diyeceğini bilemediğinden. Bu "*yani*" çukurundan çıkabilmek için neşeyle ve hızla çalıştırdı kafayı:

"Biz azgelişmiş ülke çocukları *habibti*, anlaşılmayacağımızdan emin olduğumuz için öyle çok '*yani*'li konuşuruz."

"'*Yani*" üzerine söylevinin girişini beğendiği için devam etti:

"'*Yani*'ler *habibti*, azgelişmiş ülke çocuklarını birleştiren küçük köprülerdir. Başka bir dilde bulsalar bile insanlar birbirlerini, o *yani*'lerle birbirlerine cansimitleri ile ulaşarak..."

O zaman gördü Deniz:

"Bu ne?"

Ziad'ın köprücük kemiklerinin biraz aşağısındaki, tüylerin çıkmadığı, küçük çukura parmağını koydu. Denemek için dokunuşunun etkisini, suçu ispatlanamayacak kadar kısa ama Ziad'ın yüzüne tatlı bir yumuşaklık yayacak kadar uzun tuttu parmağını orada.

"Yara gibi bir şey. *Yani* tam değil de... Hiç heyecanlı bir hikâyesi yok."

Hiç döndürmeden yüzünü, Deniz'de biriken merakın keyfini çıkardı Ziad lokmalarını ağır ağır çiğnerken:

"Söylesene işte."

"Kurşun yarası *habibti*."

"Hani heyecanlı değildi."

"Değil zaten. Küçükken her Beyrutlu oğlan çocuğu gibi kurşun, silah, güç, kavga, dayak... Bunlarla bozduğum için kafayı, bir kurşun takıyordum boynuma. İç Savaş boyunca ne zaman çatışma başlasa bodrum kata inmeyi reddeden manyak annemin psikolojimde yarattığı bir travma da olabilir *şekerim*. Sonra işte, zamanla orada öyle bir çukur oldu. Unuttum bile, görmüyor artık gözüm onu."

Deniz o yaralı yeri öpmek istedi, her kadın gibi, her erkeğin bir kadında yaralı yeri günün birinde öpmek istemesi gibi.

"Beyrut gibiyim yani hakkaten."

Güldü kendi kendine Ziad:

"Binaların üzerindeki kurşun deliklerini zaten hep varlarmış zannedersin bir süre sonra. Dekorasyonun parçası gibi *yani*."

Deniz'in gözünün oraya, köprücük kemiklerinin arasına takıldığını görünce terbiyesiz bir gülümsemeyle, yayvan devam etti Ziad:

"Her kadın mutlaka orayı öpmek ister eninde sonunda. Şimdiden söyleyeyim. Hissetmiyor, öpme yani boşuna."

İçinden tükürüklü bir 'Hassiktir' geçirdi Deniz, dışarıya ise sadece meydan okuyan, alaylı bir "Hıı" sesi çıktı. Havuza baktılar. İki gövdenin arasında, kimin önce çözüleceğini iki gövdenin de iştahla merak ettiği o oyun başladı böylece. O akşam ayrılırken kimse kimseyi öpmedi.

9

Yazarımızın, burada, Beyrut'ta olmasını hikâyenin kahramanları içinde isteyebilecek tek kişi Marwan olabilirdi ancak. Elleri ceplerinin içinde terlerken, Filipina'yı, biraz önce çıktıkları Lamasta'dan Korniş'e, deniz kenarına nasıl götüreceğini bilmiyordu. Bir yazar olsaydı onları yağ gibi akıtırdı Hamra'dan Korniş'e.

Doğrudan, "Korniş'e inelim mi?" diye sorsa? Hadi kızcağız ikna oldu diyelim, peki o zaman yol boyunca ne konuşulacak? Kıza güzel bir şeyler diyebilmeyi becerebilse ya da belki biraz önce olup biten o minnacık anla ilgili şöyle gediğine oturan bir cümle edebilse... Ne güzel olurdu kim bilir!

Ama güzel olmadı. Zira yazarımız, tıpkı okumuş-yazmış her insan gibi bir ömürde birçok hayatı varmış gibi yaşarken, Marwan tek bir hayatı, çok şanslı gününde bile tek bir şansı olduğunu biliyordu. Bu yüzden, avuçları ceplerinin içinde sırılsıklam, bilebildiği tek şeyi yapıyor, sessizliğin onun şu anda en büyük düşmanı olduğunu derhal anladığı için sadece bildiği şeylerden bahsediyordu.

"Bak şimdi bu çok komik. Geçen yıl mıydı, neydi?"

Marwan, Hamra üzerinde, yerde satılan Hıristiyan dua boncuklarıyla dizilmiş ama aralarına Nasrallah'ın fotoğrafları konulmuş bilekliklerden birini alıp Filipina'ya gösterdi:

"Şu uyduruk bileklik yüzünden Beyrut ayağa kalktı. Hıristiyanlar ayaklandılar. Yok 'Nasıl bizim boncukların arasına Nasrallah'ın kafasını dizersiniz?', yok 'Nasıl Hizbullah'ın kalaşnikofunu koyarsınız...' Yediler bitirdiler Şiileri..."

Sesini yıkıldığı yerden kaldırıp devam etti, çünkü dediğimiz gibi, başka çaresi yoktu. Filipina, henüz farkında olmamakla birlikte, kederi, korkusu bu karmakarışık konuşmayla dağılıyordu, dağılacaktı:

"Bak şu trafik işareti gibi levha var ya... Bir adam yüzü var, gördün mü? O, *Wimpie Café*'de, burada eskiden *Wimpie Café* vardı, İsrailliler kahve içerken... Biliyorsun değil mi, 1982'de İsrail işgal etti burayı..."

"Biliyorum."

'Nereden biliyor?' diye geçirse de içinden, tökezlemeden cümlede ilerledi Marwan:

"Hah işte, bu Filistinli adam, İsrailliler içerdeyken giriyor. Askerler kahveyi İsrail parasıyla ödemek isteyince, 'Yok kardeş,' diyor, 'Biz burada misafire para ödetmeyiz.' Taka taka taka... Hepsini tarıyor. Kendi de ölüyor tabii... Yaa, işte öyle."

Devam Marwan, devam, durmak yok:

"Sonra işte burada eskiden Café de Paris vardı. Onu da kapattılar. Şimdi Starbucks'a gidiyor ihtiyarlar. Politika molitika konuşmaya. Şuradan gidelim mi?"

Tabii oradan git, orada bir hikâye vardı. Hızlı yürü sessizlik iyice çökmeden:

"Bak bu Commodore Otel var ya, bu İç Savaş'ta çok önemliydi. Yani tabii şimdi eski halinde değil. Gazeteciler filan hep buraya gelirdi. Sonra, benim duyduğuma göre, *Fedayin... Fedayin*'i biliyor musun, yani Filistin Kurtuluş Örgütü militanları... Yani onlar işte Tunus'a gönderildiler 1981'de. O zaman, giderken işte, silahları bırakmışlar. O silahları, benim duyduğuma göre Amerikalı bir gazeteci kadın varmış, o bu otelin yanındaki arsaya gömmüş. Bilmiyorum doğru mu? Ama zaten şimdi yeni binayı o arsanın üzerine yaptıkları için... Yani belki inşaatta çıkmıştır ama kimse duymadı. Bak bunlar... Şunlar şunlar! Elimle gösteremiyorum, başımız belaya girmesin, şu gri konserve kutusu gibi kulübeler var ya, onlar kontrol noktası. Hariri'nin evi var biraz yukarıda. Burası hep böyle. Büyük başların tepesine böyle konserve kutusu dikerler, önüne de askerler. Şimdi bu Hariri öldürüldü ya, biliyor musun?.. Ha, 2005'te öldürüldü. Suriye öldürdü, diyorlar, ama karışık biraz. Benim Suriyeli olduğumu biliyor musun? Ben Suriyeliyim aslen. Ama şey değil... Neyse... Bu Hariri öldürüldükten sonra Beyrut ikiye bölündü. 14 Mart ve 8 Mart olarak... Neyse, orasını boş ver, orası karışık. Komik şey var da o yüzden şey yapmıştım. Şimdi Hariri öldürülünce bu Suriyelilere bir nefret başladı. Dövülenler filan oldu..."

Düşürme Marwan, devam et:

"Bilmezsin herhalde, Suriye işgalindeydi Lübnan o sıraya kadar. İşte bu 14 Martçılar Haririciler, Hıristiyanlar filan, yani suikastten sonra Suriye gitsin diye ayağa kalktılar. 8 Martçılar da, Hizbullahçılar yani, Suriye'yi destekledi. Biri 14 Mart'ta gösteri yaptı, biri 8 Mart'ta. Hatta bak, bu 14 Martçılardan bir ihtiyar kadın, yanında Filipinlisi, gösteriye gelmiş. Filipinlinin elinde, 'Madam Suriye gitsin diyor,' yazan pankart! Ha ha ha..."

Ahmak Marwan! Senin ben tam ağzının ortasına...

"Neyse işte, Suriyelilerden nefret edince insanlar, 14 Martçılar yani aslında, bu *kaek* satıcıları hep Suriyelidir, hani 'Biz Lübnan'ı seviyoruz' gibisinden hep camekânlarına Hariri fotoğrafı koydular, Lübnan bayrağı filan. Dayak yememek için yani aslında. Anladın mı? Bu Lübnan bayrağı da o zaman böyle popüler oldu. 14 Martçılar daha çok kullanır Lübnan bayrağını. Zaten onlar, gördün mü bu yeni binlikleri... Hay Allah eskisini görmedin ki zaten... Yenilerin üzerinde işte Fenike şeyleri var. Hani biz 'Arap değiliz, aslımız Fenikeli' gibisinden. Bayrağı filan zaten burada değil de Doğu tarafında görürsün daha çok, Hıristiyan tarafta. Downtown'da filan. Downtown, biliyorsun değil mi? Şehir merkezi. Orada görmüşsündür geçerken belki, '*Stop Solidere*' yazıyor? Solidere firmanın adı. Bunlar aldılar hep *Downtown*'ı, herkesi evlerinden zorla çıkarttılar. Tehdit filan. Sonra öyle yaptılar işte, mezarlık gibi. Kimse gitmez. Tertemiz. Turistler filan gider. İç Savaş'ta orası dümdüz olmuştu. Orada Otel Saint George vardı, eskinin en havalı yeri. Şimdi boş duruyor. Holiday Inn vardı, gökdelen gibi hani, delik deşik. O oteli şimdi yeniden yapacaklar, ama savaş çıkar mı, çıkmaz mı bilemedikleri için yapmıyorlar. Eskiden orada Oteller Savaşı olmuştu. İç Savaş zamanı yani. Sonra orada Moor Binası vardır. Aslında Suriyelilerden nefret ediyorlar ama İç Savaş'ta ilk orada çalışan Suriyeli işçiler ölmüştü."

Susmasına ramak kalmışken Caracas'a geldiler, denize çıkış yakındı:

"Filistinliler, işgal olunca, 1982 yani, insanlar kaçınca, buraya, buranın adı Caracas, niye bilmiyorum öyle demişler, neyse işte Filistinliler gelip bu evlere yerleşiyorlar. Sonra çıkar çıkarabilirsen. Yıllarca kaldıkları için de sahipleri geri alamıyor. Öyle işte. Sen hiç Feyruz dinledin mi?"

"Hayır."

"Belki temmuzda Baalbek Festivali'ne gelecek, bakalım. Yani tabii nerde bizde o para, ama dışarıdan izlenir. Ben bir kere Beytdediin'de izlemiştim? Yani dağlara çıkmıştık da orada, dışarıdan. Ama çok güzel olur öyle. İçerde izlemekten daha güzel olur. Valla! O zaman Feyruz, seversin Feyruz'u, herkes sever, Komünist Marşı'nı söylemişti. Dağlardaki herkes söylemişti. Ben de tabii. Bak şu variller var ya, yok yok, denizin içindekiler. Orada canım, balık tutan adamların üzerinde durduğu... Komik yani, bu şehir hep yıkıldı, bir tek o varillere hiçbir şey olmadı. Bombardıman filan yani, variller sağlam. Benim bir arkadaşım var şurada. Uğrasak mı?"

Kaşlarını kaldırıp sanki sorduğu soru hiç önemli değilmiş gibi yapmaya çalışarak, cevabı kalbi küt küt atarak bekledi:

"Gidelim," dedi Filipina.

Hiç önemsememiş gibi yaparak cevabını aldı Marwan, nefesini bırakarak mümkün olduğunca sessizce, sanki Filipina istemiş gibi gitmeyi, "*Tayyib*, gidelim o zaman," dedi.

İnşaatın içinden yukarılara çıktılar. Marwan bir arkadaşıyla üç kere öpüştü, son yanağı art arda üç kere öperek. İnşaat işçileri, son derece efendice, hiç bakmadan Filipina'ya... "Zaten gidecektik biz..." "Dolapta arak var *habibi*..." "Valla yiyecek bir tek lokumla bisküvi kaldı, kusura bakma..."

İnşaatın pencere pervazlarına gerilmiş, lekeli, kalın naylonlar rüzgârda pata pata dalganıyor, yırtık sünger yatakların pembe, yeşil, sarı renkleri batan güneşe karşı sanki zavallı değillermiş gibi parlıyor, üst üste konmuş tuğlalardan müteşekkil oturma ve yemek takımında Marwan'ın ve Filipina'nın dizleri birbirine bakıyordu. Sonunda susmuştu Marwan. Artık bir yazara ihtiyacı yoktu.

***

Marwan kara çizikleri ne kadar yıkansa çıkmayacak kalın başparmaklarını kaldırıp indirerek, batırıp çıkararak, serçeparmağı havada, bisküvinin üzerine lokumu yayıp düzeltti. Lokuma bastırırken bisküviyi kırmamak için diğer parmaklarını sunaklara çiçek sunan kız çocukları gibi altta birleştiriyordu. Üzerindeki pudra şekeri tabakası çatladıkça lokumun yumuşak etleri yayılıyor, yayıldıkça el değmemiş, parlak, ağdalı, nemli, yumuşak kısmı ortaya çıkıyordu. Marwan hiç acele etmiyor, bisküvinin her-yerini kaplayıncaya kadar yumuşak yumuşak eziyordu lokumu. Parmakları yapışkan lokumdan her kurtulup yukarı kalktığında lokumun aldığı son hale bakıyor, bu tatlı gevşekliğin neresine dokunması gerektiğine ağzında hayali tadını gezdire gezdire karar veriyordu. Ağzının sulanması, parmaklarının arasında eridikçe yumuşayan, kendi etiyle tatlandırdığı bu yoksul çocuk sihrini kendisinin yiyeceğini hayal etmesinden değildi. Bisküvi parçaları ağzının içinde dağılırken Filipina'nın dilinin, dişlerinin, diplerine kadar dişetlerinin bu tatlı yapışıklığa batacak olmasını düşünüyordu. Filipina'nın lokuma onun elinden geçen bir tat olduğunu bir an için düşünmesi, ağzının içi şekerle sıvanırken onun ellerini sevmesi ihtimaliydi ağzının içinde tükrüğünü çoğaltan.

Filipina, Marwan'ın güzel şeyler yapmak isteyen, iyi bir adam olmak isteyen yüzünü, gözlerini lokuma eğdikçe tatlı şeyler olacağı umuduyla kıpırdayan kirpiklerini ilk kez sevdi. Gözlerinin elleri olsaydı, onlar şimdi Marwan'ın yanağındaydı. Böylece Filipina, umudu camdan ince Marwan'ı, kalın parmaklarını iki bisküviyi zarafetle sığıştırmaya, bisküvileri kırmamaya çalıştığı için sevmeyi öğrendi. İkisi de bunu bilmiyordu.

Lokum iyice yayılıp parmak uçları pudra şekerinden bembeyaz olunca, Marwan ikinci bisküviyi yerleştirdi üste, Filipina'ya uzattı. Göz göze gelmenin şaşkınlığıyla, çocukluğundan beri aklına, ellerine yerleşmiş bir alışkanlıkla yalayıverdi parmaklarını. Hızla utandı. Öteki parmağını, ağzının içinde yuvarlanan şekerle Filipina'nın gözkapakları aşağıya ani, tatlı bir uyku gibi yuvarlanıverince yalayıverdi. İkisi de şekerden ısındı. Dilleri ağızlarının içinde oradan oraya kaçan şekerle başa çıkmak için dolanırken birbirlerine hayatta sadece iyi şeyler varmış gibi baktılar. Marwan içinden bisküvilere kırılmadıkları için teşekkür etti ve Filipina Marwan'ın yüzündeki muzaffer gülümsemeyi komik bulmadı. Çünkü komik olan hiçbir şey yoktu. Sadece, bir an için her şey çok güzeldi. Sessizce...

"Arapça nasıl gidiyor? *Minha*?"*

Dudakları bisküvi kırıntılarını zaptetmek için gülümseyerek sımsıkı kapalı, gözleri bu yüzden çok açık, başını salladı Filipina.

---

* İyi mi?

"Neden öğreniyorsun ki bu Arapça'yı sen? Zor yani."

Belki de Filipina'nın hiçbir şey söylememesi, bir tatlı lokma karşılığında hayatının sırrını bu saçları yağlı adama emanet etmemesi gerekirdi. Ama tam o anda Marwan, tuğlaların üzerine yerleştirilmiş suntayla çatılmış, gazete kâğıdıyla kaplı masada duran, bardak olarak kullanılan küçük kavanoza arak koymaya başlamıştı ve omzunun üzerinden güneş batıyordu. Filipina'nın aklından El-Şaddai'deki kadınlar geçti... Deniz, yıllardır kimse ona dokunmadığı için delirerek sevgi dilenen bir kadın gibi tırnaklarını geçiriyordu Beyrut sahiline. Havalanan martıların beyaz kanat içleri, güneşe tutulup kalbin yangınını sevgiliye gösteren ayna parçaları gibi gün ışığını yansıtıyordu.

Marwan bütün bunları bilseydi lokum sessizi kadını güldürmek için beceriksizce bir komiklik aramakla bu kadar meşgul olmaz, Filipina'nın kavanozuna arak doldururken hiç konuşmazdı:

"Öğreteyim ben sana o zaman. Mesela... Mesela... Kedi! *Gato!*"

Filipina da Marwan'ın bunları söylerken aklından onu kediyle görüp âşık olduğunu geçirdiğini bilseydi bu kadar tereddüt etmezdi çantasını açmakta. Elindeki pudra şekerini eteğine sürdü. Mektupları çıkardı. İkisinin de eli mektuptayken, içinden bir an için bu adamın babasına benzeme ihtimali bir görünüp bir yok olan sirrüs bulutu gibi geçti.

Hayatta var olduğuna dair en kıymetli kanıt olduğuna hiç okumadan iman ettiği mektupları hiç tanımadan iman ettiği Marwan'a böylece verdi. Artık çok geçti; korkmadı. Sadece onları başkasının elinde görünce, mektupların başında Latin harfleriyle yazılı ismini her gördüğünde yanağını içine alan, ılık, büyük avcu yitirmiş gibiydi. Marwan'ın da öyle avuçları olmasını dilediğinin farkında değildi.

"Ne bunlar?"

Filipina'nın yüzü, bir hayal kırıklığı ihtimalinin hızla yok edilmesini dilenmekten çekinmedi. Marwan'ın zorlama neşesi yüzünden çekildi gitti, bir kadın kalbiyle başa çıkabilecek bir adama dönüşmesi gerektiğini her nasılsa bildi.

İlk cümleyi okuduğunda çoktan bıyıklarını parmaklarıyla çekiştiriyor, dişleriyle uçlarını yakalıyordu. İkinci, üçüncü cümlede kâğıtları nasıl tutması gerektiğini anlıyor, yaprakları iki eliyle bisküviler gibi tutuyordu. İlk mektubun ortalarında gözlerini kaldırıp Filipina'ya çocukluğundan beri âşık olduğu bir kadın gibi bakıyor, mektubun sonuna geldiğinde hızla aklından, 'Demek gözleri o yüzden böyle...' diye geçerken bir-iki cümleyi kaçırıyor, aşkının içine karışan kardeşlik hissiyle Filipina'yı bir kadın gibi değil, kadını gibi seviyordu.

Mektupların tarihlerini görünce hele... 17 Temmuz 1982, Ağustos 1982...

"O zaman," diye, aklının bir dehşetle farkına vardıklarını döküyordu ağzı:

"Baban... Yani son mektup..."

Aynı yana yatıyor boyunları, gözleri ortak bir kederle yaşlanıyor. Dr. Hamza'nın küçük kızına verdiği onu yaşatma sözünü tutabildiğini, "tatlı kıbbe"sini sanki olacakları bilirmiş gibi son anda denizlerin ötesine gönderdiğini, kendisine "kuru bir iman tahtası," diyen bu adamın ancak sonra, yani Şatila Katliamı'nda ölebildiğini Filipina'dan başka bir de artık Marwan biliyor.

Marwan mektupları okumayı bitirdiğinde, sustuğunda, baktığında, gözleri dolduğunda, Âşrafiyya'da Jetawi Hastanesi'nin yanından inen yokuştaki apartmanın sokak kapısına beyaz, plastik bir sandalye çekildi. Zeynab Hanım dizlerini tuta tuta bu sandalyeye oturduğunda, yüzünde en asabı bozuk ifadesi kireçlenirken saatine bakıyordu.

Bu da yetmezmiş gibi, resmi izin süresi akşam sekizi geçince dolan Filipina, Marwan'la birlikte taksi beklerken önlerinde Jan'ın arabası duruyordu:

"Eve gidiyorsanız götüreyim."

Filipina Marwan'a bakıyor, Marwan taksilere bakmaya devam ediyor.

"Marwan, bu kızın seninle birlikte olduğunu Zeynab Hanım biliyor mu?"

İkisinin arasında kanlı bıçaklı bir bakış gidip geliyor, Jan gaza basıp devam ediyordu.

10

Ziad: Şu anda ne düşünüyorsun?

Deniz: Sahiden mi soruyorsun? Komik yani. Kardeşimle oynardık biz. "Şu anda ne düşünüyorsun oyunu."

Ziad: Ne düşünüyordun? Tam sorduğum anda ama.

Deniz: Valla, Humphrey Bogart'ın Ingrid Bergman'ı Casablanca'dan neden gönderdiğini düşünüyordum.

Ziad: Çok güzel.

Deniz: Sen ne düşünüyordun?

Ziad: Hiiç.

Deniz: Bak şimdi!

Güldüler. Çünkü konuştukları çoktan seslere dönüşmüştü, birbirinin etrafına sarmaşıklanan ses dallarına. İkisi de biliyordu artık sadece seslerini birbirine doladıklarını. Pont Sully'den geçip Père-Lachaise'e doğru yürüdüler.

Ziad: Bak şimdi aklıma Dallas geldi. Arkadaş, JR, şiir gibi herifti. Beyrut'ta herkes hastasıydı adamın. İç Savaş zamanı. Bir sürü hikâye vardır İç Savaş'ta Dallas'la ilgili. Anlatırım bir gün.

Deniz: Ha ha ha!.. Bizde de darbe sırasıydı. Evdeki bütün kitapları yakıyorlardı. Şimdi anlıyorum acayip olduğunu. Çocuklar yaşadıkları her şeyi normal sanırlar ya...

Ziad: Ben de Bekaa Vadisi'nden gidişimizi normal sanıyordum. Sanki bütün dünyaya bombalar yağıyordu ve bütün aileler sürekli olarak bombalardan kaçıp göç ediyordu. Anlatırım, çok komik hikâyeleri var o dönemin.

Ziad babasının annesini, annesinin babasını, sonra annesinin kendisini nasıl dövdüğünü ve bombardıman başlayınca bütün apartman bodrum kata indiklerinde hepsinin nasıl burunlarını çektiğini kahkahalar atarak; Deniz babası ona ilk kez vurduktan sonra bir şişe rakı içip nasıl sarhoş olduğunu daha çok kahkahalar atarak anlattı. "Bir gün anlatırım"lar, gelecekte günler biriktiriyordu. Köpük köpük, kabarcıklar halinde günler oluşuyordu gelecekte her ertelenen hikâyeyle...

Kahkahalar arasındaydı, vücudunu geri yatırırken elini karnına götürünce sarsıntıyla Deniz, fark etti ki zayıflamış. Gülmenin onu inceltttiği geçti aklından. Daha korkunç hikâyeler anlatıp birbirlerine, daha çok güldüler. Deniz yine de sordu:

"O zaman ne diyorsun sen şimdi Bogart meselesine? Niye bıraktı *yani* kadını?"

"Adamlar yapar öyle. Şıklık olsun diye."

"Bırak şimdi. Niye bırakıyor ki kadını?"

Pére-Lachaise'in kapısı önünde durdu Ziad:

"Sen korkuyu bilmiyorsun, değil mi? Bilsen anlardın."

Sessizlik.

"Gel şu ölüleri görelim."

Sessizlik.

"Kaybolmaktan korkuyorum ben. Kaybolup gitmekten..." dedi Deniz, başı önünde, neredeyse duyulmasın diye. Bu acıklı cümlesinin ânında bir kahkahaya yol açacağını hiç düşünmemişti:

"Nasıl? Deli misin? Kaybolmaktan güzeli var mı? Gel kaybolalım!"

Böylece mezarların arasında dolaşmaya başladılar. Kimse yoktu mezarlıkta. Dirsekleri, omuzları, hatta bazen elleri birbirine değmeye başladı, yanlışlıkla.

"Ne biçim yer burası be! Mahalle gibi. Beyrut'ta benim eve DHL'le paket göndersen gelmez ama buraya otuz dakikada gelmeyince bedavaya aldığın pizzalardan sipariş verebilirsin... Versek mi acaba?"

Güldüler yine. Ziad daha çok güldü, çünkü artık Deniz onun yüzünü seyrediyordu.

"Şu Bogart meselesi," dedi Ziad, yüzünde bir bilimadamı ciddiyetiyle:

"Sorarım size hanımefendi, Bayan Bergman madem o kadar ölüp bitiyordu, niye aramamış adamı onca yıl? Yaaa... Madem aşkından geberiyor, bu niçin söylenmiyor sarışın kocaya? Tabii şu da var: Hadi diyelim ki kadın bilemedi, yapamadı, şudur budur. Peki o anda niçin efendim denmiyor, 'Ben gitmiyorum kocacım, kalıyorum. Hadi senin yolun açık...'"

"Ziad, sanırım birazdan seni öpeceğim."

Ziad'ın içinden başka bir adam, kolundan başka bir kol çıkar gibi Deniz'in beline dolandı ve mezar taşları arasında... Kayboldular.

İçinde olduğunu bilmediği bir sirk çadırından hayvanlar, palyaçolar, cüceler ve tüm neşeleri ile garabetler koşarak dört bir yana kaçışıyorlardı. Göğüs kafesinden dışarı uğrayan şeylerden biri, kakülü kaymış, koşmayı şimdi hatırlamış bir gösteri atı olmalıydı. At burnunu gömdüğü göğüste hatırlamaya çalışıyordu. Bu, bir şeylerin, kalabalık bir şeylerin kokusuydu.

Aktar gibi bir şey. Hep tarçının galip geldiği bir kalabalık kokular ambarı. Sarı, kaba çuvalların geniz yakan, tütünlü kokusu ve aynı zamanda yorgunluğun ve aynı zamanda içeri girip çıkan, niyeyse baharatların yanında hep fısıltıyla konuşan kadınların bıraktığı parfüm kokusu ve aynı zamanda dertli bir koku ve aynı zamanda...

Fakat at doymuyor, burnu ikna olmuyor, huysuzlanıyor, hatıraları arasında kokunun adını bulup çıkarmak için merakla nefes alıyordu. Deniz aklının içinde geziniyor ve bir kıvrılma, devrilme, sarsılma, tamı tamına bir kavuşma, birbirine yerleşme kucağında buluyordu kokunun adını.

Ziad, çocuk kütüphanesi kokuyor. Eski kitaplar gibi değil, eski çocuk kitapları gibi kokuyor. Küçük, mavi ciltli bir kitap gibi... Ziad tamı tamına içinde bir tarçın parçası unutulmuş *Pal Sokağı Çocukları* kitabı gibi kokuyor. Kokunun adını bulunca içinde bir yer serinliyor, at uçuşup kayboluyor. Böylece Ziad, burnundan, ağzından girip içinde kalıyor. Eşsiz bir koku olarak kaydoluyor aklına. Bacaklarının arasında, orada olduğunu bilmediği bir yara, tatlı bir ıslaklık ve ovuşmayla tedavi oluyor.

Boyun boyuna yığıldıklarında, nefesini dindirip gülüyor Ziad; "üttüğü" en güzel misketin renkleri dönüyor gözünde:

"*We will always have Paris!*"*

Şaka yapmıyor. Terli ve tertemiz gülüyorlar, nihayet kavuşmuş gibi. Orada duruyorlar öyle.

Deniz'in gözleri doluyor, Père-Lachaise'i sel basıyor. Başparmağını Ziad'ın iki köprücükkemiği arasının biraz altındaki çukur-yaraya koyuyor. Parmağının ucunu o çukura doldurarak, inip kalkan, nemli çukura bastırarak, bir çukura bir Ziad'ın yüzüne bakarak, gözüne dolan sular seller görülmemiş bir kolay-

* "Paris her zaman bizim olacak!" Casablanca filminde Humphery Bogart'ın Ingrid Bergman'a son sahnede söylediği repliklerden biri.

lıkla yanağından akarken, dört bir yandan çekiştirilirmiş gibi kırılan dudakları gülümserken konuşuyor:

"Ben bir bebek aldırdım."

Karnından çıkıp bacaklarının arasından biraz önce akan her ne idiyse plasentası da çıkıyor böylece.

Ziad, yarasına gömülen, onu ittiren parmağı tutuyor, kelimelerinin nefesi Deniz'in parmak uçlarında tınlıyor:

"O zaman ben de o yarayı öpmem!"

Güldüler, sessiz.

"Pizza yiyelim," dedi Deniz, "Şöyle kocaman bir pizza yiyelim. Çok açım ben, çok!.."

Beraber oyuna yetişecek iki çocuk gibi toparlandılar. Mezar taşları çaprazladığı için hiçbir yerden görünmeyen "Paris"lerini bırakmadan önce Ziad, saçını düzeltti Deniz'in, kulağına eğildi:

"Yürürken kalçalarını o kadar zarif hareket ettiriyorsun ki..."

Böylece Deniz'in kalçaları oluştu. İkisi de Pont Sully'den geri yürürlerken ne konuşurlarsa konuşsunlar Deniz kalçalarını nasıl hareket ettirdiğine bakıyordu içinden... Döndükçe dönen eteğine bakan, eteğine baktıkça dönemeyen, ama kırmızı rugan ayakkabılarını her gördüğünde sevinen bir kız çocuğu gibi komikti. En az o kız çocuğu kadar kendine dışardan bakmayı bilmiyordu...

"Şuna baksana!"

Oturdukları café'de Paris'in bütün café'lerinde aynı olan kırmızı-sarı sandalyelerinden birinin arkasını gösteriyordu Ziad:

"Bak, bak... Kim tarafından yapıldığı, yapılan yer, tarih, istersen telefon numarası... Yani oturdun, beğenmedin, derhal arıyorsun. 'Alo! Sandalyeci bilmem kim bey mi? Kıçım zatıalinizin sandalyesinden hiç memnun kalmadı... Evet... Evet... Evet, tam olarak. Efendim?.."

Deniz, Ziad'ın sandalyeciyle yaptığı son derece ciddi hayali konuşmayı dinlerken öyle çok güldü ki herkes onlara bakıyordu. Ziad, dinleyen herkes anlayabilsin diye Fransızca devam etti:

"Nasıl? Evet şu andaki adresimi veriyorum, lütfen birini gönderip... Evet, lütfen... Teşekkürler bayım! Yalnız sevgilimin de..."

Sevgilimin mi?

"Bayım, onun da bir ricası olacak. Lütfen bundan böyle iki telefon numarası veriniz. Zira bir saattir arıyoruz, hep meşgul. Bekliyoruz bayım!"

Sevgilimin mi?!

Ziad telefonu kapattığında pizzalar geldiği ve garsonun kolu Ziad'ın yüzünü bölüp durduğu için "sevgilim"in ciddiyetini anlayamamıştı Deniz. Côtes du Rhône kadehleri kalktığında artık bir şey sormak için çok geçti:

"Evet Bayan Bergman, daha önce söylediğim gibi: *We'll always have Paris!*"

"Madem Casablanca repliklerinden gidiyoruz Bay Bogart, ben de şunu sorayım o vakit: *What about us?*" *

"*What about us habibti?* Ne istiyorsan o!"

Hiç düşünmeden cevap verdi Deniz, kendi sesi ne söylediyse onu dinlemeye de o anda karar verdi:

---

* Ingrid Bergman'ın Bogart'a son sahnede sorduğu soru. "Ya biz ne olacağız?"

"Kaybolmak!"

"Buyrun o zaman. Kaybolmaya!"

Ve sanki hiç bu konuşulmamış gibi, bu konuşulanlar hepten sıradanmış gibi, normalmiş gibi sandalyelerden devam etti Ziad:

"Ortadoğu *habibti*, budur işte: Plastik sandalyeler ve floresan ışığı. Belki biraz da tozlanmış plastik çiçek... Ben onların şiirini yazmak istiyorum. Kimsenin sallamadığı o şiiri. Çünkü orada..."

Oysa Deniz, Ortadoğu söylevi arkada tatlı tatlı vızıldarken ne Ziad'dan, ne de hayattan izin almadan planlar yapmaya başlamıştı. Karnındaki magma hareket ediyor ve ikisi için Deniz'in hemen bugün, tek başına dağlarını, denizlerini, ağaçlarını ve sincaplarını bile yerli yerine koyabileceği bir dünya kuruluyordu. Bu dünya için gerekli birkaç malzeme için sorularını Ziad'ın söylevi arasına sıkıştırıveriyordu:

"... Şimdi mesela bugün Notr Dame'ın orada gördüğümüz *Free Hugs** meselesi... Düşünüyorum acaba, bütün dünya olarak Batı'ya çocuk olma hakkını mı devrediyoruz? 'Savaşları bize verin abiler! Siz takılın!' gibi yani. Ya da acaba tam tersi..."

"Sen Beyrut'a ne zaman gidiyorsun?"

"Üç gün sonra... Tam tersiyse, onlar bize, 'Alın bu oyuncakları kendi aranızda öldürün birbirinizi,' deyip..."

"Ben Beyrut'a gelmeyi düşünüyorum. Önceden de düşünüyordum zaten de..."

"İyi olur... Ama yine de plastik sandalyeler ve floresan. Ortadoğu'da şiir yer değiştiriyor azizim. Batı'dan bakanlar kefiyede kaldılar ama olay artık sakalda ve sarıkta. İnanmış insanların yüzleri birbirine benzer zaten. O bakış kefiyenin de, sarığın da altında..."

"Seninle geleyim mi ben de?"

---

* Avusturalyalı bir aktivistin başlattığı, bütün dünyaya yayılan bir hareket. Hareket, yoldan geçenlere "karşılıksız" sarılmayı teşvik ediyor.

"Olur... Yani ezilenin nasıl direneceğine de mi ezen karar verecek? 'Böyle direnemezsin, şöyle diren!' Emredersiniz!"

"Yani zaten gelecektim de... Biletim var yani aslında. Yarından sonraya."

"Benimki sonraki güne! Güzel işte, gider benim evde kalırsın, sonra da gelirim ben... Fransızların dediği gibi şekerim: *Küüül!** Hadi içelim! Kalçalarına, Paris'e, Beyrut'a! Nereye istersen oraya!"

Her şey sanki hiçbir şey olmuyormuş gibi oluyordu.

Deniz neden bu kadar kolay olduğunu sormadı. Eğer sorsaydı, Ziad ona bir karar aldığını, daha onu görmeden birini sevme kararı aldığını, eğer birini sevmezse kaybolup gideceğinden korkmaya başladığını, dünyada ancak birine tutunarak durabileceğini öğrendiğini söyleyecek değildi. İyi şeyler olacağına inanmazsa Beyrut ayakta kalamazdı. Kül olup giderdi kendi deliliğinde, kötü hiçbir şey olmayacağına inanmazsa Beyrut...

O gece Ziad'ın odasında Deniz, tahta bir kutu gördü. Kutu açıldı, taşlar döküldü ve Deniz, Filipina'nın ve kendi sonunun ne olacağını sordu. Uzun, upuzun bir geceydi.

---

* Fransızların İngilizcedeki "cool" sözcüğünü telaffuz şekli.

11

O yaz, yani bu yaz, Beyrut yeniden Ortadoğu'nun Paris'i olacaktı. Olacak. Ivana Trump, Suudilerle birlikte Beyrut'a para yatırıp *La Residence by Ivana Trump* için kolları sıvadığına göre öyle olmalı. Her an olabilir. Üstelik gazeteler şöyle yazıyor:

"*Siyasi liderler 9. Ulusal Görüşmeleri olumlu bir tondu tamamlayınca Lübnanlılar rahat bir nefes aldı. Aydınlık ve sakin bir yaz, Beyrut'un moralini ve gelirini yükseltecek gibi görünüyor.*"

Her zamanki konuları konuşmak için toplanan ve o konuların konuşulmadığı Ulusal Görüşme'nin tek olumlu yanı, liderlerin birbirleri hakkında olumsuz şeyler söylememe kararı almış olmasıydı. Bu konunun ayrıntılarını öğreneceksiniz nasılsa. Ama güzel bir haber olarak, Beyrut'ta kimsenin haberi olmamasına rağmen, Los Angeles Beyrut'un kardeş şehri oluyor ve 70'lerde Napoleon Oteli'ndeki "The Father's Moustache" barında çalan "Bliss Street" grubu daha dün geri döndü. Grubun lideri Grand, yaşlanmış ve şişmanlamış. "70'lerde Beyrut, Berklee gibiydi," deyince efkârlandık bazılarımız.

Bu sırada İsrail, Gazze'yi vurmuş, Irak'ta 22 Şubat 2006'da Şii Samara'nın bombalanmasıyla başlayan sürecin sonunda mahalleler dini gruplara göre ayrılmıştı ve Filistin'in topraklarını kemiren "duvarın" inşaası devam ediyor. ABD Zarkawi'yi öldürmüştü, dünya ABD Dışişleri Bakanı Condaleezza Rice'ın bacaklarının güzelliğini buz patenine borçlu olduğunu konuşuyor. Dünya Kupası Almanya'da yapılıyordu ve Ronaldinho şiir gibi oynuyor. Bayılıyoruz Ronaldinho'ya, bizden gibi. "Artistik" oynuyor bi kere. Ne zaman gülse aptallığını seven bir çocuk. İnsanlar tuttukları ülkelerin bayraklarını 3 dolara alıyor. Lübnan bayrağından ucuz. Ulusal kimliğini kurma sürecindeki bir ülkeye yapılacak iş mi bu? Ama Brezilya, Fransa karşısında 1-0 yenilince Beyrut'ta ulusal yas havası esiyor. Niye olduğunu kimsenin anlamadığı şekilde mağlup Brezilya taraftarlarıyla galip Fransa taraftarları değil, Almanya bayrağı sallayanlar dalga geçti gece. Bunun nedeni Almanya'nın Arjantin'i 4-2 yenmesi olabilirdi. Âşrafiyya'daki Rizk Hastanesi'nin yakınında havaifişek patlatanlar da Almanya taraftarları olmalı. Zizou, İtalyan oyuncu Materazzi'nin göğsüne henüz kafa atmadığı için o konu konuşulmuyor. Güney Lübnan'da bir şeyler oluyor ama o da henüz konuşulmayacak. Deep Purple gelecekti Baalbek Festivali'ne, bunu konuşanlar var. Bir de birtakım dertli gençler Gazze'nin vurulmasını protesto etmek için bir şey yapmak gerektiğini düşünecek dün. Ne gibi mesela? Downtown'da oturma eylemi! Bizce iyi fikir. Şık mezarlığa biraz can gelir bari.

Zeynab Hanım, Beyrut'un kenarında duruyor, tam ucunda. Düşmek üzere. Beyaz plastik sandalyesinde, kollarını sımsıkı bir öfkeyle kavuşturmuş otururken, aslında niye bu kadar kızgın olduğunu henüz bilebilecek durumda değil ve fakat sallanıyor. Apartmanın girişinde oturmuş, durmadan saatine bakıyor. Saat sekizi, öfkesinin birikme hızından daha yavaş geçiyor.

"Hâdi Efendi'yi bekliyorum. Yine kayıp. Marwan da yok ortada."

Zeynab Hanım kollarını sinirle sıkıştırdığı kucağından milim ayırmadan bu yalan cümleyi dört kere aynı şekilde tekrar ediyor. Çünkü...

İlk, Setanik geliyor apartmana:

"Gelir birazdan. Buralardadır. Tarık El-Cedidi'den geliyorum ben de... Gösteri ordaydı bugün. Çok yoruldum. Hava da ne sıcaktı! Biraz bari esse. İtalyan palyaçolardan biri bayıldı geçen gün, söylemiş miydim? Bu sıcağa palyaço dayanmıyor! Ama dedikleri doğru: *La ha Italien!*"

Zeynab Hanım'ın gülmesi gerek. Çünkü bu eski bir söz. "Başımıza ne geldiyse İtalyanlar yüzünden" demek. İç Savaş başlamadan önce Dünya Kupası'nı İtalyanların almış olması dışında İtalyanların kaderinin Beyrutluların kaderiyle ortaklığı konusunda hiçbir bilimsel veri yok. Bu yüzden komik zaten. Zeynab Hanım'ın da bildiği gibi, eğer Lübnan'da kötü bir şey oluyorsa muhakkak bu dışarıdan birilerinin işidir ve bütün çatışmaları "bilinmeyen üçüncü taraf" çıkarır. Bu yüzden gülmeliydi Zeynab Hanım, ama gülmüyor. Çünkü Marwan, Hâdi Bey ve esasında Filipina gelene kadar yekpare bir kütle halinde tutmaya çalıştığı öfkesinin gündelik öte beriyle dağılmasına izin vermeyecek.

Sonra saçları giderek daha diken dikenmiş gibi görünerek Zeynab Hanım, eve dönen Ayşe'ye tekrar etti cümlesini ve kollarını:

"Çıkarlar ortaya birazdan ikisi de... Amma sıcaktı bugün. Dahye'ye gideceğim kaç gündür, bir türlü cesaret edemiyorum. Haa! Zeynab Hanım, fırıncılar yine grev yapacakmış diye duydum. Sizin *Filipino*'yu gönderin yarın fırına da yedek ekmek..."

Zeynab Hanım'ın saçları neredeyse Ayşe'ye saldıracak:

"O da yok ki ortada! Saat olmuş sekiz!"

Öfkesini artık ondan kimse alamaz. Plastik, beyaz sandalyeden yuvarlanan Hâdi Bey'i merak etme cümlesi Nâsır'a da çarptı bu yüzden:

"Bakayım mı Hâdi Bey'e? Müze de kapalı ki pazar günü. Gelir ya o! Bugün de ne sıcak yaptı! Bir ara şeytan dedi ki, bırak arabayı Hamra'nın ortasında... Gerçi haftaya serinleyecek diyorlar."

Nihayet Jan'a da söylendi Hâdi Bey yalanı:

"Marwan geliyor, aşağıda. Sizin kız da... Sıcak değil de, klimalar berbat ediyor bizi. Bi' sıcak, bi' soğuk... Haftaya daha da bastıracak sıcaklar diyorlar."

Savaşın, havanın, fırıncı grevinin ve benzin stokunun azalması haberlerinin şehirdeki tek güvenilir haberleşme yolu olan dedikodularla, insanlar arasında bu dedikoduların değiştokuş edilmesiyle ihtiyarlamıştı Zeynab Hanım. Şu anda bunlarla ilgilenemezdi.

Marwan, Jan'ın arabasını gördü biraz önce. Jan'ın Zeynab Hanım'a onları beraber gördüğünü söyleyeceğini, kesin söyleyeceğini düşünüp sinirlenecekti. Ama Marwan ve Filipina, mahalleye girmeden, caddenin başında ayrılacak o sırada, bu konuya daha sonra öfkelenecek, yatağında. Şimdi Filipina'ya bir söz vermeli. Kadınlar sözlere inanır. Sözlere sadece kadınlar inanır, en çok:

"Gelecek pazara kadar okurum ben mektupları. Sonra istersen benim Beyrut'a gideriz, Dahye'ye... Orası da şimdiki Şatila!.."

Şatila üzerine uzun bir nefes aldı:

"Sonra Dahye'de bir yerde oturup..."

İstemediği kadar gevrek güldü Marwan, dilenci gibi. Para alamayınca gülüşünü aniden yarım kesen dilenci çocuklar kadar hızlı topladı kendini:

"Sen git şimdi. Ben arkadan gelirim."

Marwan, çok uzun zamandır kâğıt tutmamış insanlar gibi tuttu kâğıtları, nasıl buruşturulmayacağını unutmuş olarak. Filipina gidiyor, ağır ağır çıkıyor yokuşu. Gelecek pazar gelir mi? Bir şey olmadan gelecek pazar gelse...

Zeynab Hanım, plastik sandalyesindeki oturuşunu, çocuklarını suçluluk duygusuyla eğiten zalim anneler gibi düzenledi. Filipina'nın saçları, sonra başı, beyaz bluzu ve nihayet eteği dünya yuvarlağının Jetawi Yokuşu kısmından göründü.

"Saat sekizi yirmi geçiyor," dedi, kaşları cümlesinin altında hınçla çizilmiş, derin bir çizgi olarak.

"*Masa el-hayr** madam."

"Ama çocuğum biz seninle böyle konuşmamıştık, değil mi?" Gerdanlı gerdanlıydı Zeynab Hanım.

Filler, Lynette, "iki *Filipinom* var", El-Şaddai, annesi, Kilise'deki *Şad olacağım* ve Lamasta'daki *I'll survive*, deniz, martılar, Marwan ve en çok arak, karnından yukarı yükselip ağzından şu sözcüklerle çıktı:

"Zeynab Hanım, benim pasaportum nerede?"

"Ne pasaportu?" Plastik sandalye sallanıyor şimdi. İhtiyar bir kadına bu yapılır mı!

"Benim pasaportum. Nereye koydunuz acaba?"

"Niye lazım ki sana pasaport?"

Filipina yoruluverdi. İyi planlanmamış bir saldırının atları kırıldı saçlarına dolanıp, hepsinin gözleri devrilerek, askerlerden daha korkunç ölüp düştüler yüzüne.

"Hem Hâdi Bey kayıp."

"Hâdi Bey dünden beri yok Zeynab Hanım. Farkında değil misiniz?"

Kolları nihayet açıldı Zeynab Hanım'ın:

"Marwan yok ki!"

Kollar iki yana yığılıverdiler, büsbütün Ophelia. Henüz o olay olmadı ama Materazzi'ye kafa atmış Zizou gibi mağrur ve yenik, merdivenleri çıkıyor şimdi Filipina. Zeynab Hanım arkasından, romatizmalı Sanço Panço. Filipina ardında Arapça söylenen Zeynab Hanım'a baka baka yukarı doğru; yaralanıp

---

* İyi akşamlar.

tırnakları söküldükten sonra arenaya salınmış genç bir boğa. Zeynab Hanım dört katı tırmandıktan sonra masalın sonundaki kötü kraliçe:

"Arapça nasıl gidiyor?"

"İyi," dedi Filipina, masalın sonundaki galip prenses.

Marwan'ın Şii kedisi yanlarından geçti aşağıya doğru, aksi gibi:

"Söyle bakalım... Mesela 'kedi' ne Arapça?" Masal bittikten sonraki istihdam fazlası kraliçe Zeynab Hanım.

"*Gato!*" Filipina masaldan bıkmış prenses.

Betonda yankılanan, merdiven boşluğunda tınlayan bir sessiz öfkenin ardından, en keskin kılıcıyla tahtına oturdu Zeynab Hanım'ın kara saçları:

"Marwan nerede?! Söyle Marwan nerede?!"

Filipina bir şey söylemedi çabuk çabuk. Çabuk çabuk odasına girdi. Çabuk çabuk uyudu. Zeynab Hanım'ın delirdiğini, pasaportunu derhal bulması gerektiğini, Marwan'ı görmesi gerektiğini, acaba gece odasına girip kendisini bıçakla... Bir kâbusa yuvarlanıverdi.

Zeynab Hanım da yokuş yukarı kâbuslarını tırmandırıyor aynı gecede.

Yattılar mı acaba? Kız hamile kalırsa? Hamile kalırsa doğru acentaya! Uğraşamaz! Hiiiç uğraşamaz! Evet! Gözünün önüne geliyor: Aşağıda Marwan'ın orada mı? Yoksa burada mı?! Burada olamaz, nasıl olsun?

Yoksulların sevişmesi gözünün önüne geliyor, sıvılar filan, koltukların üzerinde. Burada olamaz, nasıl olsun canım!

Zavallı Filipina, yan odada uyuyan kadının şu anda kendisinden ne kadar tiksindiğini bilmiyor. Tıpkı kediye ancak Suriyelilerin *gato* dediğini bilmediği gibi. Doğru cevap *pseyni* olacaktı. Ama Filipina doğru cevapları bilseydi, ertesi gün tekinsiz bir neşeyle kendisine, "Günaydın," diyen ve sanki Hâdi Bey kayıp değilmiş, dün akşamki olaylar hiç olmamış gibi bir huzurla beraber dışarı çıkmayı öneren Zeynab Hanım'ın fena şeylerin peşinde olduğunu da anlayabilirdi.

***

Jetawi Hastanesi'nin yanından inen yokuşun, apartmanın önünden başlayıp Beşir Cemayel'in Lübnan'ın amblemi olan sedir ağacına karşı Nazi selamı çaktığı anıtın yanına gelinceye kadar olan kısmı çok dik olduğu ve Zeynab Hanım çok yavaş yürüdüğü için bacaklarinın ön kasları tutuldu Filipina'nın. Hiç konuşmuyorlardı ve Zeynab Hanım'ın yüzünde şüpheli bir hal alan gülümseme giderek genişliyordu. On yedi ya da on sekiz adımda bir dönüp Filipina'ya tehlikeli bir sevgiyle bakıyordu ve en az üç kere söyledi:

"Jimeyzi'ye kadar yürüyelim dedim. Şimdi taksi filan uğraşmayalım diye. Nâsır olsaydı olurdu da, onun da bugün erken çıkacağı..."

Beyrut'ta ihtiyarlara bakan her genç Filipinli, Sri Lankalı ve Etiyopyalı kadın gibi bacakları titriyordu Filipina'nın, bacaklarını eksilttiği, adımlarını küçülttüğü için. Zamanla küçülüyordu adımları hepsinin. Durmadan yanlış çalıştırılan makineler gibi...

Filipina bu yüzden etrafina bakamazdı, Zeynab Hanım'ın ayaklarına bakıyordu. Hem düşmesin diye, hem de öfkelenerek, pasaportu onda olduğu için. Zeynab Hanım'ı düşürürse pasaportunu hiç alamayacağına dair garip bir inanca kapıldığı için de hep ayaklara bakıyordu.

"Hah, geldik işte."

Durdular ve Filipina ilk kez kaldırdı başını, öne eğilmekten ağrıyan boynunu. Latin harfleriyle yazılmış tabelayı okudu:

"Bodikyan Üniformaları."

Zeynab Hanım Filipina'yı tekrar tertemiz bir kız yapacağı için mutlu. Filipina'nın ağzı açık. Ağzı açık ve tabelanın altındaki üniforma giydirilmiş, örnek "*Filipino*"ya bakıyor. Üniforması var, önlüğü var önünde, firfirlı. Ellerini karnının altında kavuşturmuş duruyor. Boynu yok, başı önde. Yüzü de yok. Ayakları var, kocaman. Siyah ayakkabıları ve soket çorapları, çocuk gibi, tuhaf. Saçları var, ortadan ayrılmış, arkadan toplu. Dövmüşler dövmüşler, sonra da resmini çizmişler gibi. Artık adını bilmiyor gibi. "İki *Filipinom*"dan biri, öyle duruyor ki ülkesinde filleri var muhakkak.

Sonra aniden içerdeler. Pembe, yeşil, beyaz ve mavi üniformalar. Çok hızlı oldu. Zeynab Hanım Filipina'nın en çok beyazı sevdiğini biliyor. Anneler bilmez mi? Anneler affeder, değil mi? Yakıştı da. "Hem böyle hemşire gibi oldun. Daha iyi." Hizmetçiye benzemiyor yani Filipina artık. "Ne güzel!" Zeynab Hanım bile bilmiyor ama konuya dair her 'madam'ın söylediği şeyi söylüyor birden, çünkü aklın yolu bir:

"Elbiselerin kirlenmez böylece."

Filipina da bilmiyor bunu. Bir süre sonra *Filipino*'lar fikir kendilerine aitmiş gibi tekrar ediyorlar aynı cümleyi, kilise ve Lamasta arasında tekrar ettikleri dualar ve şarkılar gibi.

Dükkândan çıkınca, şimdi Filipina'nın dizine torba çarpıyor, çap çap çap... Burnuna kumaşın taze tela kokusu geliyor. Pasaportu nerede?

"Paul'e oturalım, dinlenelim biraz," demiş Zeynab Hanım. Aniden Paul Café'deler o anda.

"*Habibi* bir kahve, vasat!"

"Espresso var madam, *Turkish coffee* yok."

"İyi iyi, ondan getir. Filipina sen de bir frape iç bari."

Frape, Filipina'nın önünde başa çıkamayacağı kadar büyüyor. Frape'den çıkamayacak Filipina, yuta yuta boğulacak şimdi. Zeynab Hanım her şeyi temizledi, memnun. Memnun ya, şaka yapıyor:

"Bu garson çocuklara bu takkeleri giydiriyorlar ya, ondan bunlar böyle asabı bozuk dolaşıyor."

Bu kez şakası kendine de komik gelmiyor. Eve taksiyle dönülecek. Her şey daha iyi olur. Olur canım!

Akşamüstü Filipina merdivenlerde, apartman girişinde, yanında çöp torbası, üzerinde üniforma, oturmuş ağlayamıyor. Marwan nerede? Ayşe manavdan dönerken görüyor onu. Anlıyor, bir derdi var. Ama *Filipino*'larla nasıl konuşulur, hiç bilmiyor. İngilizceden değil, bilmiyor, konuşulur mu onlarla? Eve çıkıyor.

Setanik görüyor sonra, yanına oturuyor.

"Bak ben de bunu giyiyorum iş yaparken," diyor, kırmızı burnunu takıyor. Filipina gülmeye çalışıyor. Bir sigara yakıp televizyonda Nasrallah'la dalga geçen komedi şovundan sonra olayların çıktığını anlatıyor. 9. Ulusal Görüşme'de liderlerin sadece bu konuyu görüştüklerini söyleyip gülüyor:

"'Birbirimiz hakkında kötü bir şey söylemeyelim bundan sonra.' Lafa bak! Çocuk gibiler. Aslında şu Şiilerde birazcık espri anlayışı olsa..."

Canı ona sıkılmış.

"*Hizib* birazcık daha şey olsa, şöyle, ne bileyim biraz daha... Açık. O zaman daha iyi anlaşılacaklar."

Filipina, aynı yerinden ağzının, gülmeye çalışıyor.

Marwan gelmiyor, Hâdi Bey'in peşinde. Daha doğrusu, herkes öyle bilmekle birlikte aslında Jan'la konuşuyor. Caddenin biraz aşağısındalar ikisi, ama dünyanın ve Jetawi Yokuşu'nun eğimi sebebiyle görünmüyor:

"Ne yapıyorsun o kızla?"

"Sana ne?"

"Ne demek sana ne?"

"Ben senin derdini biliyorum."

"..."

"İbnelik etme."

"Ben ibneysem sen *Muhabarat*'çı ibnesin. Hem Zeynab Hanım'a söyleyeceğim bunu, hem de senin şu *Filipino*'ya. Bakalım o zaman inşaatlarda sikişebilecek misiniz?"

"Gebertirim ulan seni."

"Niye? Âşık mısın yoksa kıza?"

"Gebertirim, dedim. Sus aşağılık Falanjist!"

Elleri ceplerinde ikisinin de. Yanlarından bir tank geçiyor, gidip bir kontrol noktası kuracaklar ileride. Marwan gidiyor, gebertmemek için "ibneyi." Jan ağlıyor. Ama yokuşun eğimi... Kimse görmüyor.

Önce çöp, sonra Filipina, eve çıkıyor. Paçaları yere sürünüyor üniformanın. Kısaltmalı mı?

"Aaaaaaaa! Ooooooo!"

Zizou, Materazzi'nin göğsüne kafa atıyor. Mahalle, kendisi İtalya'ya kafa atmış gibi ayağa kalkıyor. Filipina, merdivenleri Zizou gibi çıkıyor. Kül olmuş gibi. Ve İtalyanlar yeniyor. Dikkat!

12

"Arapça konuş benimle..."

Otel odasında dolanıp düğümlenmiş, karışıp buruşmuş çarşaflarla yekpare olmuş zaman içinde bir yerde, Deniz böyle fısıldadı Ziad'ın göğsüne. Nefesini dinlediği erkeğin anadilinin sesini duymak istedi. Sevişmenin tam ortasında bir hava kabarcığı yarattı bu cümle ve o hava kabarcığı büyüdükçe kopup gitti Deniz de. Birkaç gündür öğrendiği Arapça sözcükleri sıraladı sevişme fısıltısıyla:

"*Habibi... Tayyib... Khalas...*"

Bildiği sözcükler bitince kısa sustu. Ama konuşmak da istiyordu bu yatağın anadilinde. Bu yüzden işte, gülerek içinden, aklına gelen bu tuhaf fikirle:

"*Sübhaneke allahümme ve bihamdik ve tebara kesmük ve teala ceddük....*"

"Ne yapıyorsun be?!"

Gülmeye başladı Deniz:

"Ne yapayım! Sen konuşmayınca ben konuştum Arapça. Benim Arapçam da bu!"

"Manyak mısın sen kadın!"

Gülerek dağıldılar ara sokaklarında yatağın. Deniz nefeslere dönüşen kahkahaları arasında sordu:

"Böyle bir günah var mı?"

"Hiç sanmam *habibti*. Bu kadar manyakça bir şey, günahları yazanların aklına gelmemiştir."

Ziad çarşafları gülen karnına boca edip banyoya giderken seslendi Deniz:

"Gusül abdestin mübarek olsun *habibi*!"

"Hakikaten hiç bilmiyorsun, değil mi? 'Gusül abdestin mübarek olsun' ne demek? Ne demek?!"

Dönüp, koşup, bükülmüş dizlerini tutup Deniz'in sıkıştırırken, çın çın çınladı Deniz:

"Ne denir ki?"

"Vallahi bir şey dendiğini sanmıyorum *habibti*. Müslüman kadın dediğin senin kadar çok konuşmaz bi' kere zaten."

Ziad, başını kaşıyarak banyoya yürüdü. Hiçbir sıradışılık yoktu yürüyüşünde ve yine de beli kırık bir siyah kuğuya benziyordu sırtı. İçerden nemli nemli yankılanan su sesi arasında sordu:

"Sahiden söylesene, Türkiye'de hiç mi din eğitimi almıyorsunuz siz? Nasıl oluyor da hiçbir bok bilmiyorsun? Bilmediğin gibi, bir de sıfır saygı, sıfır korku!"

Deniz'in yatakta sallanarak, saçlarını parmaklarına dolayarak mırıldanmaya başladığı şarkı, su gürültüsüne aktı... Yüzüne bembeyaz bir gülümsemeyi çağıran çok eski bir gecenin görüntüsüydü:

***

"Sübhaneke!"

"Süханeke!"

"Allahümme..."

"Alahüme..."

"Ve bihamdik...

"Ve bihamdi... Neydi?"

"Hamdik! Ham-dik!"

"Büyükanneanne benim uykum geldi. Bi' de ayaklarım üşüdü."

"Sok bakiim ayaklarını bacaklarımın arasına. Tamam mı? Tamam. Oyyyy! Buz olmuş buz. Hadi bitirelim duayı, bak sana ne öğreteceğim sonra."

"Büyükanneanne, Allah'ın sakalı var mı?"

"Sen duayı ezberledin mi?"

"..."

"Yarın gece soracağım bak ama."

"..."

"Neyse! Hadi bakalım yeni ders."

"Büyükanneanne!"

"Efendim?"

"Burnum üşüyor benim."

"Sok yorganın içine. Soktun mu? Aferin. Şimdi bak ne öğreteceğim sana. Cingöz seni! Nasıl da ayıldı dua faslı bitince."

Büyükanneanne, tam o an geldiğinde, arkadan incecik örülmüş bembeyaz saçını yastığın üzerinden aşırtırdı. Muhtemelen gözleri daha da büyüktü Deniz'in yüzü bu kadar büyümeden önce. Muhtemelen gece derslerinin bu bölümüne gelindiğinde Büyükanneanne de -adı, onu adıyla anabilecek herkes öldükten sonra unutulmuştu- eskidenki gözlerini hatırlıyordu. Nasılsa görevini tamamlamış, Deniz'e öğretilmesi gereken ilk duayı öğretmişti. Gözleri şimdi yine o acayip maviydi. Ailede hiç kimsede olmayan mavi gözler onda olduğuna göre... Anlattığı her şey bu yüzden masaldı. Mavi gözleri yüzünden, bilinmeyen bir topraktan, bilinmeyen bir zamandan gelmişti.

"*Yanıyor mu yeşil köşkün lambası yar / Hiç bitmiyor bu gönlümün kavgası yar*... Söyle bakayım."

"Yanıyor mu yeşil lambası..."

"Yeşil köşkün lambası!"

"Hiç bitmiyor kavgası..."

"Bu gönlümün kavgası! Söyle şimdi baştan."

Gözleri kapanırdı Büyükanneanne'nin, şarkının nağmeli yeri geldiğinde. Bu, onların fısıltılı gece sırrıydı. Bu fısıltılı sır yüzünden işte ne Allah'tan korkmayı becerebilmiş, ne de bir sevişmeyi bir şakayla bölmeyecek bir kadın olabilmişti. Bunu bir gün Ziad'a anlatacağını düşünüp gülümsedi.

Bir gün anlatırdı belki. Gülmek için. Uzakta biriktirdikleri günlerin birinde...

Havaalanına gitme saati gelene kadar Ziad'a sarılıp, ona kim olduğunu hatırlatan bu kokuyu uzun uzun soluyarak uyudu. Nasılsa "sonra"da her şeyi, bütün hikâyeleri anlatacak kadar çok zaman birikiyordu... Güzel bir rüya gördü; avucunda bir çiçek ismi taşıyordu rüyasında...

***

"Şimdi inince havaalanında hemen gidip çıkıştaki arabalara binmiyorsun. Onlar turistler için. Aşağıya ineceksin. Orada da kazıklarlar şimdi seni. De ki: '20 dolar!' Daha fazla da verme."

Duruyor Ziad, havaalanındalar. Kahveler önlerinde. Deniz'inki içilmemiş, soğumuş beklemekten. Çünkü Deniz biraz önce ileriye doğru yürüyüp konuştuğu, kapattığı telefonuna bakıyor.

"Taksiciye diyeceksin ki... Adres yok biliyorsun Beyrut'ta. Dolayısıyla tarif edeceksin. Dur ben sana yazayım ne diyeceğini..."

"Ziad..."

"Bulursun bulursun. Merak etme. En kötü ihtimal ne olur? Gidersin bir otele. Zaten ben de yarın akşama oradayım."

"Ziad ben biraz önce... Telefonda yani, Tunç'u terk ettim."

Böyle bir cümlenin karşılığı olabilirmiş gibi bir erkekte, Deniz kucağa düşüp açılmış iki el gibi bıraktı yüzünü Ziad'ın yüzüne.

"Benim yüzümden..."

Ziad'ın korkuyla kurmaya kalktığı cümlesi kalabalık bir trafikte aniden dönüş yapan bir araba; az kalsın insanlar ölecek! Deniz'de kornalar çaldı sürü sepet ve fakat nihayet, sakinleşti bütün direksiyonlar ikisinde de:

"*Mabruk habibti!*"

Ziad aniden tepesine çöken bütün o kadın korkusuna rağmen neresinden bulup çıkarttı o kadar Bogart'ı; nasıl böyle, "Tebrikler canım," diyerek hava attı, kendi de şaştı. Bu havalı sahneyi daha şık bir hareketle taçlandırmak istedi birden:

"*Yani*... Nasıl hissediyorsun kendini?"

"Valla... Hiçbir şey hissetmiyorum."

"*Yani*... İyi mi? İyi *yani*. Yoksa *yani*..."

"Ziad, çık! '*Yani*'ye düştün yine. Çık ordan sevgilim!" dedi Deniz ve kendine şaşarak, umursamazlığına, hiç canının yanmıyor olmasına, bu garip kudret hissine, aniden başka bir adama "sevgilim" deyişine, güldü.

"Yok *yani* sonra ağlayıp zırlayacaksan..." diye alaya döndürdü yüzünü Ziad.

"Bana bak Ziad Efendi, o kadar da değil! Bir şey hissetmiyoruz dediysek o kadar da değil. Hürmet et, sevgilimizi terk ettik herhalde."

Yeniden güldü Deniz. Zalim biri miydi artık o? Böyle biri miydi? Boş veriverdi sonra da. Bir hikâye, bir adam, bir şehir insanı başka biri yapmıyorsa, içinden, orada olduğunu kendine söylemeye cesaret edemediği birini çıkarmıyorsa neydi ki zaten!..

Sustular biraz. Deniz etrafına bakındı. Ziad öteki etrafa. Ne kadar korktuğunu düşünürse daha çok korkacağı için bunu düşünmedi. "Bak bak!" deyince Deniz, her neye bakılacaksa ona tutunup bu meselenin çukurundan kendini hızla dışarı çıkarmak için bakındı.

"Şuraya!"

Charles De Gaulle Havaalanı'nın tam ortasında, duvarın kenarında insanlar birikmeye başladı. Başörtülü, çarşaflı kadınlar arkada, takkeli, fistanlı adamlar önde. Giderek çoğaldılar. Çağırılmışlar gibi sessizce, kayarak toplandılar duvar boyunca. Seccadeler yayıldı yerlere. Yekpare bir hareket hep birlikte sanki elden ele geçirilerek akıyor, sürüyor, bütünleniyor ve eller namaza başlamak için göğüslerin üzerinde bitiştiğinde kıvamlı bir sessizlik kalabalığın üzerini görünmez bir örtüyle kaplıyordu. Gelip geçenler gelip geçmez oluyor, koltuklardan oturup bakanlar başlarını sessizce çeviriyorlardı. Namaza duran yaklaşık yetmiş kişilik kalabalığa bakanlar birbirine bakmamaya gayret ediyor, bu "nezaketsizlikten" kaçınmak için herkes başını önündeki bir şeylere, çantalara, kitaplara, sessizce katlanmaya çalışılan gazetelere gömüyordu.

"Başka bir iş var bu işte Ziad. Dinin ötesinde bir şey. Görünenin çok ötesinde bir şey. İnsanla ilgili bir şey var. Ne o?"

Ziad, biraz önce kendisi için bir adamı terk ettiğinden emin olduğu bu kadını sırf bu yüzden sevebileceğini, korkmaya gerek olmadığını, onu çok sevebileceğini düşündü bir an için. Öyle de baktı, dertli bir sevgiyle. Sevmek bu değil miydi zaten? Yan yana yürürken birbirine bir şeyleri göstermek? Anlattığı her hikâyeyi böyle dinleyecekse, hep ne diyeceğini merak edecekse bu gözler...

"O gülümseme yüzünden," dedi ve bıraktı merak Deniz'in içinde hızla mayalanan ekmek gibi kabarsın ve devamı istensin hikâyesinin diye:

"Gülümseme mi?"

"Bunun ne olduğunu onlara sor. Cevap olarak bir gülümseme alırsın. Bir hoşgörü gülümsemesi. Bir soylunun alt sınıftan birinin münasebetsizliğine cevaben gülümsemesine benzer. Her şeyi sana, sanki sen aptalmışsın gibi anlatmaya başladıklarında, o gülümsemeyle... İşte o zaman yeniden kurulur o kutsal kubbe. Dik duruyorlar böylece. O gülümseme... Bütün dünyanın efendileri üstlerine gelse de vazgeçmeyecekleri şey Allah değil, o gülümseme. Bir kere insanın ağzına o gülümsemenin tadı değince... Gülümsüyorlar, çünkü onların cevapları var. Onlardan kanlarıyla kazandıkları ve silahlarıyla korudukları o gülümsemeyi almaya çalışıyorlar. Karşılığında ne verecekler? Demokrasi? Sadece soruları verecekler karşılığında. Onlar da bunu biliyor, o yüzden bırakmıyorlar cevaplarını. O gülümseme... Bir sürü insan o gülümseme uğruna ölüyor."

Bazen, geveze olanıyla değil, demli sesinden böyle şeyler söyleyince Ziad, Deniz ağızsız kalıyordu ve sadece göz. Yine öyle şimdi ve aşk böyle böyle yoğruluyor. Biraz ses, biraz koku, sonra biraz daha ses, sonra biraz daha koku... Ekmek gibi hızla mayalanıp oluşuyor insanın içinde, Deniz'e göre.

Namaz bitti. Deniz'in uçağı için sıraya girmeye başladı insanlar. Deniz sanki bir şey söylemiş gibi cevap verdi Ziad:

"Dediğim gibi... Zaten yarın akşam ben de geliyorum."

Gülmeye çalıştılar karşılıklı. Ziad, kâğıda hızla yazdı yol tarifini. Birkaç cılız gülüşme girişimi oldu "Söyle bakayım," deyip de Ziad, Deniz'e tekrar ettirince adresi, Deniz'in aksanını Arapçaya yaklaştırmak için birkaç kez daha tekrar ettirince, Deniz söyleyemeyince...

"Sen git," dedi Deniz. "Burada böyle garip oldu."

"Havaalanları böyle," dedi Ziad, "insan nerede ayrılacağını bilemiyor. Otobüs, gemi olsa şöyle el filan sallarsın. Ama böyle karşılıklı durup el sallanmayacağına göre..."

"Evet," dedi Deniz, daha da garipleşen durumu kısa kesmek için. Ziad gitti. Tuhaf bir biçimde. Aniden. Gitmeyeceğini sanıyordu Deniz, ama gitti.

Karnının içinden birkaç gündür yaşayan her şey çekip çıkarılmış gibi oldu, öne eğildi vücudu, kamburlaştı. Özlemeyi böyle hissetti, Ziad'ın yokluğunu. İç organlarını kaybetmiş gibi. Dönüp onları geri almak istedi, dik durabilmek için. Yürüyebilmek için. Dergiler, gazeteler elinde, öylece kaldı, en anlamsız şey olarak. Karnının içine bakmak istiyordu sadece. Oradaki boşluğa. Bıçak ete girince, etin ilk kez et olarak görünmesi gibi insana, Ziad'ı havaalanında bırakınca karnının içinde bir hayat, bir dünya olduğunu öğrendi.

Şimdi ikisinin birlikte kurmaya başladıkları bir hikâyenin içine doğru tek başına gidiyordu, soğuktu bu.

Ziad otele döndü. Ne yapacağını bilemedi. Deniz'in gidişi değil, Deniz gidince kendi sesini artık duymaz oluşu sessizlikle doldurdu her yeri. Bir dizi tecrübeden biliyordu ki, televizyon esasında bu durumlar için icat edilmişti. İnsan ruhu için tehlikeli olabilecek sessizlikleri emniyetli bir biçimde gürültüyle doldurması için. Televizyonu açtı. Haberleri dinleyecek hali yoktu. Sanki kalabalıkta kaybolmuş, sonra aniden annesini görmüş bir çocuk kadar sevindi o gece ne olacağını hatırlayınca.

Odasında, "Aaaaa! Ooooo!" diye sesler çıkarmaya başladığında ayağa kalkmış, elindeki birayı yere dökmüştü. O kadar sevinmişti ki bağırıyordu:

"Yürü be Arap! Aslanım benim!"

Zizou, Materazzi'nin göğsüne sağlam bir kafa atmıştı.

13

Bu hikâye ertesi pazara kadar dayanmaz. Dolayısıyla Marwan ve Filipina boşuna bekliyorlar pazarı. Keşke Beyrut'un hikâyeleri pazara kadar dayanabilse. Manav kasalarına konulduğunda, daha canı çıkmadan sıcaktan bayılan taze zahterler gibi kısa sürmese her şey.

Dünya da sonunda böyle olacak. Bunu hiç değilse biz biliyoruz. *Dünya bir gün Beyrut olacak.* Yazar da belki biraz biliyor dünyanın kaderinin Beyrut olduğunu; kendi hikâyesi anlatıldığında orada olmayan...

İnsanlar hep Beyrutlular gibi olacak, tanrılarına bölündüklerinde, sonra daha küçük tanrılarına. Yeterince bölündüğünde tanrılar, kurşunların tanrılara ait olmadığı unutulduğunda, geriye sadece bölük pörçük hikâyeler kalacak. İnsanlar hikâyelerin meczupları olacak.

Bir yok-yer Beyrut; dünya da öyle olacak. Biz Beyrut'tan görebiliyoruz olup bitenleri. İnsanlar arasında uyuyup uyanan bir kavga ve bir aralıksız müzakere Beyrut; bir yer değil. Dünya da bir gün öyle olacak. Herkes, tıpkı bizim gibi dilleri karıştırarak konuşacak. Hangi dilin kendisine ait olduğunu unutacak.

Beyrut iki savaş arasındaki o mutlak sıkıntı; aynen böyle olacak dünya. İki bomba arasındaki bekleyiş... Çünkü bir kez başladığında savaş, barış sadece bir sonraki savaşı bekletir.

Herkesin hiç kimse olduğu ve tanrıların insanların ağızlarını kan tükürmek için kullandığı, herkesin birbirinin kurşununu kolladığı bir yok-yer. Gürültüsü bitince sadece uykuya dalan bir savaş. Kendini hayal eden, daha hayalinin ucu kaçarken başka bir rüyaya atlayan bir kalabalık. Beyrut, birini, kendini sevmek kararı; daha başlamadan kesik süt gibi insanın eline gelen. Beyrut, biz böyle görüyoruz bu kıyıdan, bir gün dünyayı ele geçirecek.

Çünkü dünya Beyrut olmak istiyor durmadan. Beyrut gibi, mahalleleri tanrılardan, tanrılar üzerine uydurulmuş hikâyelerden... Olacak. İnsanlar da Beyrutlu olacak sonunda. Kendi hikâyeleri içinde kaybolan, kaybolmak için kendine hikâye arayan... Artık hafızasına değil, hikâyelere inanan... Sorulardan geriye sadece cevaplar kalacak. Geriye sadece cevapları olan insanlar kalacak. *Kavganın kuralı bu; öfkesi büyük olan kazanacak.*

Bütün bunları bilmesine rağmen pazarı bekleyen Marwan, Dr. Hamza'ya, mektuplara gömüldü gece boyunca bıyıklarıyla. Sigara üzerine sigara. Bazı Arapça sözcüklerin İngilizce karşılıklarını bulamayarak, sıkılarak, sevinerek, aklına Dahye'de Filipina'yla başına gelebilecek komik şeyleri hayal ettikçe, arada cümleleri kaçırarak. Henüz Filipina'nın üniformasını görmediği için üniforma meselesine dikkat etmesi gerektiğini bilmeden, "Vay be!" diyerek, sevinçten Şii kedisini arada bir havalara atarak, kızdırarak. Sonra bir kadının kalbini elinde tuttuğuna inanamayarak, nasıl bir hikâyeye rast geldiğine hiç inanamayarak, vay be diyerek, diyecek kimse olmadan. Karşı inşaata mı çıksa? Dur bi' mektup daha.

Farkında değil, artık hikâyeyi daha çok seviyor Filipina'dan. Tıpkı yazarımızın anlattığı hikâyelere inandığı için Paris'te bir kadını sevmesi gibi. Fakat pek az rastlanır şey olduğu için içinde kaybolacağımız hikâyeler, bu hikâyedeki herkes bir aşk yaşandığını düşünüyor. Belki siz bile...

Ama yine de en çok Marwan. Kaptırıp yorgun düşüyor hikâyeden, inşaata çıkmıyor. Filipina terasta oysa. Üniformasıyla... Sigara bile içiyor, keder tükürüyor ziftten. *Kadında zaman başka akar*, zalim bir hızda. Gece boyunca terk edip terk edip geri aldıkları adamları sabah insanoğlunun gerçek zamanında selamlamak için içlerindeki hangi dağları aşar sular, Marwan bunu bilmiyor.

Şanslı herif! Sabah, elinde Ekmek Ağacı'nın torbalarıyla Filipina'yı gördüğünde apartman kapısında o tatlı "günaydın"ın hangi işkencelerden sağ çıktığından habersiz. Filipina'nın öteki elindeki torbadan, kararlarından, deliliğinden... Hiçbir şeyden haberi yok. Ne şanssız herif şu Marwan!

"Günaydın da bu üniforma da neyin nesi?"

Gülüyor Marwan. Filipina ekmek torbalarını yapıştırdı Marwan'ın göğsüne:

"Al şunları, as Ekmek Ağacı'na mı, nereye asıyorsun. Sonra da..."

Ne kadar annesine benziyor!

"Sonra da Dahye'ye mi nereye götüreceksen götür beni. Bugün gidelim. Bugün!"

Şimdi Dr. Hamza gibi olmanın zamanı. Yani... Galiba.

Arkasına baka baka Marwan ekmekleri asıyor, Filipina sağına soluna. Yakalanacaklar sanki. Ekmekler saçmalaşıyor elinde, saçmalaştıkça tutunmuyorlar dallara.

"Acele et. Polisler gelecek şimdi."

"Ne polisi?"

"Hâdi Bey. Zeynab Hanım sonunda aradı polisi. Gelecekler. *Yalla!* Çabuk ol!"

"Ne var o torbada?"

Duymadı bile Filipina. Yukarı baktı. Jan yukarıda. Takılınca boynu orada öyle, Marwan da gördü Jan'ı. Ekmekleri bırakıverdi:

"Hadi gidelim."

Çünkü Jan gülüyordu. Elinde sigarası ve arkada bir yerde bir kadının Fransızca konuşması:

"O ne öyle? Adam niye asıyor torbaları ağaca?"

Jan ayırmadan gözünü Marwan'dan, dayamış kollarını pervaza, pencereden gülüyor, hiç iyiye işaret değil. Kadına sigarasını uzatıyor şehvetle, daha da fena.

Filipina Arapça bilmediği için değil, iki erkeğin gözleri arasında geçiveren sessiz kurşunlama olayları kadınların gözüne nadiren göründüğü için kaçırdı cinai bakışmayı. Çünkü hiç ses çıkmadı. Tıpkı tam da o esnada Güney Lübnan'da İsrail'in bombaladığı köyden gelen sesssizlik gibi... Ses çıksa ne olur ki? Marwan önemsiz biri, köyün adını da Beyrutlular bilmez.

***

"İsrail'e kafa tutuyorlar ama bu trafik işini beceremiyorlar," dedi Marwan yol ayrımında dolmuştan indiklerinde, gülerek:

"Ama Dahye'deki trafik İsrail'e benzemez. Bu tamamen düzensiz bir ordu! Baksana her yandan saldırıyorlar."

Filipina'nın dirseğini gibi, elini gibi, sonra kolunu gibi, yeniden elini sanki, tutarak Marwan, karşıdan karşıya geçerken, tam dört yol ağzında, güneşin alnında *manuşi*'sini yiyen Hizbullah'ın trafik polisine seslendi. Güldü. Pazar günleri, kendi yüzleriyle Hamra'ya çıktıkları için gülen *Filipino*'lar gibi güldü Marwan, Dahye'ye iner inmez:

"Abbas! *Habibi*, dikkat akıtmadan ye!"

Abbas, bir yandan bol gelen kamuflaj pantolonunu çekiştiriyor, bir yandan düdüğüne sahip çıkıyor, bir yandan da kokusu burnuna geldikçe ağzını sulandıran *manuşi*'yi yere düşürmemeye çalışıyordu. Her durdurduğu araba geçmek için pazarlığa başladığı için *manuşi*'ler soğuyor, Abbas, Hizbullah'ın öteki trafik polisleri gibi vakarını koruyamıyordu. Arabaların, şoförleriyle birlikte ağzı yüzü oynuyor, öfkeleniyor, kaportalarıyla söyleniyorlardı. Abbas onları dizginlemekte zorlandığında, olduğu yerde biraz kıpırdıyor, pazarlık yapanlar, kendileri için neyin kaybedilmiş olduğunu seken bacaktan anlayıp hürmetle kaportalarının çenelerini kapatıyorladı. Abbas'ın bacağı Bekaa Vadisi'nde bir yerden, toprak altından, Dahye'deki trafiği idare ediyordu.

"Sen esas devletin trafik polisleri varken görecektin. Onları kimse dinlemiyordu... Aç mısın?"

"Ben galiba evden kaçtım Marwan. Yani..."

Ne kadar annesine benziyor! Şimdi Dr. Hamza olsa keşke Marwan, ona bir iş verebilirdi.

"Şimdi şöyle yapalım o zaman. Önce bir şeyler yiyelim..."

Korkuyor Marwan, zaman kazanmalı:

"Seni Bütün Lübnan'ın en iyi *manuşi*'sini yemeye götürüyorum şimdi."

Bu kızı koyacak bir yer? Ama nasıl? Dünya tersine dönüverse şimdi. Aniden. Her şey başka olsa. Filipina'da çoktan dönmüş dünya oysa, aniden, tam tersine, durup dururken. "Saldır" emrinden önce saflardan çıkmış atlar kişniyor saçlarında. Marwan ise zaman kazanmalı:

"Bak şu duvardaki resim var ya... Şurda şurda!"

Duvarlara yapıştırılmış beyaz kâğıtları gösteriyor Marwan, üzerlerinde hep aynı arkası dönük, kefiyeli bir çocuk karikatürü. Sağ elinde bir kalaşnikof, kolu kalkmış yukarı.

"Neydi adamın adı yahu? Naji bi şey... 'Handala' o çocuğun adı. Filistinli. Karikatür aslında. Ama eskiden, yani aslında çocuğun elinde kalaşnikof yoktu. Olup bitenleri hep iki eli arkasında kavuşmuş izlerdi. Var öyle bir sürü karikatür. Yapan adam öldü sonra. Neydi yahu? Naji bir şey... Ama sonra, bak ne zaman oldu ben de bilmiyorum, aniden birileri Handala'nın eline kalaşnikof çizmeye başladı. Anladın mı yani?"

***

Nâsır, bir sigara daha yaktı Abu Ghassan'ın Şatila'da, onca savaştan sonra sadece çocuklara inandığı için kurduğu çocuk merkezinin odasında. Dapdaracık beton bahçede çocuklar, etüt salonundan yürüttükleri tebeşirlerle sek sek daireleri çiziyorlar, zıplaya zıplaya çizgileri siliyorlardı sonra.

"Yapma yahu? O kadar mı kötü oldu?"

Abu Ghassan, Nâsır'ın sıkıntıyla neredeyse göğsüne kadar sarkan yüzünü yukarı kaldırmak istedi. Nâsır'ın gözleri kara kalemle bastıra bastıra çizilmiş, koyu yeşili dalgın bir elin fırçasından yanlışlıkla dolu dolu damlayıp kalmıştı.

"*Habibi*, yani *khalas*! Biz bunlara pabuç mu bırakacağız? Sıkma canını. Gelip gidiyorlar işte. 'Cuma'ya gelmemen iyi değil', 'Niye Cuma'ya gelmiyorsun?', nihayet işte dün de öyle oldu, dediğim gibi, 'Çocukları alırız eğer sen de camiye gelmezsen' diye. *Habibi*, ne yapacaksın? Artık silahlar onlarda. Para da. Durum bu yani."

İki eski komünist, Şatila'daki dini ve siyasi grupların isimlerini sıraladılar, sonra tekrar sıraladılar kimde daha çok para, daha çok silah ve daha çok üye olduğuna göre. Dapdaracık Şatila'da 1... 2... 3... Barut ve kurşunla çizilmiş daireleri bir ileri, bir geri zıpladılar.

"Tabii," dedi Nâsır, "artık sadece güçlü olmak istiyorlar. Yeterince beklediler, baktılar ülke mülke yok. Ellerinde Allah'tan başka bir şey bırakmadı bu anasını sattığımın dünyası."

"Fakat bakıyorum Nâsır... Yani bu da acayip ama... Bizim gibiler biliyor musun? Eskisi gibi. Allah mallah meselesi değil, inanmak meselesi. Birbirine inanmak meselesi. Kızlar filan. Başörtülü filanlar ama bizim *refika*'lara benziyorlar, öyle dik dik konuşmaları filan. Sanki..."

"Bizim bıraktığımız yerden mi diyorsun yani?"

"Ne bileyim, bazen öyle geçiyor içimden. Bir tek işte başına 'Bismillahirrahmanirrahim' koyuyorlar. *Yalla!* Silahlar yine aynı."

"Sonları bizim gibi olacak o zaman. Yani... Belki."

Abu Mücahit, gri metal dolabın kapağındaki resmin düşmüş kenarını kaldırdı, avcuyla bastırıp yeniden yapıştırdı. Karikatürde Handala, elleri arkasında kavuşmuş, birbirinin kafasını yiyen Filistinlilere bakıyordu:

"Belki. Belki de değil. Ama Enternasyonel ise mesele, bunlar *habibi*, bizden daha enternasyonel! Neden korkuyorum biliyor musun *muallim*?"

Nâsır'ın gözündeki dalgın yeşil damla dağıldı.

"Hiç gülmüyorlar Nâsır. Beni o korkutuyor."

Handala'nın aynı ucu, aynı şekilde düşmek üzereydi:

"Kumandan Ali'yi düşünüyorum onlara baktıkça. Öğrenci Müfrezesi'ni. Ne güzel çocuklardı onlar be Nâsır! Ne gülerdik!"

İkisinin içinde de, yararak göğüslerini, buzdan, ucu çatallı bir kılıç eridi. Kahvelerine doğru, sadece göğüsleriyle güldüler, kıpırdamadılar fazla, kılıç yarası sarsılırdı.

"Fakat bu kadınlar bunların başına bela olacak *habibi*! Bak söylüyorum, demişti dersin! Allah mallah takmaz kadınlar bir yerden sonra. Adamı hacamat ederler. Soru sorarlar ve cevapları da beğenmezler. O zaman işte o silahlar filan, o çelik imanlı erkek havaları... Söylüyorum bak. Bu işi kadınlar çözer."

Güldüler, buz erimişti, göbekleri sarsıldı gülerken.

Handala'nın ucu ayrıldı yine gri metalden. Resim artık orada durmak istemiyordu. Nâsır "Belki," dedi, güldü daha çok, "kim bilir?.."

***

"Bu Nasrallah aslında matrak bir adam," dedi Marwan, yanaklı, sakallı fotoğrafları gösterip, parmağını kaldırmış her yerde Dahye'ye bakan. Gürültü ve toz yüzünden daha çok bağırıyordu konuşurken, Filipina yüzünü yüzüne yaklaştırıyordu duymak için. Bu yüzden bazen daha az bağırıyordu, çünkü egzoz dumanı ortasında bile burnuna çocuk teriyle sabun karışımı bir kadın kokusu geliyordu:

"Geçende bir konuşma yapıyor. Başladı Lübnan'daki grupları saymaya: Dürziler, Grek Ortodokslar, Ermeniler, Maruniler... Durdu. Gülmeye başladı. 'Hepsinde de r var yahu!' dedi. R'leri söyleyemiyor ya Nasrallah! Herkes gülmekten..."

"Marwan!"

Marwan'ın çene kemikleri kamaştı. İlk kez adını söylemişti çünkü Filipina. Demek bunca zaman hiç söylememiş! Adını duyunca içinde bir çocuk bir fırıldağa üfledi.

"*Şuu habibti?*" Eridi gitti sesi.

"Ne yapacağız biz? Yani ben..."

Biz? Şimdi Dahye'nin ortasında, gürültünün ve tozun içinde korkudan ve heyecandan kırılıp gidecek Marwan:

"Şimdi düşünme bunu. Ben bulacağım bir yolunu! Hem senin mektupları okuyunca sana..."

Tıpkı Dr. Hamza gibi. Güzel oldu bu. Kahramanca oldu. Plastik terliklerini bırakıp bugün ayakkabılarını giymesi pek iyi oldu. Tıpkı bir kahraman gibi. Adam gibi. Filipina elindeki torbayı koltuğunun altına aldı, gitmeye hazır biri gibi.

"Bak şunlar yeni yapılan apartmanlar. İran para gönderdikçe çat çat çat dikiyorlar binaları. Eee, Haririlerin Suudileri varsa bizim de İranlılarımız var. Yani 'bizim' derken..."

***

Setanik taksinin kapısını, "*Khalas yani khalas!*" diye bağırıp çarptığına göre, taksici Dahye trafiği sıkışınca taksi parasıyla bile yetinmemiş, 15 bin LL istemiş olmalıydı. Tam da inşaatın yanında yaptıkları ağız dalaşı sıcakta çok uzayınca Setanik adamın fazladan istediği 5 LL'yi çıkarıp taksicinin yüzüne çarparken sadece inşaatın tozundan ve gürültüsünden birazcık uzaklaşmak için acele ediyordu. Nereye doğru yürüyeceğini anlamak için bakınırken inşaatı çevreleyen metal bariyelerin üzerindeki resimlere takıldı gözü. Güldü. Dahye'nin ortasında, her haberde "Hizbullah'ın kalesi" diye geçen Dahye'de yani, inşaatın bittiğindeki halini gösteren dijital çizimlerin etrafına insanlar kondurulmuştu. Her iki bariyerde bir, aynı sarışın kadın, mini eteğiyle küçük köpeğini gezdiriyordu. Gıcır gıcır bir caddede, el ele kızlar ve oğlanlar geziyordu, tamamen Avrupalı. Giderek daha çok güldü Setanik ve nihayet gülerken gördü aradığı yerin sarı-yeşil tabelasını: "Hizbullah Basın Ofisi."

Kararlı bir biçimde badanası dökülmüş, merdivenleri yamru yumru apartmanın ikinci katına çıktı. İçeri girdiğinde tamamen Hizbullah'a has bir ciddiyet ve sükunetle karşılandı kamuflaj pantolonlu, paçaları abdest için sıvanmış iki adam tarafından. Plastik terlikleriyle, ama yüzlerinde son derece bilge bir ifade:

"*Tfaddali?*"

"Ben Dr. Abdallah'la görüşecektim. Randevum vardı."

"Biraz içeride beklerseniz..."

Varaklı, çiçekli koltuklardan birinin içine gömüldü Setanik. Modası çoktan geçmiş, manasız bir lüks vardı odada. Yerde Nasrallah ile Humeyni'yi aynı karede gösteren bir afiş. Kakmalı oymalı, 80'lerden kalma gibi görünen sehpanın üzerinde de Lübnan ve Hizbullah'ın masaüstü bayrakları.

"Buyrun. Dr. Abdallah sizi bekliyor."

Sanki kahkahasını tutuyormuş gibi güleç yüzlü bir genç kadın, baştan aşağıya siyahlar içinde, Setanik'i alıp içeri soktu. Şık takım elbisesiyle genç Dr. Abdallah, elini göğsüne götürerek selamladı Setanik'i. Setanik, tokalaşmayan erkeklerle konuşmaya başlarken her seferinde kekelerdi. Sessizce kekeledi. El sıkışmadan tanışmaya alışamadı daha. İlk birkaç dakika saçma, mütereddit bir sessizlik oluyordu her seferinde. Dr. Abdallah kalktı makamından, tam karşısındaki taklit deri koltuğa oturdu. Başının üzerindeki afişte güller içinden Nasrallah'ın yüzü çıkıyordu. İçine bolca şeker doldurulmuş çaylar geldiğinde Setanik konuya girdi:

"... Dediğim gibi, biz uzun zamandır bu işi yapıyoruz. Şimdi de eğer Hizbullah için uygunsa parti ile işbirliği içinde gösteri yapmak için ne yapabiliriz diye görüşmeye geldim. Hatta aklımda başka bir şey daha var ama..."

Dr. Abdallah, Setanik'in yüzünde tereddütle uzayan gülüşü ölçülü bir gülümsemeyle kestirip atınca lafa devam etmekten başka çare kalmamıştı:

"Yani aslında ben de partinin üyesi olabilir miyim, diye düşünüyorum."

Abdallah Bey, yerinde kaykıldı. Tespihine kaşlarını kaldıra kaldıra baktı, uzun uzun ezici bir biçimde sustu:

"Şimdi biliyorsunuz Setanik Hanım, ancak Şiiler..."

"Tabii biliyorum yani, ama acaba dışarıdan birileri için de..."

Dr. Abdallah, öyle bir gülümsedi ki bütün kapılar kapandı.

"Peki palyaço işine ne diyorsunuz?"

Tespih bir türlü bitmek bilmiyordu:

"Şimdi o konuyu benim tabii görüşmem lazım. Biliyorsunuz, bu tip konular..."

Konuşma tespihle birlikte sonsuza doğru ilerlerken, Setanik binaların etrafındaki sarışın, köpekli kadınlara ve "Direniş"in nasıl bir dünya hayal ettiğine dalıp gitti. Bu kadar çok Nasrallah resmi, her yerde. Niye insanlar Ortadoğu'da liderlerinin resimlerini bu kadar çok seviyordu? Niye cüzdanlarında bile taşıyorlardı? En mahrem yerlerinde... Sevgilileri gibi. Sarışın kadınlar hiç olmayacaksa köpekleriyle, Dahye'de çizecekleri resim nasıldı? Liderlerinden başka kimlerin resimleri olacaktı orada? Dr. Abdallah'ın tespihi bütün bu soruların cevaplarını bildiğinden emin gibi sakin ve sonsuzdu.

***

"Gel bak sana bir şey göstereceğim. Bak!"

Marwan, sadece kendisinin bildiği bir denizde yüzen bütün balıkların isimlerini bir denizkızına anlatır gibiydi. Sadece Hizbullah hediyelikleri satan dükkân büyükler için ciddi bir oyuncak dükkânı gibiydi. Elyaf tüylerden yanardönerler, müzik çalan saatler, ortasından sarı-yeşil kalaşnikof geçen termometreler ve envai çeşit kolyeler, bileklikler, Nasrallahlı şeyler, şeyler, şeyler... Kolunun altında torbası, Filipina bu şeyler arasında gidip kitaplara bakmak istedi. Dilini anlamadığı kitaplara tersinden baktığını her seferinde yeniden anlıyor, resimlerinden ne anlattıklarını anlamaya çalışıyordu. Sonunda sadece resimli şeylere bakabileceğini anladığı için çocuk dergilerine kadar düştü. Resimlerden anlayabiliyordu. On-on bir yaşında bir çocuğun babası bir bombalamada öldürülüyor. Çocuk Hizbullah'tan abilere gidiyor. Çocuk Kuran okuyor. Çocuk eğitimde. Çocuk aniden kamuflaj, haki kıyafetler giyiyor. Çocuğun elinde bomba. Çocuk koşuyor ve bomba patlıyor. Filipina korkup bırakıyor dergiyi elinden. Marwan omzunun üzerinden, ensesine doğru:

"Aşura için çıkardıkları dergi, çocuklar için!"

Filipina kızgındı aniden:

"Ama çocuk ölüyor!"

Çizgi hikâyeyi gösterdi Filipina Marwan'a. Marwan bıyıklarına asıldı. Nasıl anlatmalı?

"Çocuk eninde sonunda ölecek zaten Filipina..."

Filipina daha çok kızdı.

"Biliyorum, anlamıyorsun ama anlarsın. Bir gün anlarsın. Yine kızarsın belki ama anlarsın."

***

Ayşe, Dahye'deki apartmandan inerken, sabahın köründe dükkân açılır açılmaz aldığı kol ağızlarını çekiştirdi pardösüsünün altından. Sinirli çünkü. Terledikçe sinirleniyor, sinirlendikçe daha çok terliyor. Çünkü El Kaide'ye katılacağım, diyen Rana Hanım bugün de birine âşık olmuş. Evlenip çocuk yapacakmış. Bilmiyor muydu sanki o? Boşu boşuna geldi Dahye'ye, Allah'ın sıcağında hem de. Tek ganimeti olan kol içlerini çekiştiriyor yine, dantelleri tam parmaklarının başladığı yere gelecek şekilde. Bu sıcakta bu pardösüye, başörtüsüne ancak o kol içlerinin uçlarındaki dantellerin ne güzel durduğunu düşünerek katlanabiliyor. Usame'nin de posterini asmış manyak kız!

"İndir şu pislik herifin suratını duvardan!"

"Ne var teyze? Yakışıklı adam!"

"(Daha da kızdırmak için yapıyor namussuz!) Sen manyak mısın kızım? Ne yakışıklısı? Herif katil. Kiralık katil!"

"Amaan sen de! Nişanlım da seviyor."

"Ne zaman nişanlın oldu Rana Hanım?"

"Sen anlamazsın teyze."

Bu laftan sonra artık orada oturacak değildi, bir kahve bile içmeden çıktı. Neye daha çok sinirleneceğine karar veremiyordu. Yarım akıllı Rana'nın El Kaide'ye girmeye kalkışması gibi, bir günde de evlenmeye karar vermesine mi, o abuk sabuk afişe mi, yoksa... Rana'nın El Kaide'ye girmemesine mi! Ellerinin üzerindeki danteller kol ağzından içeri kaçtı. Artık başka bir dünya için ölmüyordu insanlar, sadece ölmemek için ölüyordu. Artık Ayşe onların uğruna öldüğü dünyayı bilmiyordu. Ya da ölmekten bir günde vazgeçebildikleri bu dünyayı. Bunların doğurduğu çocuklar neye inanacaktı peki! Kol içlerini çekti parmaklarının tam başladığı yere doğru.

***

"Bunlar kim?"

Anacaddelerdeki refrüjlerde her on metrede bir direklerde asılı genç erkek yüzlerini gösteriyordu Filipina, tozun ve gürültünün içinde solarak güneşin altında, kendilerine bakanlara bakıyorlardı. Kimisinin fotoğrafi çok eskidendi, saçları çok eskiden, kimisinin saçları jöleli. Kimisininki sevgiliye verilecek fotoğraftı, kimisininki okul kayıt masasına. Belli ki hiçbiri bu direkler için çektirmemişti o fotoğrafları...

"Hizbullah'ın şehitleri."

Caddeler boyunca uzayan, sokak aralarına girdikçe artık o kadar da cilalı olmayan, sararan, tozlanan fotoğraflara baktı Filipina. Bir şey anladı ama ne? Bir şey anladı işte.

"Niye hep ölülerin fotoğrafları? Niye bu kadar çok ölüm var burda?"

Yanlarından, topuklu fuşya ve kırmızı ayakkabılı, hicaplı, dar kotlu iki kız geçti. İkisinin de pullu tişörtlerinde, "*I can take it all*"* ve "*Give me some more*"** yazıyordu.

"Unutmamak... Hay Allah! Hâdi Bey değil mi o?"

***

"Belki de İran buraları işgal etti" sandı Hâdi Bey, İran bayraklarını görünce. Nasıl Doğu Beyrut'ta İtalya, Fransa, Almanya ve Brezilya bayrakları varsa, Dahye de siyasi seçimler doğrultusunda Dünya Kupası'nda İran'ı tutmuş, yenilmiş, bayraklar inmemişti. Peki bu çocuklar kim direklerin tepesinde? Ali mi? Öteki mi Ali? Oradaki Ali mi? Ali! Hepsi Ali. "Oğlum!" diyerek direklerden birine yapışınca Hâdi Bey, Hizbullah'ın trafik polisleri tutup oturttular onu gölgeye. Hâdi Bey onlara anlatmaya çalıştı. İndirmeleri gerektiğini Ali'nin fotoğraflarını aşağıya. "Çocukları çağırıyor," dedi. "Çocukları kendilerine çağırıyorlar evladım!" Başka bir dünyadan konuşuyordu Hâdi Bey, Abbas'ın bacağı Bekaa Vadisi'nde sızladı. "Çok geç demek," isterdi, "Doğmamışlar için bile. Çağırıldılar artık." Hâdi Bey'i bir arabaya bindirdiler, Beyrut polisine teslim Hâdi Bey. Amerikalıların Beyrut polisine armağan ettiği korkunç ciplerden birinde... Hâdi Bey, "Savaş bitti mi?" diye sordu ciptekilere... Teypte Feyruz, *Neden gittin yoldaş*'ı söylemiyor olsa ellerine bakarak zamanı tahmin edebilirdi.

---

* Hepsini alabilirim.

** Biraz daha ver.

***

"Neyse, Hâdi Bey'i eve götürüyorlar... Biliyor musun, arabalardan anlayabilirsin kimin neci olduğunu. Mercedes ve Volvo'yu Hizbullah kullanır, AMAL'cılar BMW'ye biner. Suriye *Muhabarat*'ı Peugeot 554'e binerdi mesela. Lübnan gizli servisi ise muhakkak Renault'ya biner. Toyota ve Nissan'ı Dürziler kullanır. Aman Dürzilere dikkat, durmayı bilmezler çünkü. Deli gibi gider hepsi."

"Marwan!"

Marwan'ın içinde bir çocuk, bu kez tüylü çiçeklere üfledi güneşe doğru:

"*Şuu habibti?*"

"Oturalım artık. Mektuplar... Karnım aç."

"Geldik zaten."

Küçücük dükkândan, terliklerini geçirip aşağıya inivermiş, ellerinde anahtarlarını şakırdatan başörtülü iki genç kız çıkıyordu:

"*Muallim*, bir saate gelelim mi almaya *manakeş*'i?* Olur değil mi o zamana?"

"*İnşaallah habibti!*"

Dükkânına sığmayacak kadar büyük bir adam Abu Hüseyin. Marwan'ın en sevdiği insan. Babasının en yakın dostu. Bu yüzden Filipina'yı getiriyor ki... Hayır duası alacak *manuşi* ile birlikte. İçinden.

"Ooo Marwan!"

Filipina kenarda duruyor, kolunun altında torba. Tuvaleti soruyor hemen. Giriyor. "Kim kızımız?" diye soruyor Abu Hüseyin. Filipina çıkıyor dışarı, elinde torba yok, üstünde sarı bir kazak ve siyah bir pantolon. Kalçaları doldurmamış içini. Kazağının bir kenarı yukarıda, biri sarkmış aşağıya. Marwan öyle görünce onu, boğazının arkasında hayretten bir hava boşluğu:

* *Manuşi*'nin çoğul formu.

"Michelle! Hayır yani... Filipina! Biz belki..."

Abu Hüseyin gülüyor Marwan'ın aptallığına, Marwan da gülüyor; ama başına gelen bu acayip Casablanca'ya. Marwan Casablanca'yı bilmiyor oysa. Gözleri dev gibi Marwan'ın, dünya içine sığar öyle büyük. Oturuyorlar dükkândaki tek masaya. Mektupları çıkarıyor Marwan. Hamur karıştırma makinesi dönmeye başlıyor Abu Hüseyin'in kollarının arasında.

Hamur karıştırma makinesi her dönüşünde bir noktada tökezleyerek ama hiç durmadan dönüyor. Abu Hüseyin gidip gelip hamurun kıvamına bakıp, gözüyle pişecek *manuşi*'lerin tadını tahmin ederek, ya biraz su, ya biraz un ilave ediyor tekneye. Abu Hüseyin'in elinde fırıncı kimyası var, kimse görmeden karıştırıveriyor parmağının ucuyla hamura. Tezgâhın başına geçiyor sonra. Nereye yürüse oraya gidiyor hamur elleriyle birlikte. Kıvamlı bir sihir gibi bulaşıyor dükkânın her yerine. Bereket gibi... Şehit olan Hizbullah milisi oğlunun tek fotoğrafına dolanıyor hamur, tam kenarına, azıcık, yanağına doğru, fotoğrafın üzerinde. Takvime bulaşıyor, yayılıyor zamana yağ. Nasrallah ve şehit düşen oğlunun fotoğrafları var yan yana, ikisi de gülüyor, onlara bulaşıyor hamur. Sonra 70'lerden kalma vitrinli buzdolabına, sanayi tüpünün metal kokusu yayan saplarına, kasanın kapağına... Böylece hamura bulanıyor taş, metal ve ölüm...

Ne ölüm kalıyor ne kan, hamurla sıvanıyor her şey. Dahye'yi o çeviriyor. Ölüm değil, hamur döndürüyor çarkı. Ekmeğin kadim şifası. Bunu bir tek Abu Hüseyin biliyor, büyüklenmiyor, kimseye de söylemiyor. Dükkânın her yeri yara olsa acısını alacak kadar hamur var Abu Hüseyin'in ellerinde. Bütün Dahye yara olsa bile... Temiz, serin hamur kokusu peşinden dolanıyor o nereye gitse.

Marwan tek tek mektupları anlatıyor. Filipina ağlıyor. Tek tek, en başından, zaman sırasına göre ağlıyor Filipina, annesine. Sümüğünü kazağına sile sile, yanağına çeke çeke yakalarını, ellerini bacaklarının üzerine, siyah bir pantolon olarak geçirdiği annesinin bacaklarına süre süre.

Abu Hüseyin şimdi Filipina'nın önüne, peyniri erimiş, ılık, yumuşak *manuşi*'yi koyuyor. Elleri Filipina'nın karnına girecek şimdi hamurla, onun karnından başlayarak Dahye'yi, Beyrut'u, hatta Abbas'ın Bekka'da bıraktığı bacağının büzüşmüş yokluğunu saracak. Birazdan her şey iyileşecek. Filipina şimdi üzerine ağladığı *manuşi*'yi hıçkırık gibi küçük lokmalarla yiyecek. Sonra daha büyük lokmalarla. Sonra daha büyük kararlar verecek, büyüyecek. Çünkü ekmeği yerde görünce öpüp yukarı, kenara, ayakaltından başka bir yere kaldıran insanların büyücüsü Abu Hüseyin. Kutsal olanı pişiriyor durmadan. Ölüme karşı hamur karıyor, en bereketli simyayı yeniden yeniden üretiyor hiç durmadan. Filipina *manuşi*'sini bitiriyor, içinde ılık bir iyilik birikiyor, uyuyor içinde *manuşi*.

Marwan sigara yakıyor. Sonra bir sigara daha. Filipina, "Muz ses çıkarır mı hakikaten?" deyinceye kadar korkuyor. Sonra... Abu Hüseyin sarılırken Marwan'a, "Aman ha," diyor, "Bir dert olursa filan -Filipina'ya kayıyor gözü- biz buradayız." Hellalik almış Marwan artık, "*Baddak shi?*" * diye soruyor, bir şey istemiyor Abu Hüseyin.

Gidiyorlar. Dolmuşta eli elinde. Herkes gibi onlar da eve gidiyorlar. Bir eve. Ama herkesin yok, bir tek onların cevapları var. Ellerinde.

---

* "Bir emrin var mı?"

SON

Dünyanın aklı başında yerlerinde geçen aklı başında hikâyelerde bir adam bir kadını öpecekse önce ona yaklaşır, bir şehir yıkılacaksa önce çatırdar ve bir silah patlayacaksa önce görünür. Ama bu öyle bir şehir, öyle bir hikâye, öyle aşk değil. Keşke olabilse...

Öyle olsaydı Filipina ile Marwan, Jetawi Hastanesi'nin yanından çıkan Âşrafiyya'nın en dik yokuşunu tırmanırlarken, akşam bastırırken, bu kadar yavaş yürüyor olmazlardı. Ne yapacaklarını biliyor olurlardı. Ama neyse ki bu öyle bir şehir, öyle bir hikâye, öyle bir aşk değil. Kimsenin hiçbir şey bilmesine gerek yok. Aklı başında bir hikâye olsaydı aklı başında bir şehirde geçen, o zaman Filipina ile Marwan'ın bilmeleri gerekirdi ne yapacaklarını, birazdan Zeynab Hanım, yanında Hâdi Bey ve bütün apartman ahalisi olduğu halde, görünmeyen bir yerde yangın çıkmış gibi bir yüzle, polislere kendilerini işaret ettiğinde...

"Ama madam, bizim işimiz o değil. *Filipino*'lara biz bakmıyoruz. Siz eğer şikâyet ederseniz..."

Uzun botlarıyla genç polisler Zeynab Hanım'ın yüzünü gözünü sakinleştirmek için, ne yapacağını ağır ağır, genç insanların ihtiyarlara her zaman yaptığı gibi çocuklara anlatırcasına tane tane anlatıyorlardı.

"Ne oluyor?" diyor Filipina.

Marwan kolunu tutuyor, artık kaybedecek bir şey yok çünkü belli ki:

"Sakin ol. Korkma!"

Böylece korkmuyor Filipina. Sarı kazağı var üzerinde, yaz sıcağında, siyah pantolonunun ceplerinde artık bildiği bir hikâye.

"İşte bakın! Bakın! Marwan'ı da takmış koluna!"

Apartmanın sakinleri bir Filipinli kıza mı kurban edeceklerdi Zeynab Hanım'ın onca yıllık... Nesini? Bunu düşünmelerine bile zaman yok, çünkü bağırıyor Zeynab Hanım, hiç olmadığı gibi yırtılıyor sesi. Bu sesini bu sokak ilk kez duyuyor. Herkes utanıyor, kimse bakmıyor Zeynab Hanım'a, bir tek Filipina...

"Arapça dersine bile göndermedim mi ben seni? Marwan'la sürt diye mi?.. Sürt diye mi?"

Başka bir cümle bulamayışına şaşarak, bulduğu cümleye, bu sesin neresinden çıktığına tiksintiyle hayret ederek, ama artık tutturduğu bu korkunç sesi bırakırsa ne olacağından korkarak bağırıyordu Zeynab Hanım:

"Üniforman nerede? Nerede üniforman?"

Marwan sessiz şimdi. Sessizce bekliyor iki kadının arasında geçecek sözle kurşunlama olayını, böyle zamanlarda erkeklerin yapacağı gibi. Filipina bir adım atıyor öne, kolu kurtuluyor Marwan'dan. Cılız bir şey yeryüzü üzerinde, sarı kazağı var sadece, terlemiş ve siyah pantolonu:

"Pasaportum nerede?!"

"Ne pasaportu gene?.. Kaçacak, söylüyorum size. Yakalayın onu!"

Herkes daha da utanıyor şimdi. Polisler bu ihtiyar cadıyla daha fazla uğraşamayacakları için Hâdi Bey'i bırakıp gidecekler. Gitsinler, böylece Zeynab Hanım sesiyle yalnız kalsın. Kalıyor.

Bu yüzden sesini kalesine, evine taşımak zorunda. Yukarı çıkmaya başlıyor. Apartman da arkasından:

"Pasaportmuş! Kaçacak diyorum! Paralarımı çaldı belki! Belki!.."

Nâsır ile Ayşe birbirine bakıyor. Zeynab Hanım'ın kolunu tutmak Nâsır'a kalıyor, Ayşe sinirli. Para çalmak mı? O kadar da değil! Polislere, "Yakalayın," diye bağırmak filan... Nâsır'ın iki omzu soru işaretiyle kalkmış yukarı: Bıraksın mı yani şimdi ihtiyar kadını? Marwan'dan özür diler gibi bakıp çıkarıyor Zeynab Hanım'ı yukarı.

Saçları daha çok bağırıyor Zeynab Hanım'ın diken diken:

"Daha yeni geldi. Sabahları geç kalkıyor bir de. Evet! Geç kalkıyor!"

Bir yerlerden bir göz arıyor gözü, sesine sahip çıkacak bir yüz. Yüzler eğiliyor merdivenlere. Jan hariç. Yukarı çıkıyorlar hep birlikte. Filipina bağırıyor:

"Pasaportum nerede?"

"Senin üniforman nerede, üniforman? Kaç para verdim ben ona, biliyor musun sen?"

Setanik'e bakıyor Zeynab Hanım, son bir umut:

"Beyaz almıştım bir de. En güzelinden. Hemşire gibi!"

Setanik dudağını ısırıyor, Wissam Setanik'in kolunu tutuyor. Herkes mi birleşti Zeynab Hanım'a karşı? Herkes mi nankör? Zeynab Hanım'ın sesi tahtaya sürtünen tırnak hepsinin kafatasında:

"İnsanlar dövüyor *Filipino*'larını, evlere kapatıyorlar, saçlarını kesiyorlar. Ben yaptım mı öyle bir şey? Yaptım mı? Herkes burda işte, söyle!"

Filipina her merdivende bir kat daha vahşileşiyor, bir kez daha sormuyor bu yüzden pasaportunu, artık söylüyor:

"Bana pasaportumu ver! Bana pasaportumu ver Zeynab Hanım!"

Marwan nereye gitmeli peki? Diyelim ki pasaportu aldılar. Nereye götürecek kızı? Burada durulmaz artık. Para var mı? Var biraz. Ama nereye? Nâsır'a bakıyor. Nâsır bütün bunların geçeceğini, sabaha Ekmek Ağacı'na ekmeklerin asılacağını sanıyor.

Göz kırpıyor, 'Boş ver!' gibi. Marwan geri bakıyor, 'Boş verilmeyecek şeyler oluyor' gibi, 'Evet ben de gidiyorum' gibi. Nâsır geri bakıyor, 'Durum o kadar mı ciddi?' Marwan bakıyor: 'Evet *muallim*. Yardım edeceksin sen bana bu işte.' Nâsır, 'Peki' diye bakıyor, eli Zeynab Hanım'ın kolundan ayrılmıyor ama artık o kadar sıkı tutmuyor.

Hâdi Bey, en arkadan hayalet gibi yürüyor. Bu bağıran kadın kim, ona bakıyor. Hatırlamıyor değil, sadece tanımıyor. Onun kolunda Jan var. Hâdi Bey kendi kendine çıkıyor merdivenleri aslında. Jan sadece olayı şöyle keyifle, tam kadraj izlemek istiyor, herkesi görebilecek kadar geriden.

Ayşe, Filipina'nın yüzündeki yüzü biliyor. Kendi yüzünden geçmiş bir yüz bu, daha önce gördüğü bir yüz. O zaman bir kadına dönüşüyor Filipina, tanıdığı bir kadına, kadınlara. Çok önceleri gördüğü, kaybedecek bir şeyi kalmadığı için sevdiği, korktuğu, yoldaş olduğu insanlara. Başörtüsünün bağını gevşetiyor, içi fena daralıyor.

"Demek, 'Bana pasaportumu ver.' Seni hapishaneye attıracağım kızım! Orada alırsın kıymetli pasaportunu. Marwan'la da artık nerede yatarsın bilmem!"

Marwan ağzını açacak ama tam arkasından kaçırılmış bir gülme sesi duyunca... Jan, Hâdi Bey'in kolunda, yüzünü eğmiş aşağıya, gülüyor. Marwan'ın, 'Öldürürüm seni ibne!' bakışı bir basamakta kalıyor, Jan'ın, 'Daha dur bakalım sen neler olacak,' gülüşü, bir sonraki basamakta.

"Zeynab Hanım..." diyor Marwan, gerisi boşluk. Herkes ona bakıyor. Kırıntılar halinde çıkıyor sesi, keşke öyle olmasa:

"Ayıp oluyor ama!"

"Sen hiç konuşma Marwan... Bu orospuyu kandırırken düşünecektin sen onu."

İpler kesiliyor. Kuklaların iplerinin kesildiği gibi, gemilerin ilk denize indiğinde kesildiği gibi iplerinin, zeplinler havalanırken olduğu gibi... Marwan böylece ses çıkarabiliyor, kesildiği için ipleri:

"Ağzını topla Zeynab Hanım!"

"Öyle mi Marwan Efendi! Demek öyle!"

Niye tırmanıyorlar hep birlikte merdivenleri? Çünkü Zeynab Hanım Filipina'ya verecek pasaportunu. Nihayet Zeynab Hanım o! Zavallı kıza bu kadar laf ettikten sonra pasaportunu tutacak hali yok ya! Yok canım, artık o kadar da değil! Merdivenlerden herkes bu yüzden çıkıyor. Merdivenleri herkes böyle çıkıyor.

"O pasaportu da benden zor alırsınız! Hadi bakalım!"

Kapının önünde duruyorlar şimdi. Hâdi Bey, en üst katın kapısından, hiçbir şey olmuyormuş gibi, bu deliliğin içine hayaletler âleminden geçici bir görevle gönderilmiş gibi geçiyor, salona giriyor, televizyonu bile açıyor, oturuyor hatta.

"Hiçbir yere de gidemezsiniz! İkisinin de parasını ben vermiyor muyum! Hadi bakalım. Bir yere kıpırdayamazsınız!"

Marwan öne çıkıyor, Filipina'yı kurtaracak. Kendinden daha büyük oluyor, öyle sanıyor. O kadar ki, artık bir daha küçülemez, ipler kopmuş, denize açılacak, gidecek başka yeri yok. Tam yelkenlerini açacak...

"Zeynab Hanım, sen hiç merak etme," deyiveriyor Jan, elleri ceplerinde, tadını çıkarıyor yarattığı sessizliği tamı tamına dolduran cümlesinin:

"Kız zaten bunun ibne olduğunu öğrenince döner geriye!"

Marwan'ın direği kırılıyor. Hiç kimse oluyor. Sonra artık bilmiyor, bilmesine gerek yok. Jan'ın üzerine mi atlıyor, beraber merdivenlerden yuvarlanıyorlar mı, evet, iniyorlar mı, indiler, ayakları mı düşüyor aşağıya, aşağıdalar şimdi, kaç kat iniliyor böyle, en dibindeler apartmanın. Marwan'ın kapısının önünde olduklarına göre... Marwan'ın dairesine girdiklerine göre paldır küldür... Marwan'ın saçları Jan'ın yüzünde, tükürüğü ağzında. Jan mutlu gibi. Dokunulduğu için, öyle ya da böyle. Sevişir gibiler ona göre, bu kadar yakın olduklarına göre. Eti etine böyle geçtiğine göre... Yüzünde korkulu bir şehvet, sanki tam içine girilmeden önce... Tam o an gibi Marwan'ın inip kalkan göğsünü gömlek yakasından görünce... Marwan'ın yatağındalar şimdi, ıslanıyor içi yüzü yatağa gömülünce, ters çevrilince, yüzü duvara dayanmış öylece... Direnemiyor Marwan'a, bırakıveriyor o dokununca kendini. Marwan hırlıyor ensesinde, bir metal değiyor Jan'ın saçlarının dibine...

Yukarıda, televizyonun karşısında Hâdi Bey, "Uçaklar," diyor, "savaş uçakları! İsrail!"

Herkes duyuyor onu, herkes Hâdi Bey'in sesi olduğu için duymuyor gerisini. Aşağıyı dinliyorlar, bir gürültü gelecek mi diye. Sonra televizyon ekranından çıkıp uçaklar, Batı'dan geliyorlar Âşrafiyya'nın tepesine. Ekrandan çıkan her uçak, uzaktan gelen kör bir jilet sesiyle Jetawi Hastanesi'nin üzerinden geçiyor. Ekrandan çıkıp çıkıp birikiyorlar Beyrut'un üzerinde. Nâsır çıkıyor terasa. Setanik koşuyor Wissam'la, Ayşe'nin örtüsü takılıyor teras kapısına, düğümü çözülüyor, Zeynab Hanım koşuyor dışarı, Hâdi Bey'in gözü ekranda:

"Uçaklar," diyor, "yine geldiler! Yine havaalanına!"

"Havaalanı," diyor Nâsır, "bombalıyorlar! Savaş! Savaş! Savaş! Savaş!"

Herkesin yüzüne doğru söylüyor bunu birer kere. Herkesin yüzünde birer kez başlıyor savaş. Uçaklardan birinden sessizce süzülüyor bomba, havada donup kalabilirmiş gibi küçük, uçup gidermiş gibi sessiz. Ve sonra... Ciğerlerine kadar geliyor hepsinin ses dalga dalga, bağırsaklarına kadar, hepsinin kasıklarına. Uçaklardan birinden sessizce süzülüyor bomba, havada donup kalabilirmiş gibi küçük, uçup gidebilirmiş gibi sessiz.... Her seferinde öyle küçük, her seferinde öyle sessiz, her seferinde öyle bir incecik, kısacık bir umut insanın içinde. Ve sonra... Havaalanında gürültüsüz dumanlar boğum boğum... Sonra yine, yine sonra...

Tak! Apartmanın dibinden kesik bir ses...

Süzülürken bir bomba daha, donup kalabilirmiş... Uçup gidebilirmiş...

Tak! Apartmanın dibinden bir ses daha...

Her seferinde kısacık bir dua herkesin içinde...

İki kere enselerinden, ta aşağılardan geliyor kuru ses. Dönüp bakmıyor kimse ensesine. Havaalanında dumanlar kara boğumlar gibi çünkü. Çünkü savaş bir kez daha Beyrut'ta. Yoruluyorlar şimdiden. Bir tek Filipina için başlıyor hikâye. O yüzden o bakıyor kapıya, aşağıya açılan. Bir tek Filipina görüyor kimsenin dönüp bakmadığı enselerinde biten iki el... kurşun sesine.

Sirenler başlamadan daha, enselerinden ayak sesleri çıkıyor yukarı. Enselerinde bitiyor sesler. Nefes nefese sesleri. Kimse bakmıyor kapıda duran Marwan'a. Filipina ne gördüyse, çok sonra bir gün hatırlamak üzere saklıyor, yaşamıyor o anda. O ses konuşuncaya kadar kimse bilmek istemiyor o nefes nefesenin seslerini:

"Nâsır!"

Kandan bir şey yazıyor Marwan'ın göğsünde. Karnında Marwan'ın uzun bir şey yazıyor kısaca. Tak! Tak! İki kuru sesin, ıslak, kızıl izi var gömleğinde. Bir kere daha "Nâsır" dediğinde Marwan, eski bir borcun ödenme zamanı geldiğini biliyor Nâsır...

"Nâsır!"

Marwan Filipina'ya dönüyor, iki kolunu tutuyor, göğsünde diyecekleri birikmiş, hiçbirini değil, bir tanesini söylüyor, zaman yok:

"Benimle gelecek misin?"

"Nereye?" diyecek Filipina, diyemiyor. Marwan ağlayacak çünkü. Çünkü dedi dedi, demedi, bu onun hikâyesi olmaz artık.

Nâsır, Zeynab Hanım'a dönüyor, iki kolunu tutuyor, göğsünde diyecekleri birikmiş, hiçbirini değil, bir tanesini söylüyor:

"Zeynab Hanım kızın pasaportu nerde?"

Zeynab Hanım ağlayacak ama zaman yok. Artık hiç zaman kalmamış dünyada. Savaş başladığına göre. Yine, yine, yine... Bir ömür kaç savaş alır ki? Kaç kere?

Marwan dedi dedi, diyemezse şimdi, bu başkasının hikâyesi...

"Muz seslerine!"

Kimse ağlamıyor, vakit yok. Her şey öylece oluyor, basitmiş gibi, tasarlanmış gibi, kesik kesik, tuhaf tuhaf.

Zeynab Hanım çöküyor olduğu yere. Artık ölsün istiyor, herkes ölsün. Bitsin. Bir kere daha savaş, bir kere daha... Artık o başka bir ülkede, savaşın hiç çıkmadığı başka bir şehirde. Hızla gidiverdiği bir başka yerde Zeynab Hanım. Bomba sesleri Nâsır'ın yüzünü gösteriyor sadece, sesini yutuyor:

"Zeynab Hanım ver kızın pasaportunu."

Zeynab Hanım gittiği şehirden geri gelmedikçe bağırıyor Nâsır:

"Siktiğimin pasaportunu... "

Ayşe çöküyor Zeynab Hanım'ın yanına, Zeynab Hanım'ın gittiği şehrin kenarına:

"Zeynab," diyor, "savaş başladı."

Ölülerini beraber yıkamış kadınlar nasıl tutarsa birbirini öyle tutuyor Zeynab Hanım'ın elini. Uzak bir şehirde birbirlerine bakıyorlar biraz. Duruyorlar orada, gelmek istemiyorlar ikisi de.

Ama Beyrut burası, bir bomba daha atılıyor ve Zeynab Hanım konsola bakıyor.

Filipina, suda kayan bir yaprak gibi şimdi. Gürültünün aralıklarından salondaki konsola gidiyor. Bunları yapan o olamaz, sarı kazağı belki, muhtemelen siyah pantolonu hareket ediyor üzerinde. Kilidi kırıyor, suda yüzen bir yaprak gibi sessiz bomba sesleri arasında. Pasaportunu alıyor. Niye çekmeceyi kapıyor geri? Çünkü suda kayan bir yaprak...

Nâsır kalkıyor yerinden. 'Borçlar böyle zamanda ödenir' diyor gözleri Marwan'a. Marwan, 'Eyvallah,' diyor, bakarak. Filipina yapacağını yapmış, artık başka bir şey yapacak, görecek hali yok. Görmüyor bu olanı. Görecek yeri kalmamış artık. Sadece anahtarların şıkırtısını duyuyor, havada kısacık sallanıyor yeşil Mercedes'in anahtarları, bombalar arasında. Marwan tutunca arabanın anahtarlarını, Nâsır'la elleri havada:

"Kimse gördü mü?"

"..."

"Marwan! Buraya çıktığını... Kimse gördü mü?"

"Bir..."

Cümlesinin gerisini şimdi Beyrut'un mahallelerinde yeni bombaların adlarını seslerinden ezberlemeye başlayan çocukların sesleri yiyor. Ekrandan çıkıp tepelerinde dolanan uçakların modellerini konuşan adamların sesleri, kendilerinin savaş hallerini geri çağıran kadınların yutkunma sesleri, savaş çıkar çıkmaz Suriye'ye kaçmaya karar vererek döndürülen kontak sesleri, başlarına bombalar yağarken duaları göğe ağan Dahye'deki insanların sesleri, bir bir açılan, açıldıkça daha çok uçak, daha çok bomba çağıran televizyon sesleri... Marwan'ın cümlesi, bunların arasındaki bir çatlaktan kimse duymadan sızıp gidiveriyor.

***

Duvarlar sallanıyor. Tam anahtarı ahşap, mavi kapının kilidine soktuğunda, tam içeri girdiğinde duvarlar sallanınca, "Herhalde çok yakında atıyorlar havaifişekleri. Amma da yakında!" diyor.

Deniz, böyle diyor içinden, bütün bir gün bulamadığı evi sonunda bulduğu için gülerken. Gülüyor çünkü bütün bir gün Jetawi'yi düzgün telaffuz edemediği için becerip de gelemedi buraya. Vazgeçip bir ara şehirde dolaştı. Dolaştı durdu ve karanlık başladığında İngilizce konuşan bir şoföre denk gelebilmişti nihayet ve Jetawi'yi artık düzgün telaffuz ediyordu. Nihayet.

"Amma yakında atıyorlar havai..."

Tam kapıyı kapatıp kilitleyecekken dönüp geriye...

***

"Kim gördü Marwan?!"

Anahtarlar ikisinin de elinde. Nâsır vermeyeceğinden değil Mercedes'ini, sadece bilmek istiyor kimin gördüğünü.

"Bir kız," diyor Marwan, "yabancı."

Bırakıyor Nâsır anahtarları Marwan'ın avucuna. *Yabancı* çünkü... Birine sarılmalı Marwan, Nâsır'a. Setanik, Zeynab Hanım'ı tutuyor yerde, gittiği şehri bulmaya çalışıyor gözlerinin bulanık haritasından. Ayşe, Filipina'nın kolunu tutuyor, bir *Filipino*'nun kolunu tutar gibi değil. Başından örtüsünü çıkarıyor, gidene bir şey vermeli, böyle gidene üstelik, ölmeye gider gibi. Örtüsünü doluyor Filipina'nın omzuna.

Çıkıp gidiyorlar. Her bomba sesiyle herkesin biraz daha hiç kimse olduğu bir şehirde en çok onlar hiç kimse olmanın ne demek olduğunu biliyor. Bir bomba daha düşüyor Dahye'ye, yaraya akan kan gibi kayıyorlar bir hikâyenin içine...

***

İki çift ayak sesi koşuyor aşağıya, şimdi gördüğü şeyin korkusuyla kapatıverdiği kapının arkasında. Deniz duyuyor ve artık havaifişek değil duvarları sarsan, onu da anlıyor kulaklarının içi, gürültü dalgalarıyla sallanan ciğerleri. O kapıya varmadan daha, aşağıya doğru eriyor iki çift ayak sesi. Kapıyı açıyor. Duvarlar bir kez daha titriyor. Ağır ağır çıkıyor merdivenleri, yukarıdaki seslere doğru... Duvarlar titriyor yine.

Hiç korkmuyor. Hayret ediyor korkusuzluğuna. Bir evin içine, evin içinden insan seslerine doğru yürüyor. Terasta biri ihtiyar üç kadın ve iki adam duruyor. Beyrut arkalarında uzuyor. Hiç korkmuyor. Niye korksun? Şimdi işte, bir hikâyenin içinde duruyor... Olması gerektiği gibi... Tek başına. Kimse ona bakmıyor, kendisi bile.

Beyrut Hariri Uluslararası Havaalanı bütün uçuşlara kapatılıyor. Paris'te kalmış bütün yazarlara... Kanlı gömlekli bir adamla, sarı kazaklı, siyah pantolonlu bir kadın, hiç tahmin etmedikleri birinin yazacağı hikâyelerine... Çuk çuk çuk... Muz seslerine. Bir bomba daha düşüyor, *Beyrut* kulağını dayıyor kalbine, uzaklarda bir yerde, başka bir şehirde, ekranın başında... Çuk çuk çuk... Bir hikâyenin penceresi açılıyor, sonsuz sayıda elleriyle rüzgâr doluyor içeriye. Hikâyenin yaprakları çırpınıyor... Çuk çuk çuk... Tahta bir kutunun içinde, üzerlerinde insanların kaderleri yazılı taşlar yuvarlanıyor Beyrut'un elinde. Aklı başında şehirlerde, aklı başında hikâyeler yazılıyor şimdi. Ama muz sesleri, herkesi hiç kimse yapan o gürültüde duyuluyor yine de... Çuk... çuk... çuk... Tam yaranın içinde.